萧关杏语

何富贵 著

XIAO
GUAN
XING
YU

黄河出版传媒集团
阳光出版社

图书在版编目（CIP）数据

萧关杏语 / 何富贵著. -- 银川：阳光出版社，
2024. 12. -- ISBN 978-7-5525-7616-0

Ⅰ. I267

中国国家版本馆CIP数据核字第2025Z2L652号

萧关杏语

何富贵 著

责任编辑　王　瑞
特约编辑　孙世瑾
封面设计　赵　倩
责任印制　岳建宁

黄河出版传媒集团
阳光出版社　出版发行

出 版 人　薛文斌
地　　址　宁夏银川市北京东路139号出版大厦（750001）
网　　址　http://ssp.yrpubm.com
网上书店　http://shop129132959.taobao.com
电子信箱　yangguangchubanshe@163.com
邮购电话　0951-5047283
经　　销　全国新华书店
印刷装订　三河市嵩川印刷有限公司
印刷委托书号　（宁）0031327

开　　本　889 mm×1194 mm　1/16
印　　张　16.5
字　　数　200千字
版　　次　2024年12月第1版
印　　次　2025年3月第1次印刷
书　　号　ISBN 978-7-5525-7616-0
定　　价　78.00元

我的母亲山

六盘山

嵩店古镇村落田园图

嵩店后沟晨曦图

几回回梦里跑连山

夏季的嵩店全镇鸟瞰图

冬季的蒿店古镇全景图

甘沟大峁鸟瞰后沟全景图

蒿店古镇村西图

蒿店古镇的太白山

后沟的木厂沟

后沟的车轴沟

蒿店后沟的陡柳沟

蒿店后沟荒草渠梁

冬季的甘沟大峁

宋家山的胡麻花

闵家山下的古镇村落田园图

闵家山盘山路

夏季的蒿店后沟大洼

宋家山顶的洋芋花

作者表演竹笛独奏曲《扬鞭催马运粮忙》

作者表演竹笛独奏曲《姑苏行》

作者表演竹笛独奏曲《陕北好》

作者表演竹笛独奏曲《牧民新歌》

序

何富贵老师的《萧关杏语》一书封稿，让我作序，我仓促应允。细观全书，忽见奇文犹如泰山东走，凌驾于齐鲁平原之上，形成层峦叠嶂，凌空高耸的巍峨之势。作品的每一个细节都体现出作者匠心独运、着手成春的精深造诣。每一篇的旋律都充满了艺术性和创新，让我感到无比震撼，令人敬仰，作序顿觉力不从心。然而，事已至此，"会当凌绝顶"或许是唯一选择了。于是乎，我鼓足劲努力向上攀登。一路聆听着悠扬凄婉的花儿，拜读了数篇优美的诗歌、散文与小品，欣赏到文辞隽永的五篇文赋，追忆波澜壮阔的地方革命史，恋念眷眷乡愁，有感于诔文的追念真情，倾听诗评、书评，展视园丁教书育人的辉煌……欣欣然一路走来，布谷欢唱，溪流涓涓，山花争艳，倒觉有春风得意之快慰。

登上玉皇顶，放眼望去——众山皆小。

何富贵，号葛藜藤荆，"雁城六俊"之一。中学高级教师，执教语文四十年。何富贵出生在六盘山国家森林公园林区畔，自幼生活在贫困山区，家境贫寒，饱经风霜雨雪，历尽艰辛方得志。他自幼对多年生长在悬崖峭壁上奇形怪状的藤荆树根情有独钟，对它们盘绕团结

起来咬定青山不放松、与恶劣的生存环境抗争的顽强精神颇有感触。何富贵有恬淡自然的风度，具志高行洁的品德。其立于天地间，深入观察万物：心随四季变化感叹光阴易逝，目睹万物盛衰引发思绪跌宕。临肃秋，因野径秋声萧索叶零而伤悲；处烟春，由百草茂盛杨柳依依而欢欣。心意肃然以怀霜雪，情志高远似上青云。歌颂前贤丰功伟业，赞咏先辈嘉言懿行——"高山仰止，景行行止，虽不能至，然心向往之"。眷念祖辈劬劳之恩，"欲报之德，昊天罔极"，思之令其万端愧恨。恋念故乡之情愫缱绻，凝望颍河，倾听涛声，神游古镇昔日之繁华，体现乡愁之拳拳赤心、殷殷深情。故发奋博览群书，以此陶冶情操，提升学养。漫步书林欣赏文质并茂佳作，数十年苦读，慨然有感投书提笔而成文。荟萃精华，集成《萧关杏语》一书，以飨读者。余观其之所作，窃有以得其构思：运语修辞，立章分节，组段谋篇，娴熟高超，良多变化，鲜出其右者。荟萃笔锋，驰骋想象，精骛八极，心游万仞，忽颉天池，忽颃地泉，躬耕不辍，孜孜以求之。在虚无中找形象，于无声中寻强音，览古今于须臾，巡四海在一瞬。终尽有限篇幅容纳无限事理，呕方寸之心溢出宏大思想。文有奇，犹如石蕴玉而山增辉；辞富丽，宛若水含珠而川秀媚；情悠婉，肖似乐和弦而广乐成。倒倾三江，笔扫千军，泻于文翰，取得炉火纯青的艺术效果。

诗用以抒发感情，辞采华美，感情细腻。

五篇文赋是介于诗、文之间的一种独立文体。题材广泛，结构严谨，条理清晰，语言风格多承四六骈俪文，文韵有清新流畅之气势。何富贵熟读《古文观止》中的经典名篇，赏析颂记古代名赋，深得祖国灿烂文化熏陶，对赋情有独钟。

诸篇散文小品意境深邃，清新明丽，自然流畅。内容优美，主题明确；情节跌宕起伏，形散而神聚；文辞优美凝练，繁采而华丽；歌颂祖国山河流韵，感情深厚而纯真……有反映故乡民俗文化的《蒿店古镇的丹青轶韵》《蒿店古镇的梨园轶韵》；反映故乡人憨厚淳朴风情的《难忘的"拜年饭"》；还有反映家乡变迁的数篇优美散文。如：

感慨社会变迁。"20年胼手胝足，20年风雨兼程，弹筝峡换了人间，山变绿了，水变清了。庄稼墨绿，森林苍翠，树叶油亮，鱼翔浅底，白鹳亮翅，鹰旋苍穹。颉河哗哗，天朗气清，惠风和畅，峡口水流，风吹滴崖，叮叮咚咚。天籁妙音又回荡在弹筝峡里。它弹奏的是弹筝峡村民们歌唱新生活的心曲，它为村民们漫出的花儿伴奏，它弹奏的是新时代的幸福曲、和谐曲。"思想集中，内容情感饱满。

鞭笞社会黑暗。祖母是海原大地震的亲历者、幸存者。家园毁灭了，余震不断，沙尘弥漫，数月不散。大地震是祖母心灵深处刻骨铭心的隐痛。

寄情于物。时间愈久，思乡之情愈重，何富贵常到能俯瞰颉河的堰埂上，半夜半夜地凝望着萧关颉河河川，倾听那熟悉的涛声，追忆金色童年，眷恋那一去不复返的峥嵘岁月……《布谷声声里》《布谷声中忆童年》，两篇"布谷"，一样饱含深情："布谷鸟并不因人世间的变化而更改迁徙规律，仍年年如期来到老院的杏树上，对着老屋深情地呼唤，它叫得那么殷切动情，是那么撩拨人心！"

一篇"山丹"，见高风亮节："守望淡泊，守望清贫，扎根塞外高原的崇山峻岭、牧场荒滩、斜坡陡洼、石岔嶙岘、壕堰梁峁、高崖碥畔……不嫌贫瘠，不避苦焦，哪里寂寞荒凉，哪里便有它娇艳的身姿；哪里偏僻闭塞，哪里便有它水灵神奇的倩影。干旱是征服不了山丹的。它的生命力顽强，掐了它们的花，还有柔韧的茎秆在；割断它们的茎

秆，还有那深扎于大地深处的根系。野火烧不尽，春风吹又生……"

融情于景。《凝望南山》感念眷眷乡愁："万木依旧吐翠，百花依旧绽放，依旧云蒸霞蔚，依旧蜂飞蝶舞，布谷鸟依旧如期来到南山的沟梁壑岘，来到崖畔的孤树上殷切地深情呼唤。""亲戚们却迁往远方，南山万籁归于寂静……梦境的画面背景，依然是悠悠南山……""走亲戚就是上南山，上南山就是走亲戚。"

富有哲理的议论："世上还有一种'建筑'——温情组成的'家庭建筑'，构成这个感情建筑的'玻璃'打碎是不好换、安装不完整的。""扬弃是人类精神领域里智慧积累与创新的必由之路，扬弃是朴素的方法论。"

……

纵观《萧关杏语》全书，除上面的几点外，其他方面的艺术成就留待读者细细品味。比如：表达方式多样化——叙述用以表述时间过程，记载或讲述事情的经过。描写用以展示空间状貌，生动形象，有身临其境之感。抒情用以表达思想情感，让作品更加生动，激起读者共鸣。议论用以评述是非功过，精辟缜密，语言铿锵。说明用以科学告知，解释文意，客观明确。再比如：表现手法灵活——联想、铺垫、修辞、用典、前后照应、正侧描写、以景结情、托物起兴、虚实结合、点面结合、设悬念、打伏笔等无所不及、无处不在，犹如拨开天河水，洋洋洒洒满天来，实难一言以蔽之。

不足之处，写赋太过拘泥于骈文四六句型格式，句型少变化，只注重了赋的四六句型的外在形式，缺乏赋本质上的文气与豪气，缺乏气韵，缺乏洒脱豪放。再则，古典词汇、语汇不足，缺乏赋语言的古雅，语言直白，落之流俗。词汇语汇仅仅局限在三四千个常用字里，故，赋的底气不足。从中暴露出古文脉方面的欠缺。平仄韵律方面欠严谨。今后应多涉猎中华词韵学，多研究音韵学方面的工具书，加强音韵学修养。

另外，散文、小品文有堆砌辞藻的瑕疵，有些意思点到即行，不必太过琐细。

四十年倾心耕耘，欣见桃李德长赢。

七十载乡愁缱绻，寄意翰素桑梓情。

郭玉镇

2024 年元旦于固原

自 序

我的求学道路坎坷不平，小学毕业就回家参加劳动，前途堪忧，长期焦虑，心情压抑。

人在哪方面吃了亏，总想把亏欠的追补回来，把人生的短板补上。小学高年级时候，算术课上那些追击应用题我始终没弄懂，我自知，没有老师指导讲解，数理化课程我是啃不动自学不成的，所以没打算借初中高中数理化课本自学。只是想方设法寻借文史方面的书籍报刊，如饥似渴地拼命恶补，作摘录摘抄，写了几十本摘抄笔记，梦想在文学创作上试试。

但效果微乎其微。

记得1988年冬，连续三天雾气浓霜，气象学名词叫"雾凇"，故乡的树上、地埂上，所有高低长短蒿莩上挂满了洁白晶莹的霜，地上鸡毛蒜皮所有垃圾全被覆盖。世界一片圣洁，我的故乡掩映在玉树琼枝中，美丽得像仙境。我想写诗描绘这粉妆玉砌的世界，可一句诗也挤不出来，急得在玉树林中转砣砣。

回到家翻阅那几十本摘录摘抄的笔记本，尽是拾人牙慧、人云亦云，一点儿用处也没有，我搜索枯肠抓耳挠腮，挤不出一点儿墨水。我蓄的文学创作梦也跟补学历一样要化为泡影。

我终于信服了孔老夫子"朽木不可雕也，粪土之墙不可杇也"的古训。

哪里能停泊我这叶在命运波涛中扑腾挣扎的小帆船？

我在故乡的萧关颉河畔溜达散步，排遣心中的郁闷、焦虑。让颉河的涛声洗涤纷乱的思绪，让亲切的颉河涛声安抚我浮躁的心灵。

繁星璀璨，萧关月冷；万籁俱寂，颉河哗哗。往事如烟，从颉河河谷漫卷而来，哗哗的涛声似乎诉说着往昔的峥嵘岁月……

颉河永远不会忘记，在颉河河畔的蒿店古镇，曾发生过一件引以为豪的大事件，那就是震惊大西北的"蒿店起义"。

世人只知道八一南昌起义、秋收起义、广州起义、黄麻起义、百色起义、湘南起义，谁还知晓个"蒿店起义"？古镇级别的起义，全国唯蒿店一处！而且起义还诞生了中国工农红军陕甘游击队第七支队。

我们蒿店古镇有着光荣的革命传统！

萧关颉河没有忘记，古镇中学校长王天旭带领学生勤工俭学，在颉河河滩捡拾砌墙基的石头，用钢筛筛河沙。萧关峡谷中运石料的人力车排成一字长蛇阵，"领头雁"就是王天旭，只见他头勒羊肚毛巾，弓身驾着辕，绳子勒进他的肩背，挥汗如雨，师生们的人力车跟着他鱼贯而行……

颉河没有忘记，为建校殚精竭虑的王校长长期超负荷工作，积劳成疾病入膏肓，医治无效，不幸去世。

　　萧关颉河不会忘记，山洪暴发，马莲滩教学点的学生被隔在河彼岸。夜幕降临，学生家长们焦急万分，民办教师张玺文奋不顾身，过没膝的泥石流，把几十个小学生背过河。自己的双腿双脚被砺石划伤……

　　三九寒天，大河结冰，为防学生掉进冰窟窿，张玺文用镐敲击冰河，探出安全通道，早上扶着学生安全到校，晚上搀扶学生安全回家。

　　颉河哗哗，向人们絮絮讲述着"咱山区的民办教师"的感人故事。

　　故乡是生我养我的地方，故乡之于我，有如母恩。萧关颉河涛声伴随我成长。颉河涛声里有我金色的童年，颉河涛声里有故乡乡亲们团结协作、战天斗地的喧嚣声，有全民战饥荒的呐喊声；在颉河涛声里，我捋榆钱、捋洋槐花、挖苦菜、挖荠菜，复收碎洋芋。这些记忆里的碎片整理成《我的小学》《饿童与丑娃觅食轶闻》《火焰笼罩闵家山顶》《白娃的信天游》《布谷声声里》《布谷声中忆童年》等。

　　晚清至民国时期，蒿店古镇是一个商贸集散地，商贾云集，店铺林立。颉河之水曾饮过丝绸之路上浩浩荡荡的驼队。十几个车马店里卸了套的几百匹骡马日夜不息地饮马颉河，萧关颉河见证过几百匹骡马在颉河河滩撒欢打滚的壮观场面。萧关颉河涛声曾与丝路驼铃声交响共鸣，演绎着丝绸之路古老悠久的故事，奏出古镇曾经的繁华。

　　蒿店村前老支书母有德，对古镇悠久历史如数家珍：那时候古镇聚集了九省二十六县的商人，是一个小小的百家姓古镇，习俗八面来风，口音南腔北调，店铺鳞次栉比，驼队络绎不绝。不同地域的民俗风情，使古镇有不同的民俗文化积淀。反映这些民俗文化的有《蒿店古镇的丹青轶韵》《蒿店古镇的梨园轶韵》。

　　发源于六盘山麓的萧关颉河，弯弯曲曲一路东流，归入泾河，容纳了颉河的泾河波涛不息地归入黄河，波澜壮阔的黄河最终归入渤海。

人类受其自然规律的启示，懂得智慧的积淀与积累，懂得意志的集中、信念的合抱、力量的团结，懂得强化力量的自觉意识。

一滴水只有归入大海，才不至于干涸；一腔爱国热情只有汇入时代的潮流，才能与时俱进。把有限的生命投入到无限的中国梦的时代大潮中，生命才有价值，活得才有意义。

我们生活在百年未有之社会大变局中，祖国建设蒸蒸日上，社会发展日新月异。我也不甘落后，也要让思想跟上飞速发展的时代。

2008年，为庆祝宁夏回族自治区成立五十周年，我写了《六盘山赋》《塞上江南赋》《萧关赋》，赞颂宁夏六百万人民在各条战线取得的显著成就，赞颂固原市六盘山地区一百万人民栉风沐雨、筚路蓝缕所取得的建设成绩。

2020年夏季，南方数省发生百年未遇的特大洪灾，又是人民子弟兵在第一时间冲在抗洪抢险第一线，舍生忘死打捞落水者，帮助洪灾地区人民重建家园，涌现出无数可歌可泣的感人事迹，我写出了《抗洪赋》，表达对人民子弟兵的赞佩之情。

我离开故乡移居固原城谋生已三十多年，故乡蒿店也逐渐冷落萧条了。

我的乡愁情结重，每每回到蒿店，目睹人走村空，物是人非，总是伤感不已。我独自一人站在能俯瞰颉河河川的堰埂子上，半夜半夜地凝望着颉河河谷，凝望着故乡山川。

涛声依旧，可亲戚们、日夜思念的乡邻们搬迁到遥远的狼皮子梁、红寺堡、长山头、平罗渠口……

涛声依旧，可二面山上往昔春耕春播时的牛铃声、浓重的吆牛声、

乡亲们苍凉悠长的花儿声消失了……

涛声依旧，可二面山上孩子们的柳笛声、打闹欢叫声、慈母寻找顽童回家吃晚饭的呼唤声、鸡鸣犬吠声消失了……

涛声依旧，可颉河水磨坊彻夜不息的磨面声、暮归羊群的咩叫声消失了……

涛声依旧，可村民们农田大会战，抗灾抢险的喧嚣声，修水库的打夯声、号子声消失了……

涛声依旧，可四面八方来蒿店赶集的人喧马叫声，老爷爷在大槐树下给孩子们讲故事的朗朗声，姑婶婆姨在古镇城门洞子下纳鞋底哧啦哧啦声、拉闲的欢声笑语消失了……

伫立在颉河河岸，凝望南山，我感慨万千……

我只有把我记忆的碎片、捡拾的岁月花絮串编成册，献给我魂牵梦绕的萧关颉河涛声……

目录
CONTENTS

散文随笔小品文篇　　02

教书育人篇 04

往事回忆、乡愁村史篇

凝望南山

　　我凝望的南山在六盘山国家森林公园的东北边陲，山上坐落着景家庄子、牛槽子、板沟、花果等几个村。几座梁峁俨然一组大自然的巨型山水屏风，矗立在蒿店的南面。这里山高沟深，偏僻闭塞，土贫地陡，超负荷的劳动铸就了山里人勤劳善良、淳朴厚道的品格。不管山外世界人们的价值观发生怎样的巨大变化，这里的人们依然恪守着传统的美德。

　　居住在南山花果村的岳父就是这样一位老人。岳父是村里务农的老把式，他无偿给那些老弱病残者播种，帮着收割、拉运、打碾。每年三伏天的麦场里，他是最忙的人，这家叫他帮忙扬场，那家叫他帮忙摞麦垛。他刚放下四杈，又捉起木锨。雷阵雨说来就来，他会先放下自家摞了半茬的麦垛，抢在阵雨前给那些没人摞垛的老弱病残人家把麦垛摞好，他总是最后一个撤离麦场，自己常常被暴雨淋成落汤鸡，而自家麦垛也常灌进雨水遭受损失。村里有的人规劝他："现在耕一垧地的官价是60元，摞一个大垛的工价是100多元。你还像以前那样，不惜命地白给人效劳，没有报酬，就是挣死也致不了富啊！"岳父只是付之一笑。

　　他有两个胞弟，二弟在银北矿区工作，三弟因病身亡抛下了四个

孩子。妇人孩子们不会务庄稼，他就为二弟三弟两家帮务庄稼，播种、收割、拉运、打碾，帮了五六十年。

岳父极富同情心，自家尚不富裕，还经常周济比他更穷的村民。逢年过节，他常打发孩子给五保老人、鳏寡孤独者、残障人士端去肉饭。过去的货郎，近些年下乡串户收购猪、牛、羊的商贩，常在岳父家歇脚吃喝，分文不收。

下雨天，别人还能歇息，岳父一刻也不闲着，他抽空给川道里亲戚用竹子编麦囤，用藤条编笼筐背兜，套制木犁权耙地耱，十几家亲戚用的农具全出自岳父之手。

这种淳朴善良、仁慈厚道的家风代代传承——孩子的八九个家门舅舅也是一家比一家憨厚。正月里我们一家去南山给岳父和孩子的舅舅们拜年，他们老早生好火炉，炖好烩肉粉条，煮好骨头肘子等着我们。上午烩肉，下午饺子；这家吃毕，又被盛情邀请到那家。晚上与小舅子们在暖烘烘的热炕上抹牌掀牛九，玩到半夜又端上来热腾腾、颤筋筋的肘子。我们离开南山回城时，他们还送给我带胯的生猪腿，说"城里肉价太贵，这是自己喂自己宰的猪，吃上放心"，大包小包塞满了油饼、土特产，非让你拿上不可。

他们生存的自然环境恶劣，生产这些东西比川道里人多付出几倍的辛劳。泉水濒临枯竭，白天排队刮不上，半夜三更川道里人正香甜地酣睡时，这里的人被强迫喊醒，冒着严寒和失足掉下悬崖的危险去泉里挑水。有时气候反常，连续十天半个月阴雨连绵或是风雪交加，牛羊还得照常出山放牧，连续十几天在泥泞风雪中跌摔滚爬。那年正月初三，寒风刺骨，天气奇冷。我上南山给亲戚拜年，走山野捷径，在前梁灌木林碰到岳父放羊，老远看见他连连打着喷嚏，不停地躬腰咳嗽，毡披被寒风撩起。走近前，看见他口中呼出的热气在眉毛胡须上结了霜。显然他在发烧，重感冒引发哮喘，气喘吁吁。若是城里人早就在病床上挂吊针输液，而他却带病在冰天雪地里放羊，替换儿子陪亲戚。我心里很不是滋味。这情景铭刻在我心里，多年挥之不去……

看着他们在这苦焦环境中挣扎，我不知怎么安慰才好。他们是那么善解人意，善于替人着想。看出我替他们忧愁，安慰我不必为他们的处境过虑："好着呢，只要人勤苦，多出苦力，粮也有了，菜也有了。顿顿吃白面。现在国家免征农业税，还给农民办了医保，给老年人发低保。倒是你们竞争压力大，费脑子，样样东西都得花钱。以后再别为我们操心破费、买这买那的。"

与他们相比，我们这些工作者真是身在福中不知福。冬天有暖气，夏天坐凉房，用的自来水加热水器，享受各种现代文化传媒信息，还不知足，为这焦躁，为那焦虑，心浮气躁，滋生出种种"富贵病"。跟他们坐在一起聊聊，你就会被他们乐天知足、感恩生活的人生态度感染，被城市喧嚣压抑的神经也会受到抚慰，压力得到释放，精神受到一次洗涤。

就在我为亲戚们今后的发展出路忧虑时，自治区党委政府出台了南部山区生态移民规划，世代聚居生息在景家庄子、牛槽子、板沟、花果等村的南部山区乡亲们都将整村迁往银川灵武移民新区，从根本上拔掉山区的穷根。多少代人的梦想在这个时代即将变为现实。我既为亲戚们有了好的发展出路感到高兴，却又为不可回避的人地分别产生惆怅。因为我不属迁徙范围，反倒成了故乡的留守者。

人还未搬动，我已陷入分别的忧愁之中。人竟是这么矛盾，拥有的时候不珍惜，一旦失去，便倍觉珍贵。我后悔以前没有多探望岳父母及家门亲戚，后悔每次去南山待的时间短。他们将要整村迁移，我是多么难舍这些淳朴善良、仁慈厚道的亲戚啊！

　　无奈中我作这样的自我安慰，给自己宽心：亲戚们虽然要迁往远方，但南山依旧在。想念亲戚了，凝望南山，聊解思念之情。南山上留着他们曾经的足迹。那一山一水一草一木，无不浸润沐浴过亲戚们的眷顾，血浓于水，浑然不可分割。在我的故乡概念里，南山成了众亲戚们的代名词，走亲戚就是上南山，上南山就是走亲戚。多少年来，想念亲戚了，眺望一眼那亲切的南山山岭。不知有多少次，不经意间遥望见那黛色的南山，那些可亲的面容就一个个浮现在眼前……

　　这个自我安慰显然是苍白的、脆弱的。很难想象，没有了众亲戚的南山怎忍眷顾？那承载并相伴我们度过漫长岁月的自然物候，曾见证了我与南山亲戚的浓浓亲情，如今不会因为人要迁徙而停止交替轮回，物候依旧要按自然逻辑依次演绎出一幕幕物是人非的画面。

　　春风依旧要吹绿大地，桃花杏花依旧点染南山，但再也看不到南山梯田里春播的牛队，再也听不到那熟悉的牛铃声、牧童的柳笛声、鸡鸣犬吠声。小燕子再也找不到在房梁和屋檐筑有旧窝的老屋……

　　万木依旧吐翠，百花依旧绽放，天空依旧云蒸霞蔚，田野依旧蜂飞蝶舞，布谷鸟依旧如期来到南山的沟梁壑岘，来到崖畔的孤树上殷切地深情呼唤，只是院落消失了，故人不见了。只有杨树叶子迎风哗哗啦啦，切切絮叨着往昔难忘的岁月……

霜叶依旧烂漫，万山照例红遍，但山岭上不见了调色盘似的各样庄稼，没有往年挖洋芋、掰玉米、割荞麦的繁忙与喧闹，再也没有牧归的小舅

子采摘来酸梨子、石枣子、乌葡萄、土榛子等林区特产。有的只是南飞大雁呼朋引伴撩拨人心的啼叫，有的只是萧瑟秋风撩起记忆深处的峥嵘岁月……

依旧白雪皑皑，依旧银装素裹，但亲戚们却迁往远方，南山万籁归于寂静，寂静得能听见雪花落在松针上的声音。若再想坐在那窗外是梦幻雾凇玉树琼枝童话世界般的村庄，欢聚一堂掀牛九、吃肘子，聆听他们乐天知足的人生感悟，只能在梦境……

梦境的画面背景，依然是悠悠南山……

善良孝顺的脱贫兄弟

赵满财、赵满银、赵满祥三兄弟，家住泾源县六盘山镇蒿店村三组。赵满银排行老二，在南方给一家私企开货运车打工，老大赵满财与老三赵满祥饲养着三十头牛，种植六十亩饲草。他们的养殖业发展到今天这样的规模，一路上充满着艰辛与坎坷。

赵满财童年喜欢画画，有过美术之梦，但家庭生活的艰辛无情地击碎了他的梦想。文盲父亲老实疙瘩，只会出苦力；母亲是听障人士。常言说，物竞天择，适者生存。一个文盲父亲和听障母亲组成的家庭，所生养的孩子们注定要饱受痛苦与磨难。无法想象，他们幼童时期饥渴热冷是如何向听障母亲诉求的？他们湿燥疼痛时是如何向听障母亲诉诸的？他们牙牙学语时，得不到第一任老师——母亲适时的指教与矫正，想象到他们兄弟的难过，是扎心得疼！这样一个没有阅读和辅导条件的家庭环境，滞迟了孩子的智力起跑。家徒四壁，无钱供养孩子读书，兄弟三个仅上到小学三四年级就陆续辍学，十岁左右相继帮父母干农活，每天以放猪放牛、挖野菜、挖药材、割草、打柴度日。

一位听障母亲把三个儿子拉扯大，其间艰难困苦更是常人的几倍乃至几十倍。十几年苦水浸泡挣扎，不堪回首……

直到他们兄弟相继进入青年时期，有力气了，正巧赶上国家改革，一系列惠农政策相继出台，他们三兄弟才有了施展拳脚的地方。

穷则思变。眼看着村里一家家相继翻身，生活改善，兄弟三个焦虑地思谋着脱贫的出路。起初他们选定养猪，不巧遇到猪瘟，养猪业陷入低谷、降入冰点。考虑到养猪业波动与风险大，只得放弃养猪业，另谋出路。

赵满财、赵满祥是不甘向命运屈服的人，有着百折不挠的坚强意志。2012年兄弟俩贷款10万元，买进15头"西蒙塔尔"（黄白色间杂的花牛），搞起了养牛业。赵满财是个善于学习的青年，他买来有关"西蒙塔尔""安格司"（从澳大利亚引进的黑牛）饲养技术的书籍，有空就埋头钻研。农村兽医奇缺，他又买来养牛相关医学书籍琢磨钻研，在手机网络上学习兽医基础知识。同时，他多次登门虚心请教经验丰富的养牛老人，了解咨询牛的常见病，逐渐掌握了牛的常见病预防与治疗。慢慢地他积累了一些兽医学常识，于是自购各类型号兽用注射针管和十多种西医针剂，为患上感冒、腹泻、口蹄疫等各种常见病的小牛犊、犍牛、乳牛注射针剂，煎灌中药汤。

互联网社会提供的知识信息，吸引、逼迫满财满银满祥三兄弟回炉扫了文盲，满银学会了货运汽车驾驶技术，满财、满祥学会了旋耕式拖拉机驾驶技术，以及其他农用机器的操作。

赵满财学不止步，继续虚心向有丰富经验的养牛老人请教，慢慢学会了给母牛接生。他能根据牛犊前蹄、后蹄孰先露出产道的情况，准确判断是顺产还是难产，以便采用相应的助产措施。

我问及这些年的养牛体会，他侃侃而谈，养牛既要讲究饲养技术，也要能吃下苦耐下烦。母牛临产，要昼夜操心，晚上不能睡实睡"死"了，要时时留心注意，为乳牛助产。操心不到位就有可能母牛难产，或小牛犊被大犍牛踩死，造成损失。母牛产下小牛犊就像女人坐月子，需

要悉心照顾，做饭时给母牛多撒些面汤，让母牛快产奶多产奶；还要给母牛添加易咀嚼的拌草，让母牛恢复体力，同时也要给小牛犊配奶。牛圈七至十天需要彻底消毒一次，以免病菌滋生传染。还要及时清理牛粪便，保持牛棚干净、干燥、通风。一有闲空就拿铁刷子给牛梳毛搔痒痒，一次周身梳毛等于给牛加一次饲料，有利于牛的发育和膘情，还可以培养人与牛的感情，使牛在打鼻栓、注射针剂、灌中药汤时能配合饲主。

经过六年的精心饲养，"西蒙塔尔"的繁殖出售为他们赚了些周转滚动资金。他们筹划扩大养牛规模，又购进了七头"安格司"，分头到西吉县单家集、兴隆镇等养牛专业户家里，考察钢梁结构的牛棚构建与搭建技术。

赵满财计算好了建筑面积与钢材总用量，为节约开销开支，搭建前期的配套、配件制作等筹备工作就自己学着干。他买来焊枪焊条、防护罩等钢材切割器械，购置了修建500平方米大棚及附属设施所用的钢管及人字梁，并在网络上反复学习钢架牛棚的搭建常识与搭建工序。他白天精心喂牛，晚上夜以继日地切割钢管角铁，制作相关配套配件，加工凸凹卡口接头。由于防护不当，电焊刺伤了他的眼睛，造成整天流泪不止……

一切准备就绪，赵满财请来砖瓦匠人，雇了若干名小工，择吉日起重吊装、立柱搭建。大干十几天后，终于构建起500平方米的钢架牛棚，280平方米的饲草粉碎工棚兼贮草库房，200平方米的青贮池棚。他又在大钢架棚内设计建造了铁栅栏单元隔间，隔离圈养小牛犊，以防被大犍牛踩踏。整个钢棚宽敞豁亮，坚固结实，美观大气。设计科学，间隔合理，利于通风，采光充足。前来参观的乡邻无不交口称赞，在众乡邻眼里，赵满财成了"大匠人""致富能手"。

牛棚空间扩大了，牛存栏数发展到 30 头。满财、满祥又承包了村民们撂荒、闲置的五十亩地，扩大了饲草种植。随着养牛业的不断发展，他们添置了相应的机械设备。从 2016 年始，他们先后购置了中型旋耕拖拉机、铡草机、粉碎机、农用三轮车等，自己学着安装了与养牛相关的电动设备。

满财满祥脱贫不忘帮扶乡邻。满祥为乡邻旋耕玉米地总是让利收费。碰到鳏寡孤独特困户，他只收点儿柴油费。满财为乡邻的牛治病、注射、灌草药也常常只收药费、针剂费，从没收过出诊费和误工费。他购买牛时，也曾上当受骗几次，损失不小，为此付出过昂贵的"学费"。农村兽医稀缺，偏巧坑蒙过赵满财的一个养牛户家牛有了疫情，到处请不到兽医，便硬着头皮上门请赵满财为牛治病，他不计前嫌前往为之排忧解难。村里一位老大爷说："生意场上的人诡得很，父子之间都没有实话，唯利是图。你这么心软，不断做让利的事，啥年成才能致富呀！"满财满祥总是自勉自慰："我们权当积德行善，看能给我们弟兄们娶上媳妇嘛，我们兄弟都是从苦难中熬煎出来的，对遭遇苦难的人感同身受，我怎么忍心赚他们的利？"

确实，他们兄弟帮扶他人由来已久，非止一次。赵满财扬场、摞麦垛是行家里手。他经常在月夜乘风头好时为鳏寡之家扬场至深夜。农村夏收打碾是虎口夺食特忙季节，雷阵雨突如其来，猝不及防。农人碾场遭遇雷暴雨，恨不得生出三头六臂来起场收苫、收摞麦垛。每当雷阵雨袭来时，麦场乱作一团，赵满财禁不住寡妇拉娃娃家的央求，扔下自家摞了半茬的麦垛，为那些寡妇拉娃娃家摞麦垛、收装扬净的麦子，直至帮完，自家的麦垛灌进了雨水，到手的收成遭雨淋之灾，全家人没少吃芽麦子面，父亲为此唠叨不已……

满财满祥兄弟待乡邻仁慈善良，对父母十分孝顺。2014 年他们

的母亲不幸患子宫癌，拉到县医院治疗。听障母亲不会言语，医生不明白她比画的意思，父亲是文盲，不能到窗口办各种手续、取药，便留守在家照看牛。儿子们不懂这方面的病情。县医院医疗资源有限，只得紧急转院到银川市的宁夏医学院附属医院救治。母亲没生育女孩，也没有娶上儿媳妇，侍候和照顾工作落在了满财满祥身上。在附属医院化疗的近两个月期间，两个儿子贴身照顾母亲，给母亲洗换短裤线裤，料理吃喝拉撒。

两个月的化疗疗程结束，母亲病情稍稍稳住。出院时医生的护理建议是：老母亲没有痊愈的希望，你们回去生活上好好照顾，照顾得好点能奈何一二年；如果照顾不好，营养跟不上去的话，癌情难免扩散恶化，那就无可奈何了……

孝顺的满财满祥兄弟仨，对母亲照顾体贴入微，不让母亲再干田里农活，也不让她再干家务重活，这些活儿都由他们弟兄们包揽了。电冰箱里鸡鸭鱼肉常备不缺，每天早上给母亲热上牛奶，打两个荷包鸡蛋；中午常给她炖肉，或炒鸡蛋，荤素搭配，保证营养；时令水果和新鲜蔬菜从来没缺过。七个年头了，母亲的身体保养得较好，体征状况突破了医生的预期判断。这全是兄弟三个悉心照料的结果。

文盲父亲、听障母亲组成的弱势家庭生养的三个儿子，在人生初始接受文化教育上似乎输在了起跑线上，但新时代把他们三兄弟卷进波澜壮阔的脱贫致富大潮中摸爬滚打，是党和政府的惠民政策让他们享受到银行贷款，使他们有了买牛的启动资金，帮扶他们在脱贫致富的康庄大道上施展身手、奋起直追，最终步入小康生活。这在蒿店村村民眼里无疑是个奇迹。实际上这个奇迹是党和政府的政策造就的，新时代把他们三兄弟从贫穷中解救出来，为他们提供了施展拳脚的广阔天地，赋予他们致富本领，开阔了他们的心胸、眼界，提升了他们的思想觉悟和精神境界，塑造了他们仁慈善良的天性，健全了他们的人格情操，并且教会他们感恩社会、回报社会，最终把他们兄弟三个造就成振兴乡村经济的新型农民。

我的小学

我上小学大概是 1960 年前后，那时国家底子薄，一穷二白。每个家庭也贫穷，我家是家徒四壁。

大概是 1959 年春季的一天（那时春季报名），父亲把我领进蒿店小学大门，当时正值上课时间，校园里一派清静。父亲历来尊敬学校、教师，从来不到圣洁的校园转悠，觉得在校园里长时间等人是打扰学校。终生大忙人的他，没有工夫闲陪着我在空荡荡的校园里等候，认为在校园里转悠等人是耗费时间，于是丢下我回去劳动了。

后来我推想，父亲是个文盲，不知道找哪位老师给我报名，不懂孩子到学校报名的程序。那时生产队轻易不给男劳力请假，生产队长把催促男劳力下地劳动抓得十分紧，所以父亲才丢下我一人留在学校，他匆匆参加生产队劳动去了。

我是懵懂儿童，也不知道适龄儿童入学要从一年级起始，要找一年级的班主任报名，才能按部就班读书。

我记得我在校园里乱转，在这间教室门前张望一下，又到那间教室门前张望一下，没有老师出来引领我寻找新生报名处。

大概这么乱转悠、胡张望了两天，很是失望。

后来我才在镇上一位小伙伴的引领下，找到了一年级的班主任万老师，万老师问我叫什么名字，我按父亲的嘱咐答复了万老师。万老师登记了，但是没座位。

偌大的教室里，小孩子们挤得满满当当，连老师巡回辅导的走道都坐满了人。

蒿店小学是关帝庙改造的。关帝庙的所有建筑设施稍加改造，小学全都派上了用场。一年级教室是一座大殿改造的（后来才得知这座大殿是"关帝"庙正殿）。

那时办教育经费紧张，没有经费征地，学校场地难以解决，因此不少中小学都是庙宇改造成的。比如固原城关二小，就是在固原城南门坡子上武庙地址上建造的，所以固原二小过去叫"武庙小学"。

蒿店古镇关帝庙地处古镇西头，占地面积很大。庙门是砖砌的牌坊式建筑，高大气派。关帝庙建在地势很高的台基上，坐北面南，高高在上，俯视下面西（安）兰（州）公路上的车水马龙，终年川流不息。

进了庙门，就到了门厅。

门厅建筑使庙门有了深度，增添了庙门的庄严感。门厅内还有一道古典中式镜框门，门槛是优质的厚松木板。门厅左右各有一间小巧玲珑的耳房，是过去赶庙会时香客们报名登记的小房子。平时这对称的耳房是看庙人的门房子。改造成学校后，这两间耳房用作老师的宿舍。

牌坊式庙门东西各有一栋厢房，两边厢房把牌坊式庙门拥在中间，连成一个整体，很是气派。东西厢房过去是关帝庙讲经的场所，现在改建成小学，正好做教室，宽敞明亮。东西两栋厢房因其地势高，一直是高年级学生的教室。

大门门厅台基与两边厢房处在同一个地面水平线，比校园高近两米，因此台基两端修了台阶，供人们进出。台基下是一个大花园，花园里牡丹花树很大，每年五月牡丹花盛开，香溢满院。

学校每天下午放学时，校长总是站花园上面的门厅台基上，面朝北，检阅清点各年级、各班队列，总结当天的卫生检查。各班学生排成整齐的队伍，班主任站在队伍的侧前。同样，每周一在此颁发卫生流动红旗。

整个关帝庙规模很大，院内香房很多，是过去赶庙会安排各地香客们住宿的场所，现在正好改造成各个年级的教室。

关帝庙大殿建在院西另一个台基上。大殿东侧有一棵几人合抱不住的百年大榆树，树上挂着一口大钟，学校全天的作息都是听从这口大钟的号令。

大殿前面的台基正好是一个舞台的面积，常用作开会的主席台，也适合演节目。每年六一儿童节，十里八乡各校学生的节目都在这里上演。高台坐北面南，下面是一个广场，可容纳几千名观众。学校改造成了篮球场，可容纳几个班同时上体育课，可见这个关帝庙占地的宽广。

那时候办学经费紧张，一年级学生八九十人，全都挤在大殿改造的大教室里。学校提供的课桌板凳仅能安排四五十名学生，不足的课桌板凳，学校动员学生自带，暂借给学校使用。一年级学生升级到二年级，桌凳归还学生家庭。新报名的一年级新生又自带桌凳来，以此解决桌凳不够的困难。

我是中途插进来的新生，当然无座位。我家也没有闲桌凳借给学校用。万老师就安排我坐在同学的课桌下面听课。有座位的学生，不情愿脚下挤一个我妨碍他学习，常常用脚踢我、踩踏我。于是我就挪到别一个同学桌下听课，结果一样，仍然遭遇被踢、被踩。

于是我向父母告知这种情况，父母也无奈，解决不了我无课桌凳的困难，我仍然屈辱地挤钻在同学的课桌下听课，今天坐在这儿，明天移换到那儿，没有个固定的位置。

蒿店地方虽然穷，但有尊师重教的好庄风，家长重视子女们的上学读书，蒿店小学教学质量在全县数一数二。以前，甘肃省教育厅小学部有时也选点巡视蒿店小学。选点抽查统考时，也顺路安排蒿店小学参加统考。蒿店小学六年级学生何世普曾考出优异成绩，榜上有名。此事引起固原县文教局的重视，从此蒿店小学闻名遐迩。

蒿店小学吸引着甘肃平凉所辖的各个乡镇的生源，十里八乡的学生家长都争着把子女们送到蒿店小学就读。所以关帝庙大殿改造的一年级教室人满为患，留作教师巡回辅导学生的过道也坐满了学生。

初上一年级，我没有作业本子，老师就把写剩的蚕豆般大的粉笔头扔给我和一些同样贫穷的学生，让我们在教室地上学写字、做作业。当然，老师是无法批改教室地上的作业的。

别的学生每天交作业，我没作业本子可交，难免自卑。我家里非常穷，没有一点儿钱给我买作业本子。

记得比我小四岁的二妹妹两岁多就能跟我学说话。我模仿四川箍缸师傅满街的叫卖声："箍缸——！"

二妹妹就呼应着喊："咧噢——！"

我再喊："箍缸——！"

她又呼应："咧噢——！"

我喊一声，她呼应一声……

后来二妹妹患病，连续三四天高烧不退，烧到四十度。据医生说，有三四块钱就能治好。家里硬是拿不出三四块钱给她治病，最后二妹妹因高烧丧失听力，导致成哑巴，残疾终身……

我告诉父母上学没有作业本的艰难，父亲连买一张白杉纸的钱都掏不出。

那时生产一种非常粗糙的劣质马粪纸，上面还残存着草秸秆。

医院用这种马粪纸来包装中草药。由于它价格低廉，没钱的父亲给我买回来几张灰褐色的马粪纸，用刀裁好，母亲用针线给我钉了几个本子。我欣欣然拿到学校埋头就写。

可是我交上去的作业本老师没批改。

我非常清楚地记得，和我同一个大队的杨彩凤，是我一年级的同学，她家境比我家好，她交上去的白杉纸作业本，老师用蘸上红墨水的小楷笔在作业面上打了鲜红的勾勾。我的作业没有批改，作业面上没有红勾勾，而且发作业本的方式也不一样。白杉纸作业本是学习委员亲自走到学生桌前，交还到学生本人手里；我的灰褐色作业本是扔给我的，学习委员隔着几排桌子远远地扔给我。

我的灰褐色作业本像只受伤的灰鹁鸽，翻飞旋落在教室地上。等我从拥挤的人群中挤过去捡起时，作业本已被纷嚷的学生踩踏得不像样子了，我的眼泪涌了上来。

我一直羡慕杨彩凤白杉纸作业本上有老师打的红勾勾，在我眼里，那红勾勾很美丽，代表着褒奖，是荣誉的符号，是无上的光荣。我一直没得到过，我一直耿耿于怀，不能释怀……

贫穷伴随了我的童年，因此贫穷也养成了我过分节俭的习惯，养成了我珍惜财物的习惯。

对于过分节俭的习惯，子女们颇有微词。

比如，一些西药药盒、拆弃香烟的包装纸盒，我舍不得扔掉，因为里子是白的呀，是能在上面写字的呀！我用剪刀裁剪好，置放在书架旁。

年老了，记性差了，把出门要买的、要采购的物品名称写上，以免忘却漏买。

我父母先后去世，办丧事时，作为老大的我，事无巨细都要操心。

所需东西要我购买，有了写在白纸片片上的备忘记录，就临事不乱了。白纸板装在口袋里，掏取方便。

给去世的父母烧三年纸，给儿子结婚，采买购置各种物品，我都用此方法、用此形式记录，购物没发生大的遗漏。

并不是买不起一个笔记本，而是缺白杉纸的刻骨铭心……

记得我在二中工作时，有一次市医院给二中学生打防疫针，拆弃了许多药盒子，堆放在多功能厅的墙角，被我看见。我趁人少的当儿，赶在保洁工清理前，把一大堆药盒子装了。下班后，我用自行车带回了家，裁剪了数量可观的一叠白纸板，装订好，写上所有亲朋好友、同事乡党的联系方式、小区住址的楼号、单元等，经久不烂。

有时小区楼上面有些孩子把好端端的作业本撕下来，叠成纸飞机放飞。我看见，觉得怪可惜的。于是把扔得满地的白纸捡拾起来，拿回家用订书机钉成小本子使用。

每每向子女解释过分节俭形成的原因，都被他们看作"老皇历，该扔进垃圾堆"。

微词归微词，但习惯成自然，积习难改。

父亲做四杈

四杈是农村麦场里的重要农具，上垛、抖场、扬场、掠场、起场都不可或缺。蒿店古镇地处林畔，出产做四杈的原料。做四杈是蒿店传统的产业之一。

从我记事起，蒿店大队三个生产小队有四杈副业组，其中蒿店一队四杈组规模最大，会做四杈的人有十几个。我父亲就是其中之一，技术最好，曾担任过四杈副业组组长。那时蒿店大队一队的四杈副业搞得红红火火，队里副业收入高，劳动日值全县闻名。曾经《宁夏日报》的青年记者还专程采访过我父亲，蒿店大队一队四杈副业组事迹被《宁夏日报》报道过。

父亲在生产队工时限内完成定额任务后，晚上就加班搞点儿家庭副业。为了养活一大家子人，他没日没夜地做四杈，靠四杈手艺把九个儿女拉扯大。多少年来的物资交流大会，戏唱得那么红火热闹，父亲从来没进过戏场。有时古镇还放电影，父亲也从来没进过电影场。他长年泡在四杈活儿上。白天给生产队做四杈，晚上给自家偷着做。

父亲曾说过，做成一张四杈，需十七道工序。

记得春节过毕没几天，我还沉浸在春节美好的回味中，还没有下苦的思想准备，父亲就着手收购四杈权茨了。与蒿店毗邻的土窑子、花崖子一带有社员背来一捆捆青皮枸子权茨，卸到我家院子里，父亲一捆捆验收、点数、付款。

然后父亲就开工了。只见父亲左手拿着"等棍子"（标尺），右手抡起老斧头，截取最佳段，砍去边角料。这道工序需耗去半天时间。

父亲系上旧劳动布围裙，用粗刮刮一根根刮削掉两端青皮，两端各需刮去尺许，中间腰部留下七八寸青皮，青皮部分是烧烤部位，是烧软要折弯的部位。这道工序需耗去一两天时间。

刮完几捆青皮权茨，就是"定权茨"工序。家里人能给父亲帮上忙的唯一活儿就是这一道"定权茨"工序。

父亲在靠墙根砌一个长火道炉子，长火道就像铡子口，青皮部位正好对准在炉缝长火道的火焰上。权茨熏软了，父亲用脚踏住熏软的腰部，双手扳两头，用力往上一折，扔在一边。我和弟弟赶忙用粗刮刮子刮掉中间熏黑的焦皮。刮好一大抱时，父亲把权茨抱到院墙四周事先挖造好的凹槽处，一端支在地上，手握另一端，扳住腰部使劲一折，屈折成弓形，上端抵顶在围墙凹槽处，让权茨定形成弓形。一大抱被烧软的权茨定完了，然后继续熏烤，继续用脚折，我们兄弟继续刮，直到把上千根枸子权茨定完。

剩下的十几道工序全是父亲一人干的，家里人再也帮不上忙了。

定在院墙四周的权茨，经过十几天风吹日晒，定形成弯弓形，父亲便把这些权茨拔下来，在房檐下竖着撑几根木杆，上面抵住房檐的椽头，用铁钉钉牢实。这样，以若干竖杆为单元仓，把这些干权茨整整齐齐码摆到房檐下，再继续收购、继续熏烤、继续定、继续码摆。这样粗加工两个多月，直至房檐下码摆得满满当当。到年底做完，春节一过，又收购青皮原料，做完又收，收满又做，周而复始，年复一年。父亲做农用四股权近半个世纪，那房檐下码摆的权茨，最少装过五十

仓储，谁也不曾统计有多少万根。

在等待杈茨晒干定型的时间内，收购杈档子。仍然用标尺选量一节节杈档子用料，用中型锯子截断，再用中刃子斧头把粗皮片掉，让它瘦身，最重要的环节是片出一个水平面，这个水平面在日后"打杈"时，在平面上凿槽镶嵌杈茨。

这是准备杈茨的其中一个阶段。

杈档子原料是面梨子木头。面梨子树全身是宝，果实是甜的，在生活最困难的年月，采摘面梨子捏成油圈圈形状的果饼，串在木杆上，晾挂在房檐下，让它晒干。到来年青黄不接时，磨成果炒面度灾荒。面梨子木头皮子也不怎么苦，在最困难的时代，祖母曾用父亲片下来的杈档子皮当茶叶饮用。泡一罐罐，酷暑伏天从地里回来，美美饮一气子也能解渴，其苦味人勉强能接受，那颜色极像红茶。

杈档子片好后，在院里垒成空心六角塔，让风吹日晒。晒干后再纵一层横一层密密地码摞。

下一道工序是折杈茨。

父亲在一间无前墙的简易小房子里砌一个熏烤干杈茨的火炉子，把火生着，垒上煤块子。这一道工序费力最大、费时最长，最辛苦。这要熏折杈茨的两端，杈头部呈勺翘状，杈尾柄部呈弯拐形。弯拐又分两种：一种是四杈两边的大弯拐形，另一种是四杈中间的小弯拐形。

父亲在一个凿有"V"字形孔眼的长条杏木凳上，把一根根杈茨伸进"V"字口，折成合乎四杈形状的样子。那些从房檐下取来的干杈茨，在火炉子里熏软后，要趁热赶紧折，晾冷了就不好折了，也容易折断。折好一端，再折另一端。然后分类码放。父亲满手的老茧主要是在这道工序里磨成的。

多少个雪天，多少个阴雨连绵的日子里，其他社员们蒙头睡大觉，缓着，鼾声如雷。而父亲抓紧这不能下地干农活儿的时间折权茨。多少次饭成了，父亲顾不上吃。我到小房子前请父亲吃饭，父亲总是说："让我把这炉子权茨折完再吃。"饭热了几遍了，母亲催我叫父亲吃饭，父亲总是说："一炉子权茨熏热了不容易，要折完才能顾上吃饭，不然的话，权茨晾冷了就回性了，再烧折容易折断。"

父亲从不挑剔饭菜，多粗糙的饭，他一声不吭地吃了。吃毕就进小房继续折权茨。他很自尊，有一次，他来我工作的蒿店中学叫我回去帮着给权茨刮青皮，只在我宿舍门口喊一声，转身就走了，从来没进过我工作的宿舍。

折好四五百根权茨，接下来一道工序就是片（即"砍"之意，做四权的人都把"砍"叫"片"，下同）权茨。这道工序总的过程是"瘦身"。需分几步加工：第一步，把权头部片成尖状，码摆好。第二步，再片权尾柄部，片成两种。因为一张四权由四根权茨构成，把两边的两根权茨尾柄部位片成半包形，有利于扎绑工序；中间被夹的两根尾柄片成叶片状，这样定制（打权）时才有利于捏合、绑、钉。

片权茨也费时间、费力气，非常辛苦。父亲胳臂疼痛就是片权茨劳累过度造成的。片权茨用的是一种叫作"偏刃子斧头"的工具，斧头连带刃子，又薄又弯又长，以便于转换角度，把拐了几个弯的权茨片成合乎成品的形状，技术要求很高，拿捏分量需下些功夫学习，否则不会使用。稍有闪失，一根权茨就报废了。片权茨累得父亲哮喘、咳嗽不止，看得儿女们心疼！

接下来的工序是刮权茨。分两步做：第一步，用粗刮刀刮出大样子，是粗坯子；第二步用细刮刀，在粗坯子基础上细细地刮，几乎像打磨一样，刮成成品要求得那样光滑洁净。那刮刀刃子的垫板是牛腿骨头做的，仅仅从垫板骨头上的几个凹槽就可以看出父亲刮权茨消耗了多

少力气！他弓身倾全身力气捏紧一根桷子杈茨，打磨成光滑尖利形状，努得父亲胸腔和心窝子疼痛，两眼发花，头上冒汗。刮削下来的细丝圈状刨花，堆得快要淹没了长条板凳，像车床上车下来的锣圈一样，装满一背篼背走。不一会儿又刮厚厚一大堆，可见刮杈茨付出了多大力气啊！

折杈茨、片杈茨、刮杈茨最费力气，最耗费时间，这三个工序都是在晚上进行的。

父亲衣裤上、膝盖上多处破洞就是片杈茨划烂戳烂的，衣襟、袖子、肘子上的窟窿，就是长期折杈茨磨损戳破的。父亲穿的衣服是补丁摞补丁，可他从来没有张罗给自己扯布缝件新衣服。

接下来的工序是配杈茨。

四根一组，中间两根杈茨尾柄是小弯度，尾柄部是叶片状；外边两根杈茨是大弯度，尾柄部是半包状的。四根一组，交叠套进模子腰框。装套好一框，用木腰把尾柄部束扎紧，置入浅缸，倒上水，泡十头八天。达到泡软，有利于之后深加工。

接下来的工序叫"打杈"。

"打杈"就是组装四杈。接近成品时，成果感鼓舞着人，做杈人心劲大了，不像折杈茨、片杈茨、刮杈茨那么苦，那么累人了，在旁边观看的人也感觉轻松、欣喜。

抱来那捆在水缸里泡了若干天的杈茨，支稳长条杏木凳子，长条凳头上镶有一前一后两个木桩形夹耳子，用来夹卡杈档子，用左手按稳杈档子，右手握锯，在杈档子上锯出四个两厘米见方的凹槽，然后抽出两根小弯度杈茨，用偏刃子斧头把杈茨腰部削出两厘米见方的正方体，置放在杈档子中间两个凹槽口，用斧背把杈茨镶嵌进杈档子中间凹槽，用点力气才能打紧。然后又用同样做法，镶嵌进外边两根大弯度杈茨。待四根杈茨都镶嵌进杈档子的四个凹槽，便将四根杈茨尾柄捏在一起，用牛筋绳子绑扎紧。这样，一张四杈就算组装成型了，这就是"打杈"工序。打好一张四杈，立在那里，又开始打第二张，第三张……

接下来的工序是锯槽、勒壕。打好五十张四杈，又要用木头钉子钉四杈，在杈柄上用钻子钻出两个钉眼，钉上白芯木木钉，然后解开筋绳子，以备下次打杈时再使用。接下来在杈档子正面居中锯出一道大约一寸见方的凹槽，这凹槽是使用四杈的人用来安杈把的。再在杈背面用小锯条锯出两条细细的缝子，供安杈把时扎绑绳子。最后用锯子锯掉杈柄端长短不齐的余料。这样，一张四杈就算完全定制结束了。

十七道工序不能尽述，有些工序是语言无法叙述的，只能讲出主要的工序。

有许多工序难以用文字表述清楚。如果能用录像机把十七道工序录下来，边播放录像边叙述最方便了，效果最好。但那时代我们国家还不能生产录像机，官方新闻部门使用的录像机是进口的。录像机还没有走向民间。那时我家也穷，连最简单的照相机都买不起，也就没有留下做四杈的一鳞半爪照片。现在虽说手机录像机普及了，但山区传统农业消失了，四杈产业链消失了，四杈进了农耕博物馆。想弥补录像缺憾，也再没有四杈产业链了，找不到四杈作坊了。这就给我的叙述带来极大的困难，我只能勉为其难地叙述，枯燥是难免的。

父亲用扎绳子捆好五十张四杈，晚上乘林场人睡定，偷偷背到负责收购农副产品的王建祥那里，每张卖四角七分钱，共卖得二十三元五角钱。

第二天，父亲用卖四杈换来的钱在黑市上买来玉米，养家糊口，拉扯七大八小一大家子人。

然后父亲顾不上歇息，又着手下一轮四权配件加工。

兀兀穷年，从没听到父亲哼唱过什么，一辈子与娱乐绝缘，好像他生命中注定是下苦。

父亲从来没有蓄过私房钱，也没见过他卖了四权下过一次馆子，改善一下生活。卖了四权的钱立即给家里购买生活用品，或换买粮食，挣来的钱全家用，养活儿女。

我永远忘不了春节刚过毕烟熏火燎熏权茨的情景，永远忘不了院里弥漫着熏烧栒子青皮的味道，永远忘不了帮父亲刮熏焦的权茨皮的情景……

难忘的"拜年饭"

　　鞑子坟村是泾源县蒿店古镇东北方向的一个偏僻山村，总共十几户人家。鞑子坟村的地形颇似三足鼎立的锅灶架子，鼎立的三足是三座风化形成的沙峁，周围高山环绕。不知是根据什么风水理论，选择这么一个奇形怪状的地方埋葬行政官员，让人费解。

　　鞑子坟在六盘山区腹地，山大沟深，海拔两千多米，地势陡峭，水源稀缺，村民取水需用木桶从沟底往上背。约六十度的陡峭山梁，冬天落雪结冰后，人畜难免失足摔倒，轻则水桶坠入沟底，重则人畜坠下悬崖。取水的小孩经常滑倒，水桶滚下深渊，哭着不敢回家。凡是来过鞑子坟的县上干部，无不唏嘘感慨"这是西海固最穷的村子"。高寒山峁只适宜种植洋芋、燕麦、荞麦等作物，恶劣的自然环境使鞑子坟村人生存异常苦焦，他们生存所需的布匹、盐、煤油等非买不可的日用品，都需从自留地的农产品变卖。他们用麻袋背上自产的白萝卜、胡萝卜、甜菜、胡麻衣子、荞花衣子，到蒿店集市卖出，然后买上所需的日用品。赶集的年老男人们衣衫褴褛，面容憔悴，裤管和布鞋上常残留着牛粪，高强度的农活使他们个个驼背。提着鸡蛋篮赶集的中老年妇女们大都灰头土脸，高海拔、强紫外线照射，加之凛冽的山风，使妇女们脸上多了两团高原红。他们都操着浓重的"南里腔"。

蒿店逢三、六、九集，鞑子坟人蹒跚着走下陡峭蜿蜒的北山，蹚过颉河，要进入蒿店集市，必须要经过街东头我家西房背后的巷道。南北走向的巷道西边，邻居咸家大门前砌有一道石台子，每逢集日，村民们身负上百斤重的洋芋、萝卜、甜菜、胡麻衣子、荞花衣子，汗流浃背，歇在巷道石台子上，长长地吁一口气。每逢看见我们小孩，那些酱赤色面容的大姨们总是露出友善憨厚的微笑。而集镇街头的人见的世面多了，对乡下人的真诚笑脸熟视无睹，小孩们从小又是在街镇炎凉世风中浸泡大的，渐染上了轻视乡下人的习性，何况鞑子坟村名字不雅。小孩们感兴趣的只是玩，只顾寻思有什么玩法。

能寻到什么玩法呢？

我们的少年时期是在 20 世纪五六十年代，那时农村的文化娱乐非常贫乏，只有过年期间的社火才能给沉寂的乡村带来热闹气氛，才能让孩子们兴奋、热闹几天。蒿店是中心集镇，古镇办起的社火在周围十里八乡有些名气，按民俗乡规，在本镇耍完后，邻近各村就开始邀请蒿店镇的社火出乡拜年了。我们这些少年们就跟随在社火队后面"趁红火"。其实，那些社火节目在街道我们看过多遍，早就不新鲜了，但天天晚上还要跟上"趁红火"。因为除此之外，乡村再没有什么能吸引小孩们的文化娱乐活动。于是每晚我们这帮小孩子跟上社火队走村串寨，任凭路途崎岖遥远，任凭雪路坎坷硌脚，我们乐此不疲。社火队的成年人把我们这帮少年叫"害祸"（抱怨我们添麻烦，并无其他恶意）。有时出乡路途太远，他们还驱赶我们。但我们这帮调皮鬼像鸟雀一样跟大人们周旋，大人们佯怒呵斥，挥舞鼓槌驱撵，我们四散躲远；他们操起道具上路时，我们又尾随在队伍后面，跟着进了庄。当然，每场演毕，乡亲们总会尽其所有，招待社火队演职人员的。演职人员们吃喝时，我们这帮"害祸"就只能在远处围观，默默地、不停地咽着口水。

这一年正月初八晚上，蒿店镇社火队应鞑子坟村之邀，给他们村拜年耍社火。高山峻岭，脚下是深渊，社火是傍晚出行，危险可想而知，但我们这帮所谓的"害祸"又尾随着社火队去鞑子坟村。我们既不扮演什么角色，又不是搭旗、掌灯、抬鼓、背道具的，只是些"趁红火"的娃娃，令我终生不忘的一幕却出现了：社火耍毕后，鞑子坟村的乡亲们像款待社火队演职人员一样，一视同仁地招待我们这些外村来的小孩。他们的厚道、热情出乎我们的预料，凳子不够了，他们纷纷御下自家的门板支在小队部院里，摆上暖锅子，端来几大盘荞面摊馍馍，几厚叠余了油的燕面软饼子让我们吃，还给少数民族小孩分发煮熟的鸡蛋。在那喝稀粥、度灾荒的年代，拿出这些饭菜是多么珍贵难得啊！"贫甲西海固"的鞑子坟村人就这样慷慨大方地端出来，热情款待街上一帮"趁红火"的娃娃们！

我与其他男孩一样，怯怯地不敢上前，多数伙伴不相信："趁红火"的外村娃娃们哪有资格享受贵宾般的款待？而我脸有些发烧，心中愧疚，因为招待我们这帮娃娃的几个人，正是经常背着洋芋、萝卜、胡麻衣子、荞花衣子在我家对门石头上歇过脚的大伯大婶们，其中有尹桂花大姨。在他们气喘吁吁、大汗淋漓、口渴难耐、负重张望我们时，我连一碗水都没有给他们端过啊！而鞑子坟人村竟端出暖锅子、荞面燕面软饼子款待我这个"薄情寡义"之人，我怎好意思吃呢？

脸上常挂着友善憨厚笑容的尹桂花大姨，见我扭捏着不肯坐门板，她左手牵上我的手，右手抚摸着我的头顶，亲切地劝道："狗儿（当地人对小孩的爱称），你们来，就是给我们拜年了，上正时月，咋能慢待来拜年的呢？狗儿！坐下吃吧！"说着把筷子递到我手里，把荞面摊馍馍塞到我手里……在那寒冷的夜晚，她宽厚的手掌是多

么温暖、多么温柔啊!

暖锅子里的肉烩粉条弥散着诱人的香气,荞面摊馍馍、燕面软饼子非常香,但我因为心中愧疚,嗓子眼里像被啥堵着卡着,我是带着惭愧强咽下去的,我是伴着感动的泪水强咽下去的……

那顿余了油的燕面软饼子我至今再没有见到过,荞面摊馍馍我至今再没有感受过……

在党和政府的关心下,鞑子坟村于2004年享受国家生态移民政策,整村搬迁到宁夏红寺堡移民新村,开启了生活的新纪元。

弹筝峡又闻弹筝之声

弹筝峡即三关口峡。《水经注》云："泾水经都卢山，山路之内，常有弹筝之声，行者闻之，鼓舞而去。"又云："弦歌之山，峡口水流，风吹滴崖，响如弹筝之韵，因名之。"

至今三关口摩崖碑还留有"山光水韵""山水清音"等石刻字。来自大自然的天籁之音是萧关古道的一个独特景观。

弹筝峡岩壁是石灰岩，既能烧制石灰，又是制造水泥的优质石料。烧制石灰起始年代不详，大规模炸石采料，是从20世纪50年代开始的。弹筝峡东段有两个水泥厂。紧邻三关口村的是原固原县水泥厂，也叫三关口水泥厂。从三关口往东行三里路，是原固原地区六盘山水泥厂。因为设计年产水泥3.23吨，故又叫"三万二厂"。

弹筝峡西段是地县两个水泥厂的采石场。两个厂子里的工人们把采石场叫作矿山。矿山北侧有一条南北走向的深沟，叫红沙石沟。沟里有三十多家石料场，专营粉碎加工各种规格的石子，以及筛洗石子、细沙。三十多家石料场的前身是三十几个石灰厂。不同时代生产力水平不同，所需建筑材料也不同。20世纪50年代至70年代末，周边八九个人民公社隶属下的三十几个生产队，通过地县有关部门的审批，都在弹筝峡争得一席之地，兴办石灰厂，烧制销售石灰，作为集体经

济来源。

改革开放以来，随着城市建设和桥梁建筑事业的迅猛发展，对水泥、石料的需求猛增，弹筝峡北边的几座山头快速下削，爆破面扩大。两个水泥厂因弹筝峡的优质石料办得红火，分别为当地财政增加了不少收入。

弹筝峡的优质岩石确能赚钱，但弹筝峡的生态环境遭到严重破坏。爆破炸山，炮声震天动地，四五十里开外都能听到峡里沉闷的爆破声。从危崖上坠落的滚滚石流，如同古战场的滚木檑石，排山倒海、触目惊心。炸上天的碎片石子如同石雨，落到四面树林、灌木丛，树木植被遭受灭顶之灾。

三十多家石料场粉碎石头、装石卸石腾起的石灰粉尘，使弹筝峡终年笼罩在呛人的烟雾之中。两个水泥厂排放的工业污水，三十多家石料场洗沙洗石子的污水，使颉河深受污染，鱼虾不能生存，人畜不能饮用。弹筝峡北边几座山头被炸得岩石裸露、满目疮痍。运输石料的各种车辆川流不息，鸣笛声不绝于耳。厂子里的大型磨机昼夜轰鸣，淹没了颉河波浪撞击摩崖发出酷似弹筝的奇妙声音。

弹筝峡峡东、峡西的庄稼也遭受损失。刮西北风，石灰粉尘落在峡东边的三关口村、蒿店村、农林村；刮东南风，石灰粉尘落在西边的红沙石沟村、上清水沟村、杨庄村、瓦亭村。各样庄稼小苗一出土便蒙上石灰粉尘，走完它灰色的一生，生长得蔫不奔拉，真是栽瓜秧不旺，种豆豆苗灰，粮食减产三到四成。夏天收割麦子，一搭镰刀，抖起石灰粉尘，呛得农民苦不堪言。秋季掰玉米也是一样，玉米叶子上落满石灰粉尘，一搭手，石灰粉尘扑簌簌往下落，落人一身，年年如此。

弹筝峡北边山洼桃树漫山遍野，只可惜，山桃花吐蕾时便蒙上石灰粉尘，花瓣绽开后，花蕊里便落满石灰粉尘。南边山林里的杏花、梨花等花，都开不鲜艳，灰蒙蒙脏兮兮的。它们的果实也因为开花时落上粉尘而先天不足。

弹筝峡峡东、峡西十几个村民小组盖新房铺的红褐色机瓦不到两年就变成灰色。后来换铺的亮棕色陶瓷瓦也一样，让村民们心情沮丧。

2002年固原撤地设市，市委、市政府十分重视生态环境的治理，通过媒体加大力度宣传环保法规。按照自治区人民政府、自治区环保厅有关文件规定，2012年12月关闭了三关口水泥厂。2018年3月关闭了六盘山水泥厂。红沙石沟三十多家石料场也相继关闭拆除。

采取这些环保治理措施，还是颇有不舍，毕竟这些企业支撑着地方财政。三关口水泥厂的利润税收、三十多家石料场的年税收入是泾源县财政收入的主要来源；六盘山水泥厂利润税收是固原市财政收入的来源之一。因为地县其他企业不景气，长期经营亏损，举步维艰，纷纷倒闭，唯剩这两个建材企业支撑着地县财政。关闭这两个厂子，如同割自己身上的肉。但新成立的市委、市政府以勇士断腕刮骨疗毒的决绝态度，狠下决心，贯彻落实习近平总书记"绿水青山就是金山银山"的重要指示精神。

固原市城建局、环保局等职能部门指导督促泾源县治理弹筝峡生态环境。泾源县城乡建设局、环保局、旅游局等部门协同配合，具体实施弹筝峡生态修复工程。专家技术员多次到弹筝峡矿山考察拍照，详细记录须整改的各项数据。有关方面领导又去石嘴山参观学习矿区综合治理的措施经验，还借鉴外省市治理矿山的做法。经过多次研究讨论，绘制出弹筝峡综合治理方案。

近20年的综合治理，弹筝峡矿山再也听不到震耳欲聋的爆破声、粉碎石头的隆隆声，再也听不到两个厂子大型磨机昼夜不息的轰鸣声，再也听不到往来运料、车水马龙的喧嚣声。呈现在人们面前的是山清

水秀、环境优美。昔日受到严重污染的颉河水现在清澈见底，河上修建了多道漫水堤坝，拦河成湖，碧波荡漾。还利用堤坝之间落差修了多道小瀑布，悦目可观。在河湖上建了九曲栈道，方便游客赏景。沿河湖旁边栽植了从江南引进的睡莲，成为弹筝峡一道独特风景。河湖湿地招来了白鹳、鹭丝等水鸟在湖边觅食。这都是过去不曾有过的奇迹！弹筝峡现在成了312国道旁一个旅游景点。

昔日矿山上裸露的峭崖危石累累伤痕，被壁挂吊篮式网状人工植被覆盖了，几百亩河床全部栽种了油松，绿树成荫，生机盎然。现在大部分民居铺上了陶瓷瓦，登上闵家山俯瞰蒿店山川，一幢幢民房屋顶上棕色的陶瓷瓦，在四周青山陪衬烘托下，鲜亮美观，让人心情愉悦舒畅，对生活充满信心。

昔日，峡东峡西的村民们路过弹筝峡，看见矿山满目疮痍，心情复杂。而今，峡东峡西的村民们农闲时，也像城里人一样郊游，扶老携幼，欣赏湖光山色。春天欣赏烂漫的山桃花、杏花。夏天到茂密的林荫里散步、休憩；漫步九曲栈桥，欣赏鱼戏莲叶间；仰观苍鹰盘旋，俯视水鸟徜徉。秋天带上孩子，或提竹篮，或背竹筐，到弹筝峡南边森林里采摘野生乌葡萄、石枣子、面梨子，享受大自然慷慨的馈赠。这些浪漫的诗意的生活，在20年前是天方夜谭，不可想象。

20年胼手胝足，20年风雨兼程，弹筝峡换了人间，山变绿了，水变清了。庄稼墨绿，森林苍翠，树叶油亮，鱼翔浅底，白鹳亮翅，鹰旋苍穹。颉河哗哗，天朗气清，惠风和畅，峡口水流，风吹滴崖，叮叮咚咚。天籁妙音又回荡在弹筝峡里。

它弹奏的是弹筝峡村民们歌唱新生活的心曲，它为村民们唱出的花儿伴奏，它弹奏的是新时代的幸福曲、和谐曲。

饿童与丑娃觅食轶闻

20 世纪 50 年代末、60 年代初，我国遭遇了三年自然灾害，粮食奇缺。瓜菜不足，用谷糠麦麸补充；谷糠麦麸吃光了，把洋芋蔓、番薯蔓、蚕豆皮粉碎了填充食物的不足。大队食堂的伙食越办越差，但灶火门却越来越大。饿极了的孩子们把各种秸秆、番芋之类塞进灶火里，争相烧烤。人人手执拨火棍，勾过来翻过去，你推我搡，你争我夺，把灶火门泥皮弄塌了几圈，以致一个小猪娃都能塞进去。

那时我八九岁光景，跟着祖母挖苦苦菜、荠菜、蒲公英贴补伙食，与伙伴们捋榆钱、揪洋槐花、剜辣辣吃，田野里凡是能充饥的东西都被饥民们寻尽了，人们开始剥榆树皮熬煮着吃。

农历四月头上，生产队揭开封锁了多半年的洋芋窖，一筐筐洋芋抬出窖，摊在城门洞子前的开阔场地上，组织女社员们切洋芋籽种。在食品极度匮乏的年月，白生生的洋芋让饥民们眼前一亮，这不是烧烤的上好食材吗？烧洋芋的喷香绝对胜过饼子和白面馒头。

白生生的一大堆洋芋自然招惹来了我们这些饿童，我们像饿极了的半大秃鹫，围拢在洋芋堆周围，目光直勾勾地盯着洋芋堆，寻机下手。胆子大的瞅准空子扑上去抢一个，男看管员像只守护猎获物的猎豹猛扑过来驱赶，"秃鹫"们一哄而散。猎豹驱赶走这边的"秃鹫"，

那边的"秃鹫"们又扑上来抢几个。顾了这边，那边又来抢了。

队长得知饿童们抢夺洋芋籽种，派来了两个不讲情面的光棍汉看守洋芋堆。

饿童们无处下手了，转动着眼珠子思谋新的抢夺法。我灵机一动，想出了一个抢洋芋的"妙招"：我找来一根长竹竿，竹竿的一端绑扎上铁锥尖子，我骑在运输洋芋必经的过道的墙头上，装作掏房檐下的麻雀儿子。一位大婶提着一筐洋芋，从墙根过道里走过来，我居高临下用带锥尖子的竹竿扎筐里的洋芋，谁知错位戳在大婶的手背上，大婶疼得"哎哟"一声，手背上立时流出了殷红的血。

我一看闯了祸，扑通一声跳下一丈多高的墙头。结果磕伤了膝盖，没逃跑成，被一个监工抓住了，训斥了我一顿，然后揪到我父亲那儿，交由"爷老子教训"。

我洋芋没扎成，反倒挨了美美一顿打。

洋芋籽种不是经常切的，洋芋种上了，也就见不到洋芋了。又到了无食可觅的困月里。

有一天，大灶上运来了一车子红葱，我不顾食堂管理员的呵斥，从车上撕了一把红葱，飞奔进食堂大灶火前，扔进灶火门。红葱在汹汹烈火中立时滚缩成一团，我用烧火棍拨拉出来，饿得两眼昏花的我顾不上晾凉就大口吞下去，嘴里烫起了凉浆泡。浓烈的辣味并没有被烈火冲去多少，我还是被辣得双眼流泪……

食堂对门有一盘石磨子，大灶上经常磨洋芋粉子，用来拌和稀粥。灶上磨毕卸了磨，石磨中还残留着一些洋芋粉子。这时，饿疯了的我们就围拢在石磨旁，等候那些光棍饿汉抬起上扇子石磨，我们才有可能抠些残渣剩粉沫子。石磨近三百斤重，两个成年人合力抬起上扇支撑在磨轴上，成年饿汉呵斥我们这些饿童"别抢"，让他们优先刨磨口的粉子。

待成年饿汉刨光，饿童们才用小手指抠石磨扇纹缝隙里的残渣子。

一个扇面刨净抠完后，两个成年饿汉合力将石磨再次抬起换个扇面刨，抠另一面扇纹面。仍是成年饿汉者优先刨。

石磨三百六十度转完，成年饿汉抟一大团洋芋粉子，我抟一小团。捏尽水，飞奔到对面食堂的大灶火前，扔进灶火。用火棍将洋芋粉团拨拉几个滚，缩成硬团团，等不及烧熟，拨拉出烧焦了的黑蛋蛋，顾不上晾凉，就狼吞虎咽，几嘴吃完，哪怕嘴里烫得起了泡。

那粉子团团柔筋筋的口感至今难忘！

几十年后，我试图再搞到那种洋芋粉子烧着吃，但时移事易，再也没有条件烧烤那种柔筋筋的粉团子了。

现在回想起童年时代饿童疯抢洋芋粉子的场景，还是十分危险，很后怕的。饿童们一拥而上，你推我搡地与成年饿汉争抢抠刨石磨口里的残渣，没有一点儿安全保证，稍有不慎，三百斤重的石磨砸下来，砸在那些小手手上，后果不堪设想。

忆起童年的饥饿，就想起"丑娃"轶事。

"丑娃"官名李兴民。比我大十岁左右。从我记事起，他就是个孤儿，取名"丑娃"，可能是因他相貌丑陋而取的乳名。据村里大人们说，丑娃幼年时父母双亡，大队把丑娃委托给姓屈的一家无子女老夫妇照看。大队这样安排也是为了消除老屈夫妇的孤独感，老屈夫妇领取生产队配给的原粮，也代领丑娃那一份儿。

有人照顾，丑娃就倚孤卖孤，养成了好吃懒做的习性。十七八的小伙子了，不愿参加生产队里的集体劳动。干部社员们看在他父母早亡的分儿上，迁就他的懒惰，不予计较。

无人约束，丑娃愈发邋遢懒散，干脆装疯卖傻，自暴自弃。他终年不洗脸，脸上油腻腻的像抹上了灰色油彩，永远眯缝着脏兮兮的眼

睛，衣服上的污垢泛明。

20世纪60年代吃食堂时候，老屈夫妇相继去世。丑娃也随全体社员们在大队食堂打饭吃。

他傻乎乎地终日混在丧失劳动能力的老大爷老太太中间，靠在墙根晒太阳，百无聊赖，甘愿沉沦，甘愿堕落。

孩童时代的我，还不怎么注意丑娃身上懒散邋遢的劣根性，只是觉得丑娃对我们小孩和善，看得起我们，跟我们这帮十岁左右的少年合得来，于是常跟丑娃搞笑取乐。

有几个犟性子老头儿却鄙视丑娃，鄙视他好吃懒做，鄙视他混在老头老太太中间晒太阳，时不时斥责他。丑娃在犟老头儿中间得不到的温情，却能从我们这帮少年里得到，他觉得孩子们对他没有偏见，愿与我们交往。我们这帮少年的确没有嫌弃过他，我们心灵单纯，想不到嫌弃。我们放学路过老人堆堆时，老远就与丑娃打招呼，经常和他逗乐，开开玩笑。丑娃也乐于跟我们搞笑寻开心，借此消除孤独与落寞。

可有一件事，让我们不同情他了，而且恨他很久很久。

有一次，丑娃从"放娃壕"垃圾沟里寻捡到一只瘟死丢弃的小猪崽，大约十斤样子。他抟了一大团稠稠的泥巴，厚厚地糊在死猪崽上，塞进食堂的大灶火里，深埋在柴火底下烧烤，然后眯缝着脏兮兮的双眼打盹，等熟。

我和十几个少年好奇地旁观着他怎么吃得下"瘟猪崽"。

大约烧了一个时辰，丑娃从灶火里拨拉出枕头大小的泥巴团。他掰开泥巴壳，露出了浅粉色、嫩嫩的熟猪崽。猪崽的毛和垢污全被泥巴壳拔尽，肉上没有一丝毛，他小心翼翼地掏出缩成一团窝窝头形状的内脏，一点儿也没玷污嫩肉。丑娃在大灶厨师那儿讨了一撮盐巴，蘸着盐巴，眯缝着脏兮兮的双眼大快朵颐。

在旁围观的十几个少年开始咽唾沫、流口水。我也止不住地咽唾沫、流口水。

我们都非常馋。一年到头没吃过肉了，眼巴巴地瞅着丑娃狼吞虎咽着烤猪崽，企盼丑娃能不能发点善心，给我们分享一点。

但丑娃视若无睹，笑眯眯地眯缝着脏兮兮的眼睛，嘴角流油，吃得香极了，香得浑身微颤，丝毫没有抬眼看一看平素跟他逗过乐的一群少年的馋样儿，口水过了黄河，味蕾在跳动，肠胃在痉挛，五脏六腑在抽搐……

我们眼巴巴地瞅着丑娃又开始撕咬小猪崽的后肘子，嘴角流着油，眯缝着脏兮兮的眼睛，浑身战栗着，越啃越香，但始终没发善心分享给我们哪怕一丝丝儿肘子肉。

吃完后肘子，又开始撕啃前肘子。

有几个伙伴总妒得流泪了，可狠心的丑娃始终没撕半片儿肘子嫩肉分享给我们。我也气得眼睛快要冒火了，平素我与丑娃还逗过乐呢，怎么吃起烤猪崽来就那么狠心，全没有了交情呢？

烤猪崽的香味在空气中快速传播，直扑人的鼻孔，那伙在墙根晒太阳的老头们躁动不安了，坐卧不宁了，不怎么专心致志晒太阳，也动弹开了，站起来，又坐下。几个瞿老头儿背过身咽唾沫，咽着咽着竟咳嗽起来了，转过身子捶背。

有几个性格温和的老大爷禁不住烤猪崽香味的诱惑，朝丑娃这边凑。跟随在我们后面围观的小孩中间有两个三岁模样的小孩，馋得涕泪交流。这时挤到我们前面向丑娃讨要："我要吃肉肉！我要吃肉肉！"

那几个性子温和的老大爷老太太凑到丑娃跟前求情："给娃撕一点点儿吧！看把娃馋成啥了！给娃少撕一点点儿吧！看把娃馋得可怜的！"

可丑娃仍眯缝着脏兮兮的双眼，不为所动，美滋滋地专心撕咬咀

嚼着烤猪崽，对于老大爷老太太的乞求无动于衷。

站在远处墙角观望丑娃"盛宴"的两个孩子父母，不忍心自己的儿子哭着乞求要肉肉，不忍心自己的孩子受饥馋折磨，走过去强行拉扯自家孩子回家，哄说："那是瘟死的猪娃，吃了会得瘟病的！"

孩子哪里拉扯得动？父母强拉硬抱，小孩子在父母怀里乱踢腾。

我们这几个少年心里愤愤不平，非常忌妒：这么邋遢潦倒的丑娃，哪来这么好的运气吃这美味佳肴？

一只烤猪崽吃了大半天，直到把一个"烤全猪"吃光。一群少年愣愣地看了大半天，丑娃始终没发善心撕给饿童们哪怕一小片！

我觉得丑娃那天吃独食有些残酷。我也因此重新打量了他：别看他平素傻乎乎的，可当他烧烤"瘟猪崽"时，却很在行，很精明。他能因陋就简土法上马，用泥巴把死猪崽一层又一层糊得严严的、厚厚的，很有烧烤技术，方法很地道。他是个很精明的"糊涂人"，他甚至配得上"美食家"称号。

丑娃并没有因为吃"瘟猪崽"死亡，一直活到七十多岁。

至此我恨这个丑娃。

多少年过去了，丑娃那顿"烤全猪"盛宴一直保存在我的记忆里，挥之不去。尽管我成年后见到了烧烤餐馆里真正的小烤猪，也有经济能力买得起一只正儿八经的烤猪崽解馋，我也不愿再吃小猪崽了。这时的我心理已发生了变化，我不愿意再回头追补童年时代失去的美味，我不愿意追补命运所亏欠我的解馋"盛宴"。

蒿店古镇的丹青轶韵

　　我的家乡泾源县六盘山镇蒿店村，是曾经的丝路古镇。由于马车时代特定的交通条件及丰富的天然林山货资源，让蒿店成为萧关古道上商贾云集之地。在这个古镇经商的有陕西、甘肃、宁夏、青海、新疆、内蒙古、山西、山东、河南、四川等省区的客商。蒿店是"百家姓"古镇，习俗八面来风，口音南腔北调；商铺鳞次栉比，驼队络绎不绝。那时镇上兴盛着与丝路驼队相关的服务行业和小手工业，开有四权铺、马车配件铺、皮革加工铺、驼绒加工铺等店，还有牲畜交易市场和十几家车马店。古镇潘家、梁家、郭家三家骆驼场子，是跨境贩运丝绸、茶叶、景德镇瓷器的骆驼队中转站。来自不同省份的人带来不同地域的文化、风俗、民情，在蒿店古镇交流、融合，浸润、影响着古镇居民的物质生活与精神世界，孕育出蒿店古镇独特的手工业文化与民俗风情文化。

　　在我的记忆里，印象最深的是古镇的社火美术与镇公所、财神楼、老巷子墙等建筑物上的民俗画，历经岁月磨洗而挥之不去。传承古镇翰墨丹青、有影响力的画师大致有这么几位：

　　第一位美术传人是来自甘肃通渭的魏画匠，他在古镇开着一家戏剧服饰道具店，擅长制作戏剧头饰盔帽及系列道具。魏画匠平时以制

作祭奠丧葬纸活维持生活，一进入十冬腊月，他便是社火会里的领军人物。古镇社火会的美工骨干成员，有来自山西运城的首饰匠常师、甘肃镇原刘银匠父子、宝鸡铁匠王师、静宁铁匠雷师、四川竹篾匠唐师、陕北裁缝张师。古镇社火会打造、绑扎、装饰起的"万民伞"、旱船、彩轿、剧装高芯子、舞狮、舞龙等美术水准，在地跨平、固、彭、隆、泾，辐射半径上百里的乡镇社火中独领风骚，显示了古镇手工行业的经济基础与文化实力。不必说纸社火造型的富丽堂皇，也不必说旱船布幔上的丹青韵致，仅从一些细节就可看出古镇社火美术的精致典雅：如四面执事牌灯上的八面虎头，獠牙如剑，目光似电，威猛恐怖，渲染出社火仪仗庄严神秘的气氛；又如"万民伞"、旱船、花轿棱角花边上的行云流火、"万字不断"微型装饰剪纸等。

第二位传人是毛良佐画师，籍贯甘肃平凉。毕业于原陇东师范（平凉师范前身），接受过正规系统的美术专业训练。他能从传统经典、历史故事中翻出新意，用传统形式包装新鲜时事，借古喻今。他在古镇财神楼墙上画的巨幅调和漆画无人能比，画面上的龙王穿着古装，与电视剧《西游记》中东海龙王毫无二致，手握长柄银剑，面朝万里江山喝训："三山五岳开道！——我来了！"

原固原一位领导肯定了这种大众化、通俗化、群众喜闻乐见的绘画宣传形式，布置他沿西（安）兰（州）公路诸村镇一直画到建有炼钢铁小高炉的和尚铺一带，形成了长达四十里的一道独特的风景线，吸引着西（安）兰（州）公路南来北往班车上无数乘客的眼球。班车里下来吃饭、小憩的外省乘客，一拨又一拨被吸引到这幅巨型漆画前驻足观赏，端详、品评、拍照。由此推想，这幅画作的艺术功底是毋庸置疑的。

第三位传人是李元华，祖籍甘肃泾川县。李元华继承了魏画匠的书法绘画艺术和社火工艺技术，使蒿店社火美术得以薪火相传。他的美术擅长及成就是画毛主席巨幅画像，产生过影响力的画作有两幅：一幅是1969年庆"党的九大"，他画了一幅毛主席在天安门城楼向百万群众挥巨手致意、16平方米的巨像，镶嵌在特做的木制相框架里，由八个人抬着到固原参加空前盛况的庆"党的九大"游行；第二幅是西（安）兰（州）公路旁的蒿店林场山墙上20平方米的《毛主席去安源》巨幅调和漆画，领袖的神采、伟人的气度惟妙惟肖，显示了李元华精湛的人物工笔绘画技艺，也赢得了西（安）兰（州）公路过往班车上无数乘客的认可、赞许。

蒿店古镇的翰墨丹青，记录着中华人民共和国所经历的风云岁月，不仅留下了其历史年月的烙印，也是其沧桑巨变的见证者。愿古镇民俗文化与丹青艺术与时俱进，再度繁荣中兴。

蒿店古镇的梨园轶韵

上

中国戏曲是集文学、音乐、美术、舞蹈、杂技于一身，有生、丑、净、旦角色类别，以唱、念、做、打综合表演为中心的综合艺术。戏曲涉及历史学、哲学、伦理学、社会学、人类学、地理风情等文化范畴，是一座蕴藏丰富的文化宝库。

中国戏曲按作品题材可分现代剧、历史剧；按表演风格可分为文戏、武戏；按演出形式可分全本戏、折子戏等；按地域特色可分为京剧、昆曲、豫剧等种类。

中国戏曲有着悠久的历史和丰厚的文化底蕴，而且极富中国特色。它们表现了特定的历史文化、风俗习惯和中国文化特有的价值观、审美观，具有浓厚的生活气息和独特的艺术风格。

不同地方的戏曲有不同风格和特色，让人赏心悦目，其情节有的催人泪下，有的振奋人心。悲欢离合，出神入化，多姿多彩。台上一声啼，台下千人泪；台上一人笑，台下万人欢。如果说，在中国有一种艺术表现形式，体现了最为广泛的群众文化和审美风格，成为从宫廷到市井、从城市到乡村一致爱好的对象，那就是戏曲。

中国戏曲作为高度综合的民族艺术，以它独特的艺术魅力深刻影响了一代代中国民众，老老少少似乎对戏曲都有独特的"专属记忆"。

戏曲剧本大多为古代题材，无论是表现历史事实的史学题材，还是神话传说题材、战场传奇题材、才子佳人题材，都来源于中国古典文化，也受到中国古典诗词的影响。

戏曲始终承载着传统的道德观与价值观。用普通人的情感来塑造形象，经常体现自主精神、善良人性、乐观情怀、传统美德，将人生百态的价值和意义完美地诠释出来。"人生如戏，戏如人生"。观众在看戏的同时，也一并体会了人生百态。由戏曲传达出来的传统文化、人文信息，也会给观众留下深刻印象，贴近普通民众的理解程度和接受水平。

戏曲动作节奏讲尺度、有分寸。戏曲舞蹈的尺度与分寸是戏曲舞蹈的魅力所在，这种尺度与分寸使戏曲更有欣赏性，避免过于艳俗。

戏曲演员出场，一出台帘，先立住、整冠、理鬓、抖袖、端带，欲行先不行，进一步又退一步。戏曲舞台上，"急急风"锣鼓的节奏，趟马圆场的脚步，既要快，又要稳；既像将倾，又像高飞，尤其是一举一动，都必有锣鼓随之、板眼接之。手一指、眼一看、足一抬，永远得同歌声相合，这便是指顾应声。

戏曲中的一举一动、一颦一笑，戏曲服装的翎子与帽翅、水袖与扇子都有独特的意义。比如水袖，戏曲舞台表演中对于水袖动作的创造与开发最为丰富，使用上有勾、挑、撑、冲、拨、扬、掸、甩、打、抖、抛、抢、抓、绕、翻、搭、旋等多种舞法，且任何一种舞法与其身段的结合，都有明确的情绪指向。

戏曲塑造人物形象是展示性情言笑之姿，亮形式美感之态。性情

言笑之姿是人们内在精神气质的外在形象表现，每一个戏曲人物都有其独特的性情言笑之姿。在戏曲舞台上，不但正面形象能带给人们美感，而且以净丑应工的反面人物，戏曲舞蹈同样要以美的形式来演绎人物性格上的"丑"，并运用能够突出人物本质的舞蹈语言艺术性地否定他们。这样的表演也有其精彩之处，观众很能被这样的表演逗笑，台下欢声阵阵。

地方戏是流行于一定地区，具有地方特色的戏曲剧种的通称。浓郁的乡土气息是地方戏与生俱来的特征。不同地区的地方戏，反映的是不同地区的乡土味，体现的是当地的乡土文化与生活风貌。

作为土生土长的民间艺术形式，地方戏是乡村文化的重要载体。它从诞生之初便与土地和农民建立了密不可分的关系，有着其他艺术门类无可比拟的亲民性。乡村群众之所以喜欢地方戏，是因为地方戏中蕴含着通俗易懂的乡土美。

地方戏曲取材地方化，吟唱方言化，服饰具有地方特色。中国地方戏曲种类繁多，听到家乡的地方戏，每个人都会有一种特殊情感。戏曲的艺术魅力也体现在地方戏上，各个地方各具特色。

比如盛行于大西北的秦腔，就是西北百姓重要的精神食粮。乡土味也是秦腔的最大特点。

秦腔是以陕西方言演唱为主的传统剧种，秦腔的历史悠久。它传承千年汉唐文化基因，经过几番衍变，成为西北地区尤其是陕西最具代表性的地方戏曲，在我国艺术史上占有重要的地位。西北各省区农民群众喜欢秦腔，其原因是以下几点。

一、秦腔戏剧是不识字农民的文化学校

广大群众，尤其是农村的农民，通过看戏，通过在村镇戏班子（业

余剧团）学戏演戏，补习了文化知识。中国是农业大国，过去，农村体力劳动者无缘进校园，通过看戏演戏扫除了一部分文盲。每个村镇业余戏班子都是一所扫盲识字班，还兼文化补习班的功能识字的戏班子导演兼任着文化教员。比如导演分配给某人一个角色，某人因为酷爱演戏，为了记住台词和戏文，他会设法买一本剧本，请识字的人念给他听，他一个字一个字地认，一句一句地强记硬背，终于学会了一些句段和戏文。

这就是所谓的"白识字"。"白识字"就是没进校门没掏学费，白白赚来了文化，其实就是一些酷爱秦腔戏剧的人，他们在村镇戏班子里排练、演戏，爱好逼着他们识了不少字，积累了大量的戏曲词汇、语汇。

我们在生活中会发现，许多口才好、表达能力强的妇女都是酷爱唱戏的。她们与人开玩笑抬杠、与人辩论，开会发言，或打官司，在法庭上陈述理由、据理力争，不少词汇、语汇都是从唱戏中学到的。一些耕田的、按牛的、抱粪的，说话有时也能引经据典，讲出一些典故，看戏演戏的因素在其中功不可没。

剧本里的戏文是农民学文化、领略戏剧艺术的绝佳教材，其思想的深刻性直抵人心，穿透力强。这种穿透力表现在它的文学、音乐、美术、舞蹈、杂技等同时作用于观众的听觉、视觉，影响他们的直觉、思维。有文化、有知识的人感受祖国的文学经典、艺术经典是通过阅读小说、散文等文学作品，达到审美体验与审美享受的；而农民是通过观看兼有文学、音乐、美术、舞蹈、杂技于一身的戏剧达到审美体验与审美享受的。

戏剧深刻的思想性、艺术性、生动性，充分体现在《铡美案》《梁山伯与祝英台》《白蛇传》等传统经典剧本里，这些剧本里反映的故

事情节带有普遍的、广泛的社会意义。这些内容激起了千千万万观众的心理共鸣、感情共鸣，扣人心弦的戏剧冲突撞击着每个人的心灵，紧紧攥住了观众的心，看得观众如痴如醉，跟着剧中人物哭，跟着主人公愤怒，跟着主人公呐喊、呼号……他们对戏剧喜爱得一发不可收拾，于是在村镇业余戏班子里学戏、排戏、演戏。

20世纪50年代，六盘山下蒿店古镇的川原田野就出现过农村社员边种庄稼边练唱、对台词的情形。春播、夏收、打碾、秋收时，村民们见缝插针排练《法门寺》《拾玉镯》《赶坡》《蝴蝶杯》《虎口缘》《二进宫》等戏。

有时打麦场里，社员一边碾场一边排练《铡美案》中"三对面"一折戏。吆牛的、摞垛的、扬场的男社员扮包拯、王朝、马汉；抖场的、掠场的、簸粮食的女社员扮岚萍公主、常随官、秦香莲。麦场里传来精彩的对唱，先是秦香莲哀婉的诉苦唱段，接着是岚萍公主盛气凌人、兴师问罪唱段，后有包拯不畏皇权、坚持公理、铁面无私、寸步不让，对唱义正词严、慷慨激昂。可见蒿店古镇种庄稼的农民对秦腔戏是多么喜爱！

戏剧里不同人物有不同语言，不同语言体现了不同性格，剧本中的台词要大众化、通俗化。为写好剧本，剧作者要潜心研究不同角色的不同语言，才能让台词语言风趣幽默、生动传神、丰富形象。剧作者也是文学家、语言学家，有精深的语言造诣，剧本是剧作家精心打造的文学脚本，渗透着剧作者的匠心。许多不识字的农民讲起道理，也爱引戏剧典故，语言生动形象、风趣传神，就是看戏排戏时跟导演学来的。仅三国戏剧里就有不少典故语汇，如"身在曹营心在汉""刘备借荆州，只借不还""三请诸葛亮""说曹操曹操到""周瑜妙计安天下，赔了夫人又折兵""既生瑜，何生亮""明修栈道，暗度陈仓""鞠躬尽瘁，死而后已"等。

其他朝代戏里的典故语汇更是不胜枚举，如"姜子牙钓鱼，愿者上钩""关桥渡口，气死霸王""只许州官放火，不许百姓点灯""成也萧何，败也萧何""八仙过海，各显神通""兵马未动，粮草先行"等。

流传在人民大众口中的许多词汇、语汇，都源自戏剧中的经典。这些浓缩于戏剧中的典故，已成了中国广大民众的"常用语"，没进过校门的农民大众通过口口相传，使其成为农民大众语言。

蒿店古镇的年节、物资交流会上，农民们看戏，三个一簇，五个一群，聚集在一起听懂戏的人给他们说戏文，解释唱词，实际上是在欣赏诗歌。戏剧中大段大段的唱词都是精炼的诗歌，是剧本作者文学修养的结晶。熟悉了这些唱词，客观上是学诗歌，提高了自己的诗歌修养，丰富自己的词汇量，增强了语言表达能力。这都是学习文化的具体体现。古镇农民不仅爱看戏，年下节头、农闲季节还排练戏剧。西北的大部分乡镇村寨都有本村寨的戏班子，春节期间排戏演戏，乐此不疲。这就是秦腔戏的魅力。

二、农民通过看戏、排戏、演戏，了解中国历史

戏剧把波澜壮阔的历史演绎成有血有肉的故事，把漫长的历史故事化、具体化，把源远流长的历史浓缩成可听可看、可触可摸的艺术，把既成性的、唯一性的、一次性的、不能重复的历史史实编演成可重播、可反复演出的艺术品，让不同时期不同时代的观众反复观赏、反复琢磨、反复研究，传承光大，这就是戏剧的魅力。

曲声一响，大幕拉开。王朝的更替，岁月的变迁，都能在短短的时间里尽情地展现。这便是迷倒中国人千年的戏曲。戏曲理论家焦文彬先生，按戏剧故事发生的历史年代，开列出秦腔传统剧目

1000多本。先生认定五路秦腔剧目总数应在5000以上，洋洋大观的戏剧文学，是一笔丰厚的文化遗产，是中华文化的智慧结晶、智慧宝藏、智慧源泉。

反映中国各朝代社会生活的戏剧有：

（一）反映商周时代的戏剧《梅伯炮烙柱》《会孟津》《斩三妖》《龙凤剑》《太师回朝》《三迁教子》《摘星楼》《浣沙女》《孙武子演阵》《文王哭狱》《访西施》等。

（二）反映春秋战国时代的戏剧《卧薪尝胆》《追韩信》《伯牙奉琴》《挂图》《荆轲刺秦》《孟姜女》《霸王别姬》《鸿门宴》等。

（三）反映汉朝时代的戏剧《盗宗卷》《未央宫》《散潼关》《草桥关》《赵五娘》《盗金冠》《龙床剑》《玉梅绛》《双八卦》《马五夺元》《剐王莽》《陌上桑》《陈平保国》《玉虎坠》《萧何月下追韩信》《昭君出塞》等。

（四）反映三国时代的戏剧《三顾茅庐》《桃园结义》《舌战群儒》《火烧赤壁》《大报仇》《过五关》《单刀会》《斩马谡》《反西凉》《打黄盖》《群英会》《长坂坡》《辞曹挑袍》《七擒孟获》等。

（五）反映魏晋南北朝的戏剧《蛟龙驹》《六部审》《春秋笔》《温太贞》《拷冯庆》《双逼宫》《九莲灯》等。

（六）反映唐朝的戏剧《打金枝》《大拜寿》《女驸马》《五典坡》《对银杯》《双镯记》《烙碗计》《火焰驹》等。

（七）反映宋朝的戏剧《斩黄袍》《八件衣》《下河东》《天门阵》《彩楼记》《战洪州》《状元媒》《辕门斩子》《红火棍》《打焦赞》《杨八姐打店》《华亭相会》《审潘洪》《铡美案》《狸猫换太子》等。

（八）元朝杂剧可分三类：1.反映社会问题的有《窦娥冤》《望江亭》《玉堂春》《十五贯》《白玉楼》《三上殿》等；2.反映历史

的有《汉宫秋》《单刀会》《赵氏孤儿》等；3.爱情类戏剧有《西厢记》《蝴蝶杯》《拾玉镯》《皇姑打朝》《乾坤报》等。

（九）反映明朝社会的戏剧《春江月》《梁红玉击鼓战金山》《生死牌》《牡丹亭》《桃花扇》《海瑞驯虎》《海瑞罢官》等。

（十）现代戏剧有《红灯记》《沙家浜》《智取威虎山》《杜鹃山》《白毛女》《秋瑾传》等。

（十一）年代不详的戏剧有《状元与乞丐》《假婿乘龙》《春草闯堂》《徐九经升官记》《女状元》等。

通过观看历史戏剧，没进过校门的农民，也了解了中国各个朝代脉络：三皇五帝始，尧舜禹相传；夏商与西周，东周分两段；春秋与战国，一统秦两汉；三分魏蜀吴，二晋前后延；南北朝并立，隋唐五代传；宋元明清后，皇朝至此完。农民们不仅了解各个朝代的兴衰更替，还了解了各个朝代的经济基础、生产方式、仕途官场、意识形态、社会风尚等上层建筑的典章制度。

三、看戏能扩大视野、增长见识，有认识借鉴价值

戏剧里传出的文化信息、人文信息、人道精神，以润物无声的方式，滋润着劳苦大众干涸的文化心灵，温润着他们的生命。这是因为，戏剧中的文学、音乐、美术、舞蹈等综合作用于观众的视觉、听觉、思维与审美感受。

人们喜爱看包公戏的原因，一是包拯敢于依法严惩违法犯罪的皇亲国戚、王公贵族；二是包拯善于侦探审判复杂案件。

爱琢磨侦案、破案，擅长逻辑推理的思维型观众，喜欢看包拯断案的戏。涉及官闱的大量无头冤案，如《狸猫换太子》一类戏，迷雾重重，案情十分复杂，但包拯却能循着一些蛛丝马迹，剥茧抽丝、

顺藤摸瓜，深入社会各阶层，调查取证、一丝不苟。他分析判断入情入理，推理缜密严谨，符合事理逻辑。包拯调查取证，有的甚至要冒着生命危险，因为作奸犯科者都有保护伞，这些保护伞与皇亲国戚有千丝万缕的联系，一不小心，触犯了皇亲国戚这根封建统治阶级的"高压线"，轻者削官降职，重者招来杀身之祸。所以包拯调查无头案、审判案子如履薄冰。况且封建社会官官相护，给调查取证造成重重阻挠。但包拯刚正不阿，铁面无私，一查到底，使复杂的案情最终浮出水面，真相大白。作奸犯科者得到应有的严惩；蒙冤受害者得到平反，正义得到伸张。

观看包拯、狄仁杰、寇准、徐达等清官审判图财害命的复杂案件，有无穷的趣味性和知识性。观众既欣赏清官们高明的侦探手段、高超的审案智慧，又赏识包拯等清官公正无私、秉公办案、忠心耿耿、为民请命的精神，佩服他们亲民爱民的仁道思想与人文情怀。通过观看这类戏剧，观众们不仅了解乱臣贼子如何贪赃枉法、作奸犯科，还了解其中的法理常识，借鉴包拯、狄仁杰等清官办案经验，扩大自己的法理视野，锻炼自己的逻辑思维能力。

社会底层的穷苦百姓渴盼生命安全有保障，人格得到尊重，而包拯有民本思想，坚持在法律面前人人平等，"天子犯法与庶民同罪"。所以老百姓拥戴包公，渴盼包公这样的清官为民作主、保护下层百姓的人权、生存权。如在《铡美案》戏中，包拯铡了忘恩负义杀妻灭嗣的陈世美，老百姓感到大快人心。这反映了下层民众对公平正义的渴望，反映了人民大众对封建官僚草菅人命的强烈痛恨。

无怪乎千百年来人民大众爱看有包拯的戏，包拯成了人民大众心中正义的化身，成了人民大众心中的偶像。可贵在于包拯站在亿万庶民百姓一边，站在公理正义一边，执法如山，铁面无私。人民大众借呼唤包拯，表达对贪官污吏的痛斥，所以包拯等清官才格外弥足珍贵，因为观众在包拯身上找到了精神慰藉，人民大众喜爱清官、渴盼清官，渴盼清明的社会政治。由此可以看出民众爱看秦腔历史剧，就是借看戏寄托自己的愿望，抒志、寄怀。

历代贪官污吏对民众百般欺凌、残酷迫害，人民大众对贪官奸臣恨之入骨。历史剧中的奸臣，如赵高、严嵩、蔡京、秦桧、王莽、李林甫、魏忠贤等奸臣在剧中受到严惩，观众在戏中看到这些奸臣们最终落了个千古骂名、遗臭万年的可耻下场，非常解气，借此长吁一口气，借戏曲抒发心中的郁愤。人民大众爱学戏、演戏，就是借演戏把自己想倾诉的内心世界表达出来，把自己的爱憎观通过戏文表达出来。

一出戏反映一个朝代的经济、政治、军事、文化等。几千本戏就反映了中国几千年历史，可以毫不夸张地说，中国历史剧是中国几千年社会历史的百科全书，包罗万象，博大精深。

四、戏剧有教育、教化、劝善功能

通过看戏可以了解市井百态、人间万象。通过看戏、排戏、演戏，汲取艺术瑰宝中的智慧营养，扩大视野，认识社会，凝练出自己的智慧。看戏可以提升自身素质，明白事理。戏剧内容是复杂社会的记录，包罗万象。在戏剧中，宫闱嫔妃为争夺地位，阴险歹毒者设计陷害仁慈善良者，落井下石，如典型的《狸猫换太子》；皇亲国戚仗势杀人，草菅人命，抢夺良家妇女，如《贺后骂殿》；王侯将相家院奴仆上下勾结，图财害命，栽赃陷害；官宦员外家族内贼与外盗勾结，偷梁换柱，焚尸灭口；恶霸恶棍、豪强地痞狼狈为奸，残害书生秀才，拆人婚姻，杀人灭口，如《聂隐娘》《牧羊圈》《春秋笔》《三岔口》《铁莲花》

《乌盆记》《花蝴蝶》《法门寺》《串龙珠》等都是反映这方面的内容。这类戏层出不穷，数不胜数，情节出人意料，又在情理之中，离奇曲折，内容复杂。剧作者写得扣人心弦、引人入胜。看戏、了解戏文也就是了解社会。一出正能量的戏能陶冶人的情操，温润干涸的生命，引导人们向真、向善、向美。因此可以说，排戏场地是戏班子成员的精神家园。

戏剧是长期积累和发展起来的精神产品，具有教育人、陶冶人、愉悦人的作用，既有思想性，又有艺术性、观赏性。看戏剧是一个审美过程，通过艺术欣赏，在潜移默化之下民众自觉自愿地恪守社会公德，是国家法治教育、政策教育、传统美德教育的有效补充。戏剧教化民众积德行善，作恶者必有报应。戏剧中大量剧情在演绎善恶博弈之结局：那些心术坏、手段毒辣之人，最终必然身败名裂，自取灭亡，正所谓"善有善报，恶有恶报"。

戏剧中还有大量宣讲读书重教的丰富内容，如《三娘教子》《刺目劝学》等戏，用大量实证演绎"读书可以改变命运"，读书成材，可以掌握命运，报效国家，匡扶社稷，惩贪斩奸。

在《五典坡》"回窑"一折中，王宝钏给丈夫讲述孤守寒窑苦楚的唱段是典型的人生教科书。王宝钏冲破封建门第观念，冲破父母之命、媒妁之言，扔彩球自主择婿，勇于为自己的选择负责，甘愿承担自主择夫带来的长久孤苦。她拿得起，放得下，三击掌离开相府，历经苦难，练就了坚韧忍耐，学会劳务桑田，玉手结满老茧，两鬓斑白，在寒窑顶门立户，自己养活自己，与乡邻和睦相处，赢得了众乡邻的同情与帮助。十八年孤守寒窑，使她了解了贫富悬殊的社会现实，了解了统治阶级对劳苦大众的残酷剥削与压迫，了解了统治阶级的骄奢淫逸。十八年后，她终于苦尽甘来。这是一出典型的人生教科戏，难怪观众百看不厌。

人的生命是有限的，经历也是有限。世事纷繁复杂，仅靠个人经历，看不尽人间万象，但可以间接认识。不识字的广大农民（在电子产品普及之前）通过观看历史戏剧，了解纷繁复杂的社会，戏剧像长篇小说一样，是社会生活的高度概括，戏剧冲突是社会生活、社会矛盾的浓缩与集中。一出劝化世人的好戏，凝结着剧作者一生的经历与生活经验，倾注了剧作者一生的心血。要把几十年乃至上百年的社会生活，浓缩到三小时的观戏时限内，是一项精巧的艺术工程。

五、享受综合艺术，提高审美

世界很大，文化是多元的。一个民族选择一种文化，钟爱本民族所选择的文化，绝不是偶然现象，是受这个民族、这个国家的经济模式、生产模式制约的。经济基础决定上层建筑，也就是说，生产模式、生产力发展决定文化模式。过去数千年，中国一直是农业大国，农民被生产方式束缚在土地上，终年面朝黄土背朝天，无条件进学校接受系统的文化教育，包括艺术教育。所以，农民爱看戏是有文化艺术愿望的，是生产力发展水平决定的。

秦腔戏剧是大西北农民的三级学校，如前所述，即初级学校"白识字"，扫除文盲。中级学校积累词汇、语汇，记住大量由戏剧浓缩而成的典故，拓宽文化视野，提高文化程度。高级学校，享受综合艺术与审美体验，在观看戏剧的过程中，同时领略和享受文学、音乐、美术、舞蹈诸项艺术。观众一边欣赏戏文，了解曲折复杂的戏剧情节，一边听演员的唱词唱段，眼观布景，欣赏舞蹈，欣赏正旦、花旦表演水袖的一招一式；欣赏须生如何表演单帽翅颤抖闪动等特技；欣赏青年战将如陆文龙，青年女将穆桂英、樊梨花、玳瓒公主双手捋翎子的

特技。观众的思维、听觉、视觉也随剧情变化而变化。优美的唱段让观众陶醉于音乐世界，悲哀凄凉处，弦乐为之烘托、渲染悲凉的气氛，布景也随剧情设计阴暗色调，感染观众，打动观众；欢乐喜庆处，优美流畅的弦乐陪衬铺垫，烘托愉悦欢快的气氛，明朗唯美的布景陪衬剧情，让观众赏心悦目，陶醉在戏剧的综合艺术之中。戏剧的综合艺术特点，恰好满足了农民的多项艺术需求，使农民在观看戏剧过程中提高了审美情趣。

在观看戏剧的同时，还能进一步学习戏剧中的语言。戏剧中的台词、对白是剧作者精选提炼的，经过千锤百炼，是个性化了的经典语言，符合戏剧语言通俗化、大众化的要求。不同社会阶层、不同出身、不同教育程度的人说出来的话，带着他们阶层、出身、教育的烙印。贩夫走卒与儒雅秀才，相公姑娘与鲁莽壮汉，各有各的阶层用语与表达方式。蛮横霸道者说话往往强词夺理、蛮不讲理，而秀才儒生谦谦恭敬、彬彬有礼，其间有粗俗与文雅之别。细细琢磨品味这些台词对白，大有学问可讲。看戏者、学戏者、演戏者如果熟悉了这些台词对白，既有助于他们口头表达能力的提高，也有助于他们认识封建社会三教九流、七十二行的文化观念与礼教礼仪。在戏剧中获得审美享受和语言学习，或多或少补偿了农民们没进校门学文化的人生缺憾。这便是戏剧的魅力。

秦腔戏曲是西北农民的文化娱乐家园，过去，六盘山区农民想看到县市级秦剧团的戏，往往是在公社的物资交流会上，请县市秦剧团来公社唱大戏，这也是为物资交流大会助兴的首选形式。种田农民无条件进戏园子观看省、市剧团的大戏，只有开物资交流大会时才有机会看到，唱大戏是农民的"艺术节"农民们把物资交流大会上的大戏看作是"精神盛宴"和"文化大餐"。交流大会的广告一张贴，周边乡镇许多饭馆业主就会来搭建临时餐饮帐篷，空气中弥漫着各种风味小吃的香味，古镇便沉浸在节日气氛中。乡亲们可以在小摊点吃点甜醅子、甑糕、酿皮子、凉粉等，别有情趣，留下美好的印象与长久的回忆。开物资交流大会唱大戏时，公社所在地街道居民家家会来亲戚，虽然给住宿带来了压力，但小孩们却很高兴。因为唱大戏期间家里会改善一下生活，少年儿童们不必上山砍柴、下地干农活了，只是戏开演前往戏场搬运几个凳子、抢占中间靠前的好位置而已。而且孩子们还能得到一点零花钱，在交流会上买柿饼、油糕等小食品解解馋。

从观众角度来看，民众素来喜欢"凑热闹"，戏曲给民众提供了一个"凑热闹"的平台。通过看戏，老人小孩有了共同的兴趣爱好，看戏的邻里乡亲增强了家家户户之间的交流。因此，在很大程度上，看秦腔戏成为一种喜闻乐见的西北农民文化。不论是在日常生活，还是传统节日，抑或是婚丧嫁娶，秦腔作为西北农民大众普遍接受的艺术，扮演着极其重要的角色。

从戏曲自身特点出发，我们不难发现，戏曲在给予农民观众视觉、听觉美感的同时，能与众多农民产生共鸣，展现日常生活哲思，把观众带入艺术的殿堂。

物资交流大会唱大戏，观众人山人海，在文化生活相对贫乏的农村，也为青年男女们提供了瞅对象难得的机会。这比网上或婚姻介绍所通过二手介绍资料、看相片什么的直观、透明度高。有人会一见倾心、一见钟情，演绎一段美好的爱情故事，然后明媒正娶，终成眷属。也有人失败、失恋以后再听到那些戏曲，都成了伤感的回忆，看戏曲又成了精神寄托与心灵安慰。

再好的宴席也有散的时候。交流会结束了，剧团撤走了，少年们

怅然若失。八九天来，市秦剧团所演唱的戏曲灌进的耳音，还绕梁三日不散。交流会大戏给古镇带来的欢乐气氛，像除夕夜一样无可挽留地过去了。

六、学唱戏是抒怀，是追求精神解放

看了物资交流会上省、市秦剧团高水平的大戏，诱发出了农民对秦腔戏剧的艺术向往与追求，以及对戏文的探求与理解，启发了农民的智慧。他们意识到：历史剧可以借古喻今，看戏、学习演戏可以抒发胸中的郁闷。

抒怀包含着倾诉和诉求。有诉求就要表达出来，唱戏就是抒怀，就是表达。抒怀属于人的七情六欲之一，是人的生存本能，是人生存的基本权利。就像喝花儿一样，需要抒发感情，把压抑的情愫倾诉出来、释放出来，这就有一种轻松感、愉悦感。释放实际就是精神解放，唱戏就是追求精神解放，可以理解农民的苦楚：他们的经济地位、社会地位不可改变，无法逾越，但他们精神追求不能阻挡，精神解放的要求不可遏制。

农村受经济条件和文化娱乐设施的制约，文场面和武场面水平不高，不那么严谨、规范，但这阻挡不住西北农民对秦腔戏曲艺术的酷爱与不懈追求，爱看戏爱演戏的欲望丝毫不减。爱秦腔戏曲、爱秦腔艺术是广大西北农民的天性，每逢春节前夕的农闲时间，他们排练秦腔戏的积极性非常高，不管条件多么艰苦，他们对戏曲艺术的兴趣、对秦腔艺术的追求锲而不舍，孜孜不倦。

学戏、演戏的人各有自己喜欢的角色。

不少有爱国情怀、有建功立业抱负的男社员喜欢扮演杨家将中老令公的八个儿子，首先争着扮演杨六郎、杨七郎，其次扮演杨四郎、

杨五郎。另外还喜欢扮演岳家军中的名将岳飞、岳云、杨再兴，八大锤中的裴元庆、罗元庆等英雄角色。

那些巾帼不让须眉的女社员，喜欢扮演杨门女将中佘太君等十二个寡妇征西的角色，包括八姐、九妹、杨排风等。

城府深、做事老成持重的中年男人喜欢扮演姜子牙、管仲、蔺相如、张良、诸葛亮等角色。

酷爱扮演包拯的男子最多，希望通过扮演这个角色，体验执法如山、铁面无私的正义感。他们在剧中严惩贪官污吏，主持社会公道，整治社会风气。

小伙子崇拜青年武将，喜欢扮演秦琼、赵子龙、罗成、杨宗保等角色。也喜欢扮演才貌双全的武将，如苏武、李广、马超、华荣、林冲、韩世忠、展昭等角色。

性格耿直粗犷的男子喜欢扮演程咬金、张飞、李逵、孟获、薛刚等勇猛鲁莽的角色。

崇尚侠肝义胆，豪爽耿直的人喜欢扮演程婴、公孙杵臼、陈琳、寇珠等角色。

不少青年妇女喜欢扮演一般旦角，如白蛇娘娘、胡凤莲、孙玉姣、宋巧姣、张梅英等。

不少青年小伙子喜欢扮演小生，如田玉川、秦英等角色。

七、秦腔戏曲的魅力

一方水土孕育一方戏，一方戏曲滋养一方人。

喜爱秦腔乐曲的西北人，一听那乡土风情味十足的旋律，便会陶醉其中。那优美的乐曲，似乎记录着他们金色的童年，寄托着他们对美好生活的向往、憧憬。似乎召唤着他奔向未来，奔向幸福的前程。

那浓郁的乡土味特别符合西北人的欣赏口味，那乐曲与西北人豪爽耿直的性情更是合拍。那慷慨激昂的生、净唱段，最能表现西北汉子耿直、豪爽、粗犷的性格形象；那婉转灵动的花旦、青衣旦唱段，充分表现了三秦大地上女性善良、美丽、聪慧的性格形象。

戏台搭起来了，大戏开演了，观众人山人海，古镇沉浸在节日的氛围中，故乡四周的青山、梯田环拱着古镇，既是戏台的大自然背景，也是大自然观众。那些表现武将正气凛然、阳刚之气、激昂自信、豪情壮志的欢音慢板，《火焰驹》中黄桂英和丫环游园赞花赏景时愉悦的欢音慢板唱段，那负载着三秦大地厚重文化底蕴与艺术底蕴的欢音慢板弦乐伴奏，出神入化，是那么婉转、美妙、灵动、细腻、柔美、缠绵、深情，无疑是天籁之音，是仙乐神韵，刻在骨头里，浸入骨髓，流进了血液，听得观众骨酥筋软。弥漫在故乡上空美妙的戏曲旋律，抚摸着故乡的山川原野，山川原野似乎被注入了生命，一山一树一草一木似乎都活起来了，青山在颔首微笑，河水在纵情伴唱，树木在轻轻摇曳。土地也在微微颤动，和着生命的节拍，听那乡土风情味十足的乐曲，听戏人浑身打着激灵，麻酥酥的。台下农民乡亲们终年的累相、苦相、愁相、困乏疲劳相消失了，脸上的愁纹舒展了，换上了难得的微笑。伴着剧情，听着秦腔优美的乐曲，观赏着演员细腻的表演，山川原野会与看戏的人融为一体，与听戏曲的人产生共鸣。

听秦腔戏曲、看秦腔戏，能激发观众热爱自己家乡，热爱家乡的土地，增进看戏人与人的感情。秦腔是这么有魅力，无怪乎下雨天、下雪天，只要戏台上戏没收场，观众不会散去。他们被吸引得如痴如醉。

喜爱秦腔音乐的人，通过乐器演奏，充实了自己的精神生活，他们在秦腔乐曲中寻找自己的精神寄托，寻找自己的精神乐园，自得其乐。乡村业余剧团有许多拉板胡的人，他们把拉会秦腔所有牌子曲作为日常练琴功课，乐此不疲；把拉会传统的几十本秦腔全本戏所有乐曲作为终生奋斗目标，其乐无穷。

八、戏剧引起观众感情的强烈共鸣

不同社会阶层、不同群体的人，观看戏剧都能引起心灵感应，引起情绪共鸣，都能从戏剧中得到精神营养，感受文化滋润，获得心灵抚慰。

过去农村中的妇女处于社会底层，是弱势群体。有的长期受到歧视，遭受欺凌；有的长期受到家庭暴力侵犯；有的被丈夫抛弃，家庭破裂，夫妇离异。她们喜欢观看《铡美案》《秦香莲告状》《五典坡》《玉堂春》《窦娥冤》《李翠莲》等戏，是因为在这类戏主角的遭遇中找到自己的影子。她们与秦香莲同病相怜，通过看这类戏，抒怀、寄志、解气，寄托自己的情志，抒发自己的感情，释放自己的压抑感，与剧中主人公同呼吸共命运，为秦香莲遭遇流泪，为秦香莲命运哭泣，借以宣泄自己的情愫，排遣自己的抑郁。

下层社会民众对遭遇不幸的妇女的同情、怜悯，是通过观看《窦娥冤》《秦香莲告状》《李翠莲》感同身受的，是通过同情窦娥、秦香莲这类妇女的不幸遭际体现出来的。

年轻男女爱看"真爱"的戏，如《华亭相会》《梁山伯与祝英台》《天仙配》《女驸马》《蝴蝶杯》《牡丹亭》等。

遭受过不公正待遇的人，蒙受过冤枉、有过冤屈经历的观众爱看一些"奸臣害忠良、善恶终报"、平反昭雪、清官断案的戏，比如有包拯、狄仁杰、寇准、徐达等侦案破案断案的戏。案情水落石出，真相大白，冤案最终澄清，蒙受冤屈的人平反昭雪，观剧者心头的郁愤也释放出来。

有爱国情怀的人喜爱观看《三国》系列戏、《说唐》系列戏、《岳家将》系列戏、《杨家将》系列戏。他们倾慕忠臣们的报国业绩，为忠臣们的报国行为赞叹。

古道热肠的人，豪爽耿直的人，侠肝义胆的人，正义感强、爱憎分明的人，都爱观看崇尚仁、义、礼、智、信内容的戏，喜欢剧中赤胆忠心的正派人物角色，为英雄豪杰、侠客义士的义气所感动。如《法场换子》中的徐策，《杀庙》中的韩琪，《火焰驹》中的艾谦，《赵氏孤儿》中的程婴、公孙杵臼，《狸猫换太子》中的陈琳、寇珠，《八大锤》中的王佐，观众们为他们的侠肝义胆拍手称赞，为正义得到伸张而欣喜高兴；对忘恩负义、见利忘义、嫌穷爱富、趋炎附势、杀妻灭嗣的陈世美之类小人嗤之以鼻、深恶痛绝，心里充满着极大的蔑视，抒发对趋炎附势、忘恩负义行径的鄙夷。

中国戏曲博大精深，涵盖内容丰富宽泛，仁者见仁，智者见智，它的魅力无穷、述说不尽。

下

蒿店因三关口地势优越便利，成为历代兵家必争的军事要塞。蒿店筑塞建镇的历史记载是唐朝德宗贞元七年，即公元791年，泾原节度使刘昌在蒿店筑"胡谷堡"，后改名"彰义堡"，彰义堡在北宋升为寨。蒿店筑寨的历史记载是北宋时期，即公元1000年。也就是说，蒿店古镇有史可查的历史是1000年。

在这个丝路古镇上，商贸繁华是顺理成章的。经济、商贸的繁荣必然带来文化的繁荣，娱乐文化由此兴起，社戏文化随古镇商贸的繁荣应运而生。一百年来，古镇社戏随社会历史兴衰而兴衰，几经繁荣，几经衰落。社会稳定时，社戏繁荣；每逢战乱，社戏衰落。

在我参与戏班子演奏经历中，蒿店古镇业余剧团经营情况呈"凸"字形，大体可分三个时期。

第一个时期——小曲子时期

小曲子也叫"眉鄠戏"，是陕西眉县、户县的地方戏剧，所以叫"眉鄠（旧时"鄠"即今日"户"，这个字简化了）戏"。

蒿店的小曲子时期，文场面拉板胡的是曹世英（已去世），三弦子由钱正明（已去世）弹奏，二人配合默契，演奏技艺非常娴熟，在乡村是数一数二的，在邻近乡镇戏班子圈内很有名望。他俩演奏的乐曲纯正，圆润流畅，非常好听，我的音乐爱好深受这二人的影响。我六七岁低头玩耍时，口里一直哼着他俩演奏的陇西道情旋律，那配合默契的旋律至今萦绕耳际。一哼起他二人演奏的陇西道情乐曲，曹世英、钱正明的音容笑貌就浮现在眼前。

他俩的音乐素养好，定弦非常准、快，演出开场前一半分钟内就把弦定准了。不像有些戏班子定弦磨蹭半天定不准，因为我终生从事业余演奏，对此深有感触。

钱正明去世早，曹世英去世晚，在曹师演奏的晚年，我有幸吹奏竹笛跟着曹世英给蒿店戏班子伴奏过一段时期。曹师喜欢给板胡的桐木面上安装一个弹簧，因为有了延音效果，所以拉出来的音色独特，灵动好听。与曹师合奏感到轻松、愉悦，因为曹师演奏技术娴熟流畅，跟他合奏有行云流水之快感。

曹世英是甘肃省庄浪静宁一带人，他青年时为躲避旧军队滥抓兵，逃难到蒿店地带，先是落脚到庙儿山（即花果村），蒿店古镇戏班子发现他拉板胡的专长，就建议给镇上干部设法把曹师挖了过来，户口

入在蒿店二队。戏班子班头很赏识曹世英的演奏技术，让他拉头把板胡，他是两个村争夺的音乐人才。

小曲子时期，蒿店戏班子武场面鼓师是已去世的黄得福，敲锣的由柳发祥（已去世）兼着。柳发祥还扮演《二进宫》里徐彦昭角色。柳师登台演出时，大小铜锣由彭吉祥（已去世）代敲。刘步升（已去世）甩铜铃，与文场面配合得很默契。刘步升还兼管着戏箱。戏班子里文场面的和谐伴奏，为演员们演唱营造了优美流畅的旋律环境，定了准音，演员们不致跑调。

小曲子时期，古镇戏班子排演的戏曲有《黑宝尔打草鞋》《张连卖布》《三娘教子》《二进宫》等。《黑宝尔打草鞋》是陇西道情，高雷秀是早期扮演黑宝尔的演员。《三娘教子》里的三娘、《张连卖布》里的四姐娃、《二进宫》里的李艳妃角色，由蒿店二队的蒋文艺扮演。蒋文艺天生的妇人脸庞，细皮嫩肉的，他会模仿女人腔唱戏，所以他扮演的四姐娃、李艳妃受到了观众的认可。

小曲子的后期，新腔调眉鄠剧《梁秋燕》开始流行，蒿店一队的刘秀兰扮演梁秋燕。她有演戏的天赋，婉转动听的歌喉，唱出来的音色犹如飞燕啁啾，是蒿店戏班子里难得的人才。蒿店戏班子排练出的《梁秋燕》曾参加县上会演，刘秀兰扮演的梁秋燕角色给固原城观众留下了深刻的印象。

刘秀兰的哥哥刘兆君，有美术天赋，他是蒿店戏班子里不可多得的化妆师。他化妆出来的生、丑、净、旦，面相可与戏剧杂志里的剧照相媲美。

20世纪60年代中期，新编秦腔剧《三世仇》展演并流传，蒿店戏班子排演出了眉鄠剧《梁秋燕》和秦腔《三世仇》，参加了固原县的一次戏曲会演，获得好评。少数民族社员马成仁扮演剧中王老五，他悲怆沉重的演唱打动了台下观众，博得了观众热烈的鼓掌。固原城里的戏剧爱好者都惊艳蒿店戏班子的化妆水平堪称一流，技压群芳。这次会演，蒿店戏班子获得全县第一名。

这个时期，蒿店戏班子的排演水平呈上升趋势。

第二个时期——样板戏时期

随着政治形势的变化，蒿店戏班子更名为蒿店大队文艺宣传队。这个时期蒿店大队文艺宣传队走向全盛阶段，也是鼎盛时期，人才荟萃，阵容强大。

称这个时期为全盛阶段、鼎盛阶段，具体体现在排演了三出全本样板戏。

20世纪60年代中期，"文革"开始，开展全国规模的"破四旧、立四新"，历史剧被禁演，取而代之的是八部样板戏——京剧《红灯记》《沙家浜》《智取威虎山》《奇袭白虎团》《海港》，以及芭蕾舞剧《白毛女》《红色娘子军》，交响音乐《沙家浜》。

全盛时期，蒿店大队文艺宣传队的排演水平"鸟枪换炮"，由演唱小曲子提升到排演秦腔全本戏。文场面增添了吹奏竹笛的笔者，外加两把二胡，头把板胡换成了胡长发。

胡长发是初中文化程度，识简谱，酷爱秦腔，戏曲悟性高。他刻苦练琴，锲而不舍，板胡基本功扎实。

那时期，排演样板戏被当作政治任务看待，上行下效。蒿店大队领导班子也重视样板戏的排演。队干部们看到本大队文艺阵地人才辈出，认为排演样板戏的条件已经具备，于是把擅长文艺的胡长发吸收到领导班子，让他担任大队会计，再兼任大队文艺宣传队队长。

大队还作出决策，给参与排演样板戏的主要演员记工分，以示鼓

励。登记出勤由胡长发负责,年底大队支书签上名,转给各小队记工员。这个决策打消了一些演员的后顾之忧,调动了主演员的排练积极性。

胡长发通过熟人关系,从县秦剧团搞到了《红灯记》《沙家浜》《智取威虎山》的秦腔全谱。他信心十足,日夜苦练板胡。

功夫不负有心人,到六十代底的冬天,胡长发已经能把三本戏的牌子曲和全部唱腔拉下来。排练样板戏的条件已经成熟。

经胡长发介绍推荐,大队干部在全大队选拔了三本样板戏所需的演员,蒿店三队(西沟队)人才最多,是蒿店大队文艺宣传队的主体。蒿店三队也是排戏的主要基地。冬季农闲是排戏的大好时机,大队负责购买取暖的炭,最初在西沟崖下刘正福家一孔闲置的大窑里排练《红灯记》,后来又转到三队社员张艺梅家排练《沙家浜》,最后大队部腾出空房排练《智取威虎山》。

蒿店三队的张建祥音乐天赋很高,他是西北轴承厂保卫科的干事,擅长二胡演奏。工作之余,张建祥孜孜不倦苦练二胡基本功,以此提高演奏技巧。他曾在西轴厂的联欢晚会上先后表演过《赛马》《北京有个金太阳》《二泉映月》《金珠玛米赞》《红旗渠水绕太行》等二胡独奏曲,赢得了观众热烈的鼓掌。

张建祥是中学文化程度,终生酷爱秦腔戏曲,在戏剧艺术方面有较高的造诣,对戏曲文学脚本与剧情内容有很好的理解能力,戏剧悟性极高,是蒿店大队文艺宣传队难得的导演人才。他听到故乡队里排练三本样板戏的消息,喜不自胜,很想发挥特长,为家乡排戏作些贡献。他在银川自费买来《红灯记》《沙家浜》《智取威虎山》剧本,反复琢磨、反复研究。

张建祥是烈士的儿子,他父亲张新民在陡坡河剿匪战斗中牺牲。烈士的儿子享受的春节假长。为了给故乡排戏,他另外多请了十几天假。农历腊月初，张建祥回到蒿店，与大队会计胡长发彻夜商谈排戏的事。他还毛遂自荐扮演《红灯记》里的李玉和，扮演《沙家浜》里的刁得一角色，自信有演好这两个角色的把握。有本队这个难得的戏剧人才兼导演，胡长发自然喜不自胜。

在大队干部的支持下，胡长发、张建祥、韩忠福等人同心协力、共同策划，蒿店大队文艺宣传队排练的《红灯记》《沙家浜》《智取威虎山》日臻成熟。主要演员依次亮相。

张建祥扮演《红灯记》中李玉和十分成功。他塑造的人物性格鲜明，由于他台架好、造型完美，李玉和英勇无畏的形象表现得活灵活现、栩栩如生。尤其是"刑场斗争"中，他戴着手铐脚镣，浑身伤痕，慷慨激昂走向刑场的舞台造型，堪与戏剧杂志上的李玉和剧照相媲美。他演唱的李玉和就义前的唱段激越悲壮，深深地感染了观众。

在《沙家浜》中，张建祥扮演刁得一，他深入研究过刁得一汉奸、日寇走狗的性格形象，表演出了刁得一阴险狡诈的性格形象。

张建祥导演的《沙家浜》"斗智"一场十分成功，阿庆嫂大胆心细、遇事不慌、敏锐机智的形象，胡传魁狂妄彪悍、鲁莽愚蠢的乱世草寇形象塑造得非常成功。

韩忠福是蒿店三队的社员，农民出身，高小文化程度。他有表演戏剧的天资，很有悟性，平时喜欢钻研剧本，琢磨唱词台词。三本样板戏都装在他脑子里。他既担任文艺宣传队的导演，又扮演《沙家浜》中的郭建光、《智取威虎山》中的少剑波。他对这两个青年军官的性格形象拿捏得很精准，对人物形象理解很到位，表演出了两位青年军官英气逼人、稳健英俊的形象特点。

张俊卿是蒿店四队的社员，初中文化程度，爱好文艺，对秦腔戏剧有很好的领悟力，尤其对戏曲文学脚本理解到位。他扮演《智取威

虎山》中侦察英雄杨子荣角色。他对杨子荣形象有过认真的研究。为了演好杨子荣，他重读曲波的长篇小说《林海雪原》，对人物性格有着独到的见解，他表演出了杨子荣机智勇敢、沉稳老练的侦察英雄形象。张俊卿还扮演《红灯记》中反面人物鸠山的角色。他对鸠山阴险狡诈、残忍毒辣的性格形象拿捏得准确到位。他的台架好，举手投足、念唱道白具有专业演员的表演素养，是嵩店大队文艺宣传队不可或缺的人才。

张冬月，嵩店二队社员，高小文化程度，是张俊卿的妹妹。她酷爱文艺，尤其戏剧表演，演戏悟性好，喜欢琢磨剧本，能吃透剧本的思想内容与表演要求。她表演《沙家浜》中阿庆嫂角色，她成功地塑造了阿庆嫂胆大心细、遇事不慌、敏锐机智的形象。在"斗智"一场中，她的唱、念、做、打，举手投足中规中矩，把阿庆嫂角色表演得活灵活现、栩栩如生，与戏剧杂志里的剧照一模一样。

张冬月是铁匠雷相珍的妻子。《智取威虎山》中"打虎上山"一场需体现些武术功夫，文艺队里演员对这一点都犯难，而雷相珍有武术特长，于是张冬月便撺掇动员丈夫扮演杨子荣"打虎上山"一场。没想到这一场戏演得出乎意料的精彩，杨子荣在林海雪原布景衬托下，凌空飞跃的造型震动了固原南部几个乡镇的戏班子。

张冬月、雷相珍夫妇俩积极参加大队文艺演出，夫唱妇随，各献专长，在城南部几个乡镇传为佳话。

田桂香，嵩店三队社员，初中学历，酷爱文艺和戏剧表演，分配给她《红灯记》中李奶奶、《沙家浜》中沙老太的角色。她演技高，但从不挑三拣四，不讲条件，欣然领受。她认真钻研剧本，吃透剧本思想艺术，琢磨人物的性格特征，对李奶奶、沙老太的性格形象把握得非常到位。她嗓音高亢，音质好听。李奶奶最后的唱段悲壮激昂，催人泪下，极富感染力；沙老太的唱段却乐观洋溢。田桂香在唱腔处理上完全符合剧情的艺术要求，两位革命老妈妈形象塑造得鲜明完美，栩栩如生，观众看了可亲可敬，对她的表演报以热烈的掌声。

何晓春，蒿店一队社员，初中学历，是文艺队里最年轻的演员。她爱好文艺，积极参加大队文艺宣传队的演出。她扮演《红灯记》中李铁梅的角色。她善于钻研剧本，认真领会铁梅特殊的家庭，认真领会铁梅的性格发展轨迹，表现出了铁梅"穷人孩子早当家"的懂事，"我家数不清的叔叔与爹爹都有一颗明亮的心"的省悟，以及铁梅最后继承遗志完成密电码转交任务的决心。

韩凤（张建祥妻子）、吉宝香、彭桂兰都是蒿店三队社员。三人是文艺队里的主角色替补演员，属于主角色预备队。在演出中，扮演阿庆嫂、李奶奶、沙老太、梁秋燕、李铁梅等角色的女演员如果家中临时有事请假或患病，她们会毫不迟疑地顶替上去，不讲条件，毫无怨言。

朱志全，蒿店二队社员，没进过校门，小时曾在村上扫盲班粗识了几个字。他有句名言："饭可以不吃，但戏不能不演"，足见他酷爱唱戏到了痴迷程度。他领悟角色速度快，导演把剧本内容一讲解，稍加点拨他就懂，一点就通，有演戏的天赋。他是蒿店大队文艺宣传队里的综合性演员，既能表演正面人物，又能表演反面人物，还能扮演中性角色，演什么像什么，浑身是戏，被村里人称为"活宝"。

朱志全表演小丑角色、滑稽戏得心应手，"丢丑"搞笑是他的拿手好戏。

大概是2012年的某一天，原州区几个秦腔艺人组织了一个名曰"固原秦腔剧团"的戏班子来蒿店演出。临时组合的戏班子演不起全本戏，只能演折子戏。那天一折演完，需撤换布景，演员换衣帽，再

换演另一折。戏台上出现停演的间隙，酷爱戏剧的朱志全谙熟戏台上这些环节，于是自告奋勇愿填补这个停演空档。

征得该剧团团长同意，朱志全插演了《十五贯》中娄阿鼠作案、上蹿下跳一段滑稽戏，只见他吹胡须、转眼珠子，提袍甩袖，耍尽洋相，武场面的鼓师为朱志全的一招一式精准击节，他本来就有逢场作戏的天赋，今天有了专业的鼓节配合衬托，调动了他的表演激情、表演欲，使得他的表演上了档次。他越演越兴奋，进入了忘我的艺术境界，观众报之以热烈的掌声。

该剧团武场面的坐鼓师和文场面的琴师都惊讶："咦？真没想到蒿店这地方还有马希仓式的丑角！"（马希仓是前固原地区秦腔剧团有名的丑角）

朱志全和韩忠福是文艺队里的老字辈，经历过小曲子阶段、全盛阶段、综合节目阶段。在小曲子阶段，朱志全以成功扮演《张连卖布》中的张连而著称，他表演十分投入卖力，唱到精彩高潮处，满头大汗。观众越多他越兴奋，越能调动起他的表演欲，进入了忘我境界。

在演样板戏时代，朱志全扮演的一个角色是《沙家浜》中的胡传魁。导演张建祥给他一讲解剧情，把胡传魁身份性格一分析，他马上就悟彻了，临场还有自己的合理发挥，所发挥的都完全符合剧本思想内容的艺术要求。他扮演的胡传魁，活灵活现地表现出了一个狂妄彪悍、愚蠢鲁莽的乱世草寇王形象。

朱志全由表演眉鄠剧、陇西道情，转变到演秦腔样板戏；由扮演打草鞋的黑宝尔、卖布的张连，过渡到表演鲁莽愚蠢的草寇王胡传魁；由表演折子戏过渡到演全本秦腔戏，适应能力很强。梨园有许多演员因为不能适应变化了的政治形势，不能适应新的艺术形式而被淘汰。朱志全终生酷爱戏剧艺术，他从20世纪50年代中期演戏演到2011年，演了六十多年，一直演到年届八旬，成了蒿店大队文艺梨园的常青树。

蒿店大队文艺宣传队还有一个表演丑角的马志敏，蒿店二队社员，他把《沙家浜》里的刁小三表演得活灵活现、栩栩如生。

全盛阶段，蒿店大队的文场面也有了大的改观。小曲子、陇西道情变成了秦腔。胡长发的板胡演奏技巧也日渐娴熟，秦腔的各种板头、牌子曲都拉得流畅熟练。文场面中还增添了笔者吹奏竹笛，使乐队音色活泼，有了跳动感。陈志明、李玉常拉二胡，我们四人配合默契，十里八乡的观众都称赞蒿店文艺队文场面的音乐好听。

武场面由李春风主鼓。李春风的父亲李星海是蒿店古镇客栈老板，家资丰裕，李春风少年时对戏剧产生了浓厚的兴趣，李星海重视培养儿子的戏曲特长，支持儿子的爱好，舍得投资。20世纪50年代中期，李星海把儿子李春风送到平凉市秦剧团拜师学习戏剧，接受了系统扎实的训练，唱、念、做、打，一招一式，中规中矩。专业的学习使得他多才多艺：会拉板胡、二胡，会吹唢呐，武场面上会坐鼓，还会上台扮演胡子生。他有着"甩发功"童子功底，扮演小生"甩梢子"非常精彩，还会给各个角色化妆。

李星海为儿子李春风购置了秦腔戏剧所需的乐器家什，营造了一个家庭戏曲氛围：儿子房间墙上贴着戏剧的各种角色脸谱，一行钉子上挂了十几溜戏剧用的胡须，地上支着锣鼓家什，桌架上摆着六七把胡琴及唢呐。

后来生产资料所有制改造，李星海的客栈兼饭馆"公私合营"，整顿户籍，李星海家入户到板沟大队黑达子沟生产队。但他家家底丰裕，不愁吃穿，所以李春风的精神追求没有改变，仍然喜爱戏剧。秋雨连绵不能下田时，李春风在家练习武场面的"功课"，口中念念有词："尺不拉打一哐尺——呛才呛才呛才呛才呛才……"或者埋头刮削打

磨板胡头上的桐木面板，改造调制他所心仪的音色。他的乐器柜里放着十几个板胡头。

李春风对人物角色有很好的领悟力，闲暇时，他善于琢磨各种角色的艺术表演要求，研究文场面和武场的默契配合，这一点在农村非常难得。

只因为板沟大队演员太少，组织不起文艺宣传队，多才多艺的李春风被蒿店大队热闹的梨园所吸引，自愿加入蒿店大队文艺宣传队，专职司鼓。哪个环节临时缺人手，他就填补哪里的空缺。

众人拾柴火焰高，九牛爬坡各显其力。

跟历史剧里需要有"跑龙套"的角色一样，三本样板戏也需众多小配角。比如《沙家浜》里有十八个伤病员；《智取威虎山》中小分队队员若干名，还有长腿联络员孙达得、攀岩专家栾超家、警卫员高波、女医生白茹等，需十几名小配角。这些角色都由蒿店三队青年刘具才、高得福、钱鸿林、杨知顺等担当，这中间就有蔡家三兄弟、吉家三兄弟、张连虎兄弟、李存福兄弟、袁家兄弟、底家兄弟等。惠敏兰、袁秀玲是小常宝、白茹等女角色的替补人员，属于预备队。三队里几乎人人登台参演，韩忠福这只"领头雁"功不可没，他有很强的组织能力。

文艺队里面的成员除了本身担负的角色外，每个人都各尽所能，各献专长，献技献艺，各显神通，奉献自己的物资与手工技能。扮演杨子荣的雷相珍，奉献出自己的钢材，锻铸李玉和刑场斗争所需要的手铐脚镣，并为《智取威虎山》剧中使用武器制作土手枪十几把，颇费工夫和精力，且不收分文。

1970年春，蒿店大队文艺宣传队参加了固原县第二届文艺汇演，参演的《红灯记》"刑场斗争"场段、《沙家浜》中"斗智"场段，均赢得了观众好评。蒿店大队文艺宣传队的演员阵容人才济济，博得了前固原县秦剧团琴师张志杰、前固原县文化馆韩馆长的交口称赞。当时的固原地区秦剧团非常看好蒿店大队文艺宣传队的整体阵容：女演员个个漂亮，男演员个个精明强干，英俊潇洒，相貌堂堂，一个个身材苗条，齐刷刷的，穿戴整齐时尚。尤其是张建祥、张俊卿、韩忠福、雷相珍、马成仁、任希平，不用化妆，个个都像郭建光、少剑波，都是天生的演员胚子，气质佳形象好。

当年一起参加固原县文艺汇演的七营公社七营大队文艺宣传队、七营公社北嘴大队文艺宣传队，都对蒿店大队文艺宣传队的人才济济钦佩羡慕。

蒿店大队文艺宣传队鼎盛期还有第二梯队，如扮演习得一的陈玉强，扮演李玉和的刘具才，扮演郭建光、少剑波的雷亮，扮演阿庆嫂的彭桂兰，扮演李奶奶、沙老太的张桂兰，扮演李铁梅的何晓春等。

蒿店大队文艺宣传队全盛期闻名遐迩，吸引来了十里八乡的戏曲爱好者踊跃加盟：

双沟大队党家沟的张有招，年过六旬，仍保持着男高音的音质，酷爱演唱和竹笛吹奏，投奔到蒿店大队文艺队参与演出。

泾源县黄家洼子的张艺梅，酷爱文艺演出，也投奔到蒿店大队文艺队参与排演，她扮演《智取威虎山》中猎户老常的女儿——小常宝，有时也替补其他角色。她羡慕蒿店大队繁荣的梨园，为追逐演戏的梦想，嫁给了蒿店三队吉中校。

什字公社杨家庄子的赵海元酷爱文艺，喜欢吹竹笛，也自愿来到蒿店大队文艺队，参与排演；什字大队四门队的司师，是什字大队拉头把板胡的琴师，也被吸引到蒿店大队文艺宣传队的文场面。

本公社塔湾大队的蔡发荣，酷爱戏剧演唱，羡慕热闹非凡的蒿店梨园，每天晚上来蒿店文艺队参与排演。他担任《智取威虎山》中李

勇奇角色。每天排毕戏已是三星当头，他半夜三更孤身一人返回塔湾队，但乐此不疲。

第三个时期——综合文艺节目时期

改革开放后，恢复演历史剧。文艺宣传队又恢复了原来的"村戏班子"名称，或曰"村自乐班"。

样板戏时代过去后，蒿店文艺宣传队人才开始流失，演戏的姑娘们先后出嫁，小伙子们当兵的当兵、招工的招工、招干的招干，不少青年到石嘴山各煤矿下矿挣钱。后来的生态移民更加剧了蒿店戏班子的人才流失。"万花纷谢一时稀"，戏班子呈现"阴盛阳衰"局面，男演员几乎流失光了。蒿店村戏班子再也排不起全本戏了，只能表演折子戏和综合性节目。

这个时期，文场面里陈志明老师拉板胡，司文俊拉二胡，李玉常吹竹笛。武场面里宋朝晖司鼓。

这时期蒿店戏班子出现了几个新的小亮点：村里娶进来的媳妇子中间不乏演戏人才。突出的是涌现出两个旦角，王彩珠（同名青年）、彭桂兰；女大净刘彩英；曲艺演员虎元芳。王彩凤是扮演阿庆嫂的最佳人选，台架、演技、嗓音均是一流水平，很有演戏天赋。另一个旦角——（青年）彭桂兰，酷爱秦腔戏剧，有表演秦腔的天赋，嗓音很好。刘彩英经常扮演《铡美案》"三对面"中的包拯，嗓音浑厚浓重，气势台架不亚于男大净。虎元芳快板说得非常精彩，有表演曲艺的天赋。她丈夫吉慧是个编快板的人才，能结合时事政策与乡村实际创作出观众喜闻乐见、脍炙人口的快板词，供妻子上台表演。真是夫唱妇随。

本村青年薛扬，上大学的专业涉及舞台策划与编导，毕业后在宁大团委搞文体工作。他热心为村戏班子献艺献策，年年春节回家担任节目编导。

几个在外县工作的青年有表演小品的特长，春节回家也积极参与本村的文艺活动。他们结合时事创作出了表现农村改革、人们观念转变的小品，经薛扬打磨润色，小品幽默风趣 ，深得观众喜爱。

戏班子里冒出两个报节目的女孩，很有文艺才华，给所有节目编出了串台词，使节目有了文化含量。更新鲜的是，她们用普通话报节目，这在蒿店古镇演戏历史上是从来没有过的，是破天荒的！再加上薛扬的全场策划，蒿店村春节文艺节目热闹紧凑，有了新的亮点。

总的来看，蒿店戏班子进入衰落期。

厚道本色 吃苦为善

王老太爷（已去世），原籍甘肃静宁县威戎人，兵荒马乱年代，为躲避军阀抓兵，拖家带口，辗转迁徙到固原县蒿店乡花果村落户。

王老太爷生有三儿三女。长子王希俊，次子王希仁，三子王希贤。

王老太爷在世时，念及二子在外工作，三子教书，子女们都小，不愿分家另出老二老三家的妻儿妻女，于是维系着大家庭，老老小小二十多口人，人多事多，家务繁重，操的心多，生活重担压得老太爷老太太身心疲惫。

按理说，这时候长子可以理直气壮地提出分家要求。可偏偏长子王希俊是个大孝子，不愿撇下老父老母过自己的小家庭日子。他不忍心大家庭繁重的家务累垮老父老母，于是把操持二十多口人生活的担子接了过来。那时王希俊十八岁。

王希俊明白自己年轻，阅历浅薄，没有当掌柜的治家资历，于是抱着"吃苦为本、勇挑重担"的老主意，管理着这个大家庭。他每天凌晨四点多起床，把三个小家庭的生活饮用水水缸担满，然后与社员一道参加生产队里的集体劳动，哪里活儿重他到哪里干。

那时生产队有搞山货的副业组，男社员到十几里外的桦树沟翻山越岭剁糖秆，然后背回来。别的壮年劳力背70根（约180斤），按件数记工分。为了养活一大家子人，王希俊背 140 根，300 多斤，累得走不快，跟不上副业队，300 多斤重的一捆糖秆压倒他，当时没人扶，翻不起身，累得口吐鲜血，最终落下肺气肿、哮喘病。

王希俊的二妹妹王玉琴，逢遇亲戚常说："大哥为了养活一大家子人，把不能吃的苦吃了。社员们都在生产队地里歇息时，大哥钻进地畔林子里割柴，等到社员们散工回家时，大哥背着一大捆柴火回家。他散工从不空手回家，不是顺便给牛羊割草，就是沿路给猪割苋麻。回到家午饭还未成，别人歇息，他一刻也不闲，又返回林子里，手脚麻利地又割了一捆柴火往回背。我在崖畔上翘首远望，呼喊大哥回家吃饭时，大哥已背了一大捆柴从沟底往梁上攀登。路陡，柴捆子大，把人遮罩得看不见，只见一捆柴呼绕呼绕地围上来，看得人心里疼眼泪流……"

王希俊有过两次水库筑坝的民工经历。

1958 年，固原地区兴修沈家河水库，在五个县平调劳力。县上给各公社下达征调指标，公社又给各大队下达指标。花果大队给各生产队分了指标。王家大院王老太爷有三个儿子，需征调一人去水库。王希仁是工人，王希贤是民办教师，按政策规定都不征调。王希俊自告奋勇去了沈家河库坝劳动。睡的是麦草铺，吃的是杂面馒头就萝卜菜，中间无人替换，连着苦干了三年。

1966 年，原固原县在新集乡马旺堡兴修县级水库，征调民工任务又拨来了，王家大院仍需"三丁抽一"。王希俊又自告奋勇去了马旺堡水坝，一干又是两年。马旺堡水坝地势非常险峻，要在 65 度"之"字形陡坡上拉架子车运输筑坝的土方。上山时，空车几乎累死人；装满土方下陡坡，车推人吓死人！看看坝堰上一大堆摔坏、摔毁的架子车，就知道拉土方下陡梁是多么危险，不知摔伤了多少人。水库筑坝

劳动强度多么大，多么辛苦。但五年两次水库筑坝的劳动，王希俊都挺了过来。

因为王希俊肯吃苦，办事公道，在社员中享有威望，花果二队社员们一致推举他担任生产队长。

集体劳动中他总是吃苦在先，干活拣重担子挑，公道处理生产队里的大小事务。他除了精心安排农事外，还惜孤悯贫，关注弱势群体。

他与邻居相处，与人为善，助人为乐。交连地畔，耕田种地，地头上回牛时，牲畜难免踩踏庄稼，或是自家的牛羊啃食了邻家的麦苗，王希俊总是抱着吃亏的态度处理一些小纠葛，打碾粮食时加倍赔偿邻居所受损失。社员们无不钦佩王希俊的心胸肚量。

由于他为人诚实、办事公道，庄里无论谁家淘气闹了家务，都请王希俊来调解家庭矛盾。这并不是靠能说会道、耍贫嘴，而是设身处地与人为善。他总能列举大量事例，动之以情，晓之以理，心平气和地讲"家和万事兴"的道理。村民们并不认可谁能说会道，村民们服的是掏心窝子里的大实话，有诚意地劝解人、息事宁人。他的诚心与诚恳态度总能赢得纠葛各方信服，使他们心服口服，化解了矛盾。

与亲戚们交往，他也是仗义疏财。王希俊所在的村庄靠近林区，出产山货。他的大姐、两个妹妹都出嫁到平凉川道里，川里人缺乏地磨犁头、权耙扫帚之类农具，来串门的亲戚每每有求于他，他毫不吝惜地满足亲戚的需求。割竹子破竹篾给平凉川道里亲戚编背篼、鸡罩、筇篱、牲畜笼嘴，打竹席编织麦囤子。他这种毫不计较得失的行为，深得亲戚们的信赖和钦佩。

王希俊辛劳一生，始终热爱劳动，热爱脚下这块土地。2008年冬天，在西轴厂工作的小儿子把他接到银川小家，想把他从繁重的家务劳动中拖出来，享受城市生活，享享清福，以便儿子尽些孝道，了却尽孝的心愿。可劳动惯了的他，不适应无所事事的生活。一旦让他脱离劳动、脱离劳动环境，饱食终日，他倒不自在。儿子儿媳顿顿变换着给他做菜吃，让他享口福，但他整天局促不安、坐卧不宁、少言寡语。儿子说："大，你心慌了，可以到小区院里转着浪，那里有好几堆堆老年人，打牌下棋，你可以跟他们聊聊天，解解心慌。"他说："这里人说话我听不懂。再者，我耳朵聋，别人说啥我听不真切，没法拉闲，不方便。"

他不习惯城里的生活，出门去车站，走街串巷，三拐五绕，过十字路口的斑马线，要被人牵着衣袖走，显得笨拙呆板。他觉得城市生活不适合他，待在小儿子家给他们添麻烦。他归心似箭，像鱼儿盼水一样渴望回到山村老家。

在儿子家待了不到半个月，他就提出回老家，说"闷得慌，拘得我头疼胸闷，住不习惯。你们的卫生间我不适应上，快让我回去吧！"

无奈，儿子只得把老父亲送回老家花果村。邻居李小莲听说王希俊今天回来，抱了几捆藤条等候在王家大院，央及他编一对笼筐。说她缺笼筐使唤，等了几天了。王希俊欣然答应，说"我现在就给你编"。他一刻也不歇，娴熟地套好辐轮经纬，藤条便在他手里活蹦乱跳起来。他有打席编囤子的功夫，编笼筐不在话下，藤条在他手里就像鱼儿穿梭在荷莲间那般自如。他展示编织，就像魔术家表演一样，看得人眼花缭乱。上午还在城里走街串巷，被人牵着衣袖过十字路口斑马线时笨拙呆板，似乎苍老不堪，可一拿起农家编织活儿，就与邻居有说有笑，活力四射，如鱼得水，判若两人。

记得有一年寒衣节，家里做了一顿麻麸馍馍，麻麸油渗透在面饼子里，这是一顿难得的美味佳肴。这天正好院里来了几位皮货商贩，生意完成后喝水。正值饭点时候，这些商贩没有走的意思。妻子按着

不上饭，大家饥肠辘辘。王希俊看出了端倪，下了开饭指令："上饭！"

麻麸馍馍端上来了，香味扑鼻。皮货商也饿急了，不客气地一阵狼吞虎咽，风卷残云，几盘子麻麸馍馍一扫而光。妻子儿女都没吃上，妻子抱怨，王希俊笑着劝慰她们："让吃吧，心胸放宽阔些，给出门人一点方便。说不定你我的儿子、孙子将来在外闯荡，也会遇上好心人端上好吃的！"

春节期间，是亲戚们走访拜年的时候，王希俊替换下儿子在家招待亲戚，让儿子陪亲戚吃香喝辣，他吆上牛羊上山放牧。另出去的本家大儿子、几个侄儿把自家的牛羊托付给他带放。同时他还带放庄里亲戚家的牛羊，揽承多了很难放牧，但王希俊不辞劳苦，从不拒绝，总是有求必应，早上赶出去，晚上吆回来，一头也不曾少。正月里正是一年最寒冷的季节，来他家拜年的亲戚们常常看到他在山顶放牧，胡须眉毛上结了霜，冻感冒了，嗓子沙哑地吆喝着牛羊。远远地，就能看见他一口口哈出的热气，瞬间凝结成白雾。

过去生活困难时，他吃最差的，穿最破旧的，冬天上山放牛牧羊时，经常穿着一件补了不知多少补丁的"百重衣"。为养活一个大家庭，他吃苦在前，享受在后，一生辛劳。家里来了不速之客，饭不够吃了，宁可自己饿着，也要让给亲戚或客人吃。

如今王希俊已年届九旬，步履蹒跚，坐卧行走气喘吁吁，但他在家中的精神支柱不倒。他还是恪守着厚道仁慈、吃苦耐劳的风范，凡事"忍"字为上。有时家里晚辈忤逆冒犯、抱怨一些陈谷子烂糜子，他都隐忍了，从不发火，总是憨厚地微笑着，没有过盛气凌人加以训斥。待风波平息了，当事人气消了，王希俊这才心平气和地讲为人处世的道理，他以自己一生吃苦的经历，以自己丰富的人生阅历，耐心地讲如何待人接物、与人为善、与邻为善。他的动之以情，晓之以理，使儿女、妯娌、晚辈们心服口服。

从这一点来看，他的涵养、忍耐性与一些所谓的"得道者"相比，并不逊色。

像王希俊这样的长者，在中国广大农村不止一个，而是千千万万。正是他们这些苦者、长者、智者、忍者，在家庭率先垂范，发挥着道德的榜样作用，维系着广大农村的社会公德和稳定，是中国农村弘扬传统美德的社会中坚，对国家精神文明建设、国家法制治理起着不可或缺、不可替代的补充作用。

火焰笼罩了闵家山顶

20 世纪 50 年代末至 70 年代中期，是全民"战天斗地"的年代。

兴修水平梯田可以蓄墒抗旱，这是"战天"的主要方面，还有一种"战天"的形式就是夏季消雹。我们叫"打过雨"。那个年代，国家铁铸厂铸造消雹的土炮，民间把土炮称"将军"，还有一个讲究，平时不打炮时，要用红布把土炮裹起来，点一炷香供上。

公家免费配发土炮及火药，每个公社、大队、小队都有炮点，选在高山峁上，挖一孔土窑洞置放土炮。当时的蒿店公社按冰雹惯常路线，在蒿店的太白山、双河的卧牛坪配置了填装 13 斤火药的大口径土炮。只有在雹云滚滚来临时，才可使用大口径土炮。

各生产队都配备了胆大心细、自愿当消雹员的人担此重任。打炮期是农历三月底至八月底。有的消雹员家庭没有大的拖累，本人为图清闲，就专司打炮。

毕竟冰雹不是天天都发生，消雹员可以干自己家庭劳动，有些消雹员还打牌、下方，消磨时间。

我外祖父担任农林大队清水沟生产队消雹员，我父亲担任蒿店一队消雹员，我们家姊妹弟兄多、拖累重，父亲自愿担任消雹员是为了多挣一份工分养家糊口。过雨来了，父亲放下手里活儿，奔跑到闵家山顶一队的炮点打过雨；平时无雷阵雨时，他在生产队四权副业组做四权。干着两份活儿，非常繁忙，非常辛苦。

消雹工作危险性大，打过雨时要严格按安全要求操作，稍有不慎就会造成事故。

我永远忘不了1964年6月的一天早上。

那时我是四年级学生，记得上午第三节课下了，课间活动时，同学常续得忽然跑进教室大喊："快看闵家山！火焰把山头罩了！"

同学们一轰隆往出涌。待我挤出教室看时，火焰已熄灭，山顶被硝烟笼罩，许久不散。硝烟里传来了令人心悸的哀号声、呼救声。

我知道闵家山是我们蒿店一队的消雹点，今天早发过雨，我知道我父亲肯定上山打过雨去了，我心惊肉跳，不知道他烧成啥样子了！

我来不及向老师请假，飞奔回家，喊着母亲"妈！妈！闵家山炮点出事了！我上闵家山救我大去！"

那天的雷阵雨发得早，过雨下了一上午，颉河发了洪水。我不知道我哪来那么大的力气，竟然过了齐腰深的洪水。我抄捷径往山上跑，心急火燎，嗓子眼里像要冒烟似的。我要赶紧登上山顶，救烧伤了的父亲。

攀登到半山上，竟然看到父亲从闵家山半洼往下走，父亲没事！谢天谢地！这下我心头一块巨石落了地。

父亲对我只说了三个字："走，回家……"

我看见父亲脸色格外地凝重，事故恐怕非常严重。我父亲是火暴性子，对我一向非常严格，我今天受了惊吓，不敢追问情况，默默地跟着父亲下山回了家。

后来陆续从各方面收集到了那次事故的点点滴滴，这才知道了闵家山消雹事故的大致情景。

闵家山炮点的另一名消雹员是年轻气盛的杨玉林。那天上午他情绪不稳,格外烦躁,带着火气操作:装上火药后点了几次点不着,便生气地将土炮踢倒,用锥子掏导火眼上的硝渣子,掏尽硝渣子,嘟囔着把土炮立起来,用火腰子去点,这次一点就响。

接着打出的几炮都是一点就响,一点就响,快得容不得他俩躲进掩体,反常得"奇"了"怪"了。

雨越下越大,按照操作要求,土炮点燃后要躲到一堵土墙掩体后面。我父亲按规程躲到了那堵土墙后面,杨玉林性子急,怕火腰子被雨水浇灭,跑进存放半袋子火药的窑洞躲雨,火腰子上的火渣子溅落到火药袋子上,引燃了二十多斤火药,"轰轰轰轰——"大火将杨玉林吞没了……

火焰熄灭了,我父亲立即从土墙掩体那边跑过来,呈现在眼前的惨景惊心动魄。杨玉林身上衣服几乎被火烧光,他赤裸着全身,跳着号叫:"大哟!疼死我了!妈哟!疼死我了……"

火药烧人不是"烤"或"燎",而是熔炼。烈度就像火柴头刚擦燃时的那种膨爆,温度极高。二十多斤火药在土窑内燃爆,烈焰升腾受阻,从窑洞翻卷喷射出去。

当时大雨瓢泼,路面泥泞,杨玉林滑倒,我父亲上前去搀扶,谁知手摸到哪儿,哪儿脱皮。杨玉林往山下跑,跑一步跌一跤,胳膊上大腿上熟皮掉一片;跑一步跌一跤,屁股上熟皮掉一片,惨不忍睹。他连滚带爬下了山……

杨玉林从跟集人常走的斜坡上跌跌撞撞往下走,边走边号:"大哟!疼死我了!妈哟!疼死我了……"

我在学校教室台阶上听到的呼叫声是我父亲喊的,他当时呼喊队里人:"快来人啊!炮点出事故了,杨玉林叫火药烧坏了!快抬担架来救人啊！"我听到的哀号是杨玉林哭喊的。

后来闵家山村子里姓苏的残疾牧羊人家暂时收留了杨玉林。据苏牧者说：当天临近中午时，从山顶滚爬下来一个赤身裸体的焦煳人，全身血淋淋的，牙关颤抖咬字不清地说："我是……蒿店一队……打炮的……杨玉林，快把我……扶上炕……救救我……"

苏牧者的妻子吓了一大跳，惊叫道："鬼进院了！鬼来了！别让他上炕！"苏牧者的孩子们吓得钻到了伙房案板底下。

苏牧者对妻子说："他不是鬼，是蒿店一队打过雨的杨玉林，失事了，救人要紧！"说着把杨玉林抱上炕，给他轻轻盖上床单，杨玉林陷入昏迷，不省人事……

苏牧者下了闵家山，给蒿店一队队长报了信，队长又给大队报了信，事关人命，大队干部又给公社医院报了信。卫生院派出医生，带上急救用品，火速赶往闵家山村苏牧者家，用急救绷带包裹了杨玉林身体，把他抬到了公社卫生院，做了紧急处理。

公社干部得知情况，给县医院打了紧急电话，县医院立即派来救护车，把严重烧伤的杨玉林拉到县医院抢救。

经过紧急抢救，杨玉林暂时脱离了生命危险。

医院主治大夫说，他烧伤面积达百分之九十，是县医院接收的最严重的烧伤者。要保住他性命，费用高昂，请家属和队上干部筹措住院的费用。

杨玉林的母亲孤苦伶仃、身体羸弱，显然没有经济能力承受高昂的医疗费用。

公社干部召集蒿店大队、一队干部开会，协商杨玉林的住院费用事宜。干部们就消雹事故达成共识，一致认为：杨玉林是为集体利益烧伤的，住院治疗费应由集体解决。

经过协商，落实了医疗费的解决方案：公社上报县民政局，可按有关政策规定报销三分之一；公社再从救济款中拨付三分之一；蒿店一队石灰厂、四权地糖副业组解决剩余的三分之一。

从1964年夏天到1966年年底，杨玉林在县医院住院治疗近三年。月复一月、日复一日地躺卧在水晶玻璃淋浴槽里，淋着清创液，日夜呻吟……

队里不少社员或乘马车，或骑自行车到县医院看望杨玉林。杨玉林见到乡亲们的共同要求是："你发发慈悲，给我买一包老鼠药，快些了结了我吧，让我少受些罪，我疼得火烧火燎，实在受不了呀！"

社员们虽然口里安慰，可心如刀绞！

闵家山消雹失事，极大地刺激了父亲的精神，给他蒙上了一生的阴影、愧疚、隐痛、纠结。他从不愿向人提及那天惊心动魄的事故，从不愿向人提及杨玉林被火药烧伤的惨状……

所以，他当时从闵家山下来时，脸色无比的凝重，凝重得怕人！当时我被惊吓得不敢询问事故情况，我怕戳了他心中的隐痛、伤痕，怕刺激他的神经，只能默默地跟着他回家……

多少年来，每当听到山头上有人大声喊叫，就会引起我神经过敏、心惊肉跳！

队上干部来看望杨玉林，他总是那句话："你们费心花那么多钱，让我住院治疗，把我命保住了，可我双手残疾，耳朵烧坏，听不见声音，我出院有啥用啊！"

队干部们安慰他，"你是为集体烧伤的，你安心住院治疗，你出院后，生产队养活你。"

杨玉林住院治疗的两年多里，我一直关心着他的治疗，盼望他痊愈出院。那时我虽然十三四岁，但我是个钦佩英雄、崇敬英雄的少年。

我听过老师讲向秀丽为保护国家财产被大火烧伤的感人事迹，也在学校少年报栏看到了向秀丽在烈火中抢救国家财产的英雄事迹。

我认为，本队杨玉林也是为集体消雹被火药烧伤，他是我们本地出的英雄，我崇敬他，认为他应受到全队、全公社社员们的敬重和称赞。

杨玉林虽然身体烧残，但为人耿直正派、做事公道，敢于仗义执言。我父亲担任蒿店一队生产队长时，曾得罪过本队几个奸谗懒惰者。那几个人怀恨在心，寻机报复。一次大会上，那几个人抱成小集团，枉口嚼舌，诬陷我父亲，说杨玉林与我父亲打过雨时，我父亲把杨玉林推进火海。工作组与公社干部到杨玉林家调查当年打过雨失事原委，杨玉林仗义执言："那天打过雨失事，是我自己没按打炮规程操作。老何没有推我！我敢对天发誓！这是绝对没有的事！我们队里那几个懒汉二流子喜好拨弄是非，老何当队长曾训斥他们干活卑贱溜滑，那几个人公报私仇，想打击报复老何，所以在大会上诬陷老何。没有这回事，你们别信他们胡言乱语！"

杨玉林是个有仁有义、讲诚信有良知的人，我们全家人非常感激杨玉林在关键时刻秉公说实话，澄清是非，使我父亲免受了坏人陷害。

我们队里绝大部分社员都称赞杨玉林是个正直、厚道的人，敢于坚持原则。人虽然烧伤残，但头脑冷静，做人的底线没丢。

几回回梦里"跑逛山"

年过七旬，记性越来越差，早上的事儿，晚上就忘记了，比如有人问："你今天早点吃的什么？"思忖半天愣是想不起来。但逝去的、久远的事儿却挥之不去，且形诸于梦，常常梦到青少年时期"跑逛山"的事儿。

"跑逛山"中的"逛"，并不是"浪"，不是去山林游玩的意思，而是砍柴人翻了几架山洼，从沟底一直攀登到梁顶了，仍没砍到干柴；或跨过几条溜道，仍没碰到毛竹，眼看夕阳西下，手中仍空空如也，急得我手心里攥出了汗，回家无法向大人交代。空手回家父母会责骂，晚饭也没脸面吃……

我没进过初中校门，也没读过高中。有人会问我："那么，读中学的六年时间内你在干什么？"

答曰：在土地上摸爬滚打，与地奋斗；在后沟森林里摸爬滚打，向森林要饭。

蒿店后沟属于六盘山国家森林区域，森林茂密，风景秀丽，山货丰富。森林里的生物、植物种类与泾源小南川、二龙河林区一模一样，崇山峻岭布满野杨木、桦木、青杠、椴木等高大乔木，粗壮的可做建房的檩条，林海里尽是能做椽子的木材。因林产资源丰富，蒿店古镇有林产品产业链。跑山人采来山货原料，手工业者在作坊加工。那时古镇有大型编织厂、四杈部、楦货部、木炭厂、中药材店等。

蒿店古镇的楦货部历史悠久，有二十几家。所用的椴木、桦木、水渠柳等全出自后沟。我童年时期对楦货加工很感兴趣，经常在何有安家楦货部看他们工作，一待就是大半天，看楦出的木刨花从刀口絮絮翻卷出来，那些原木按着匠人意图，楦成香炉、笔罐、木碗、捣蒜罐罐、捣衣棒槌、茶几圆腿、各种擀面杖等，觉得这种手工劳动很有艺术创造性。

后沟森林面积很大，有十几条沟，每条沟都有东岔、西岔，像迷宫一样。

童年时期，我跟上队里放牛人上山"打疙瘩"，也就是用斧背砸倒一些枯树桩，用背篼背回家，供冬季烤火取暖。

少年时期，我与伙伴们割麻梢子、兔儿梢，这是做烧饭用的燃料。

我们那一带人把上山打柴、上山弄山货叫"跑山"，是林区的谋生称谓，靠山吃山嘛。"跑"，极言其辛苦，需满山满洼地寻找山货。因为弄山货的人很多，"跑"含有争着抢着割的意味。有次我和邻居黑娃进林子割柴，发生过误伤：我和他并肩行走，边拉闲边寻柴，无意间我和他同时盯上了一根粗麻榛子杆，在我左手刚握住那根麻榛子杆的同时，他的镰刀也砍向那根粗麻榛子杆，不偏不倚砍在了我的左手上，我的左手食指几乎被砍断，血流不止，骨头都看见了，白生生的（伤疤至今还在）……我这天不能割柴了，黑娃吓得手颤抖了一天，也没弄够柴火。

青年时期，我与伙伴们上山拉干柴。所谓"干柴"，就是被冰雹打死、干枯了的灌木，如麻榛子杆、楂木、干姜木、秋芘子、八棱子、羊肋

子、废弃了的干杨木橛头等，砍来当作全年烧饭用的燃料。那时故乡流传一句俗谚——"养女穿花鞋，养儿烧干柴"。没有干柴，湿柴火生不着火。有了干柴，做饭快，母亲高兴，不耽误父母去生产队干活。所以我把"养儿烧干柴"当作尽孝道去对待、去劳作。拉回来的干柴不光家里做饭用，还能卖出去，贴补家用。

干柴也不是随处都有，拉干柴的人非常多，需要满山洼去找，这儿割一根，那儿砍一根，割够一捆干柴需几个小时。如果能跟上一个阅历广、有经验的跑山人，找干柴就容易些。记得有一次跟上蒿店二队虎占山去小水沟垴砍柴，他外号叫"山鹞子"，寻找山货非常麻利。他领我们一帮半大小伙子找到了一片被冰雹打死的野杨木，野杨木虽然枯死了，但由于倒伏在泥水中，死树皮泡得湿漉漉的，背起来还是很沉重的，但我们已经很高兴了，因为护林员是不会对死杨木纠缠寻麻烦的，当天的货源得来不费工夫嘛！

湿漉漉的死杨木吸引住我们的时候，虎占山不见人影了。原来他卖了个关子：他把我们引到阴洼里拾湿杨木，然后甩开我们，他自己在阳洼里找到了枯死的干橛。干杨木背上轻些，他砍了六根干杨木橛裹在柴梢子中间，乘护林员还没有到岗的空当早早回到了家。把杨木橛藏进深窖里，等凑够一定数量，半夜里拉到安国镇卖掉。每根橛能卖八角钱。

那时蒿店粮库搞基建，烧沥青封闭地基，需要收购大量烧沥青用的柴火，我背回来了八十斤湿杨木，交到粮库，每斤八厘钱，当天收入六角四分。而虎占山背回来的六根橛卖四元八角。这就是我与"山鹞子"的差别。

20世纪六七十年代，农村生活最困难的时期，我和二弟、三弟上山割毛竹，割上三四天，积攒到能绑扎七八十把扫帚的时候，就在外祖母院里加工。外祖母家院落成了我们加工扫帚的基地，挎毛竹、辟竹眉、编竹圈、绑扎扫帚。外祖母的宅院在新街道西（安）兰（州）公路旁，与蒿店供销社毗邻，前面有四间门面房，出门就是市场，占有地理优势。绑扎好的扫帚摆在门面房前，等陕西长武塬上的扫帚客收购。逢集卖不出去的，抱进门面房存放，等下一个集日、下一个买主，很方便。

我们的扫帚卖不动，是因为我们割的毛竹是二芒扫帚。

毛竹分老芒子和二芒子两种。老芒子是多年生毛竹，是优质毛竹，绑扎的扫帚头大，枝芒非常繁密，不管扫帚积压多久，头部芒穗始终是繁密蓬松的，扫场很耐用，很受扫帚客欢迎，出售快，每把能卖一角六分钱；二芒子是一年生毛竹，芒穗嫩且稀疏，绑扎出来的扫帚头部不繁密，捆绑积压久了，头部就被压缩成扇子形状，使用效果不太好，每把才卖七八分钱。

人人都爱割老芒子毛竹，但老芒子毛竹只有到陡溜沟、宽厂沟东、西二岔的岔垴才能割到，往回背的路又陡又远。大黑沟也有，但路程太远，要翻倒对山，来回二十多里路程，推车子使用不上，要靠肩膀往回背，我身单力薄，无法做到，只能到小水沟沟垴的黑林子、大水沟的兰家窝子、柳树沟、木厂沟去割些二芒子毛竹。

春夏之交是陕西长武塬上扫帚客收购扫帚的时候，我和二弟割毛竹回来，又饥又渴，筋疲力尽，累散架了。外祖母经常给我们做一大锅凉粉鱼鱼子，我一口气吃三老碗。外祖母还给我们兄弟调配伙食，她设法弄来了些荞面，自己舍不得吃，经常给我们兄弟缠一大锅荞面搅团，我一气子能吃好几碗，饭量大得出奇！现在回想起来，简直难以置信，成年以后我肚子从来没装进去过三碗饭。

在那饥饿年月，荞面搅团是美味佳肴，十分难得。外祖母自己饿

着肚子，让我们吃饱，帮我们渡过了难关，我这辈子感恩不尽！

我割毛竹还算麻利，与本队伙伴同时进林钻溜道，我最先割够，第一个下山，歇息、吃干粮，等同伴。许久他们才割够下山。一把扫帚按六十根绑扎，我能割一千五六百根细毛竹，可绑扎二十多把。我最多时候割过三十把扫帚的毛竹，大约有一百四十斤重。

我自以为我上山麻利，但与蒿店三队的雷亮相比，我差远了。雷亮与我同岁，被故乡人称为小"山鹞子"。他会拧地糖，会劈竹眉编背篼，力气大，身手不凡。我钻进林子两眼只盯着毛竹寻找。雷亮跑山见啥山货采啥山货，眼观六路。我下山割了一捆毛竹，他下山比别人早，割两大捆，捆子里面毛竹笋竹裹藏着糖杆、糖条子、糖蓆子、篱笆条子等。两大捆山货重量不下四百斤，架到推车子上，在布满乱石的河道里驾轻就熟、游刃有余。而我推车子上一百多斤重的毛竹，推得我跟跟跄跄，推车轮常常撞上乱石，撞得推车子不是东倒就是西歪。

再比比收获：我割的二芒子扫帚每把才卖八分钱，按二十把计算，一天才收入一元六角钱；而他一张地糖卖一元，一个背篼卖八角，三十把扫帚卖三元六角（他割的毛竹质量比我的好，每把卖一角二分），一天共收入五元四角。这就是我与小"山鹞子"的巨大差别。

跑山十分辛苦，从溜道把山货拉下来，已经疲惫不堪。尤其是三伏天，渴得嗓子里冒烟，我浑身冒着汗，跪在山泉边一气子猛喝，喝毕看到泉水面上弥漫着一层薄雾，那是我嘴里喷出来的热气遇冷泉凝结的。大人们曾反复提醒过，盛夏时候喝山泉里的水时，先把双手十个指头伸进渗冰的泉水里，适应适应，让体温凉下来再喝，否则会激坏眼睛。但渴极了的我哪能顾得上降温。儿童变音期间要注意保护嗓子，可我热身子猛喝渗冰的泉水，损伤了眼睛，损伤了童音，以致我长大嗓音沙哑，不能唱戏，唱歌没有高音。

跑山是非常辛苦的，进沟里割毛竹拉干柴有山泉，但是大洼、甘沟大峁没有山泉。记得一次在甘沟大峁拉干柴，渴极了，顾不了山高，从溜道下了一千米到甘沟底，喝了半肚子水。等登上大峁，出了几身汗，又渴得不行；又下山一千米喝了一次水，再登上大峁，仍旧渴。反复三次，已是日落西山了，背上柴，下了甘沟大峁回到家时，已是点灯时分。

春天常遇到沙尘暴，沙子打得脸生疼。夏天常遭遇雷阵雨，淋成落汤鸡；有时还遭遇冰雹，无处躲避，蚕豆枣子大的冰雹把头脸砸烂，打得人又疼又麻，浑身颤抖，苦不堪言……

三伏天林区有三种毒昆虫：一是食蛇蚁。食蛇蚁在阳洼里用草屑垒成麦垛形的蚁穴，斗笠般大小，布满山洼，人不慎踩踏了蚁穴，那红色的食蛇蚁会迅速钻满全身狠叮狠咬。蚁酸毒性很大，顿感全身奇痒难耐，你须立即逃离蚁穴区，否则会昏厥，最终被食蛇蚁吃掉。这种红色蚂蚁虽然没有南美洲亚马逊森林里的行军蚁凶猛，但你看到它吃蛇就知道它的可怕了。毒蛇一旦误入蚁穴区，蚁群瞬间冲出，死死咬住蛇鳞甲缝里的细肉不松口，毒蛇疼得扭曲成一团打滚，蛇一盘曲，鳞甲口几乎全部张开，正中蚁计，亿万只食蛇蚁迅速将蛇团团包围。一小时后，那毒蛇就被吃得只剩下一个空壳了。

二是马蜂。马蜂在树木上筑有蜂窝，跑山人有时低头专注于砍柴，不慎冲撞了马蜂窝，一窝蜂上来围住蜇你的脸。

三是森林里蚊子特别多。越打越多，汗气子引来成群蚊子包围，叮得人手上脸上满是包。

另外，毒蛇盘在头顶灌木树叶梢上乘凉，我们上山进林时，人人手里捏一根木杆子，先打草惊蛇，然后方能割柴割毛竹。

　　跑山这么辛苦，伙伴们之间还是重友谊、讲义气的。发小任希明的母亲疾病缠身，家里常常揭不开锅。十六岁的他成了家里的主要劳力，队里把他当全劳力对待，安排给他一对牛耕地，中午卸了牛，他顾不上歇息，马不停蹄又要上山拉干柴，需卖了柴火，买些玉米面做饭。

　　有一次我领一帮子伙伴在颉沟中嘴割柴，他知道我们割柴的地方，便从中嘴上来，呼喊着我的名字，我们已割够柴，刚要背上柴下山回家，一看他那大汗淋漓、面色灰黄的可怜相。我招呼我带领的那帮伙伴："咱们放下柴捆，给任希明帮个忙，他到现在没面做饭吃。我们每人割一抱，就能给他凑够一捆柴。"

　　那时候我在伙伴们中间还是有号召力的。大家毫无怨言放下柴捆，二次上山，每人一抱。一小时后，任希明的一捆柴就弄够了。我们虽然苦些，回家迟些，但帮朋友渡过难关，心里是甜甜的。

　　偏僻的环境也有景致可赏。夏天，森林里百鸟鸣叫，山泉叮咚，溪流潺潺，鸟语花香。深邃的密林里，不时看见一寸多长的小鸟在树木缝隙间跳跃，有各种颜色，红的、蓝的、黄的，非常漂亮，想逮一只捉回家养，可林木茂密得人挤不进去，一只也没逮住。大山深处有野生草莓、樱桃、简子等，馋极了的我们摘草莓、樱桃、简子解馋。

　　秋天的后沟色彩斑斓，硕果累累：林子里有兔榛子、毛榛子、野生李子、酸梨子、乌葡萄、面梨子、石枣子等果实，饿极了的跑山少年用这些野果充饥、解馋、解渴。

　　秋季是我们跑山人所盼望的季节。

　　跑山人的干粮是最粗糙的，较好的是玉米面馍馍，常吃的是高粱面馍馍、几块洋芋，或者一包红薯干干。白面馒头是奢望。有时干粮袋没有绑扎紧，被乌鸦啄开，干粮会被乌鸦吃光。下山后没得吃，人困马乏，疲惫至极，三九寒天，我掰些崖石上吊着的冰凌棒、冰凌柱子嘎嘣嘣嚼，明知那是水物，不能充饥，但饿得没法子想了，只得用牙齿咀嚼硬物的感觉哄骗和安慰肚子。一捆柴火压得我眼冒金星，汗流浃背，挣扎着背回家，身体已经透支。

饿极了的我们曾有过"画饼充饥"的笑话。记得我和发小黄保福到小甘沟割了一大捆兔儿梢，往回背，饿极了的我俩在路上打赌谁吃肉吃得多。

我说："这时候如果有两只煮熟的羊大腿我都能吃完。"

黄保福不服气地说："羊大腿算个啥？我这会儿饿得能吃完一只全羊！"

我说："你胡吹牛皮！你肚子能装下一只羊吗？"

黄保福打赌说："你如果不信的话，你先买来一只羊煮熟，看我能吃完不！能吃完的话，买羊钱你掏；吃不完的话，买羊钱我掏。"

我当然办不到。

我们边咽口水边争论，用这种方式给自己鼓劲，但精神胜利法这时候不起作用，我们越说越饿，越争论越馋，我们饥肠辘辘，一百多斤重的柴火压得我们眼冒金星。

光阴荏苒，斗转星移。

如今六盘山区退耕还林，传统农业淡出历史舞台，背篼、木犁、杈耙等农具进了农耕博物馆。无须上山割毛竹、割藤条，人们做饭烧的是煤，配以电饭锅等电炊器，不再烧柴火了，不需再上山割柴了。

可我还不时地梦见"跑逛山"，惊醒、惶恐，手心里攥出了汗……

白娃的信天游

　　我的故乡蒿店是个村，我家对门子就是村民咸炳成家。咸炳成夫妇生有四男二女。长子咸子文，二子白娃，三子咸子武，四子咸子义。咸炳成夫妇都是文盲。

　　有文化的富有家庭给孩子起名比较讲究：卜就生辰八字，查字典词典，引经据典，字斟句酌，名字都寄寓着吉祥如意，寄寓着孩子未来的光辉前途。没有文化的贫穷家庭给孩子起名比较随便，大致把握那么几点：首先，孩子名字不能冲族中、亲戚中长辈名字，不妥与其他长辈、平辈名字相同。其次，就是接龙式的顺排：男孩们顺着弟兄们的排行往下起名，比如，仁、义、礼、贤等；女孩们顺着姊妹们的名字往下取名，如，梅、兰、芳、菊等。顺口、通俗、吉利就行。实在找不出适当的名字，也就随便起名。脸蛋稍白净些的起名白娃，脸蛋稍微黑些的就取名黑娃；丑陋些的就叫丑娃，类似的如憨蛋、丑蛋等等，不一而足。

　　这白娃在弟兄们中排行老二，脸蛋并不怎么白，跟他大哥黑娃相比，脸色差不离。那为什么父母给他取个白娃的乳名呢？

　　白娃生于1956年，天生的白眼仁子多些，语言发育比别的孩子迟缓些，有点木讷。父母亲就给他取名白娃。在咸炳成夫妇眼里、意识里，白娃像似智障，"白"生了这么个"娃"。没指望他上学成材，也就没想到给白娃起官名。

村里那些黑娃、丑娃、憨蛋、丑蛋都有官名，唯独这白娃没有官名。白娃连起官名的资格都没有，一辈子到老叫"白娃"。

倏忽几十年过去了，白娃父母相继去世了，白娃成了近七十岁的老头，终身鳏夫。村里儿童、小字辈们仍把他唤作白娃，这合适吗？这仅仅是白娃个人的尴尬吗？

村里庄稼汉大多数是文盲，谁也不注意，也没工夫推究揣测咸炳成父母给白娃不起官名妥不妥当。

20世纪五六十年代，农村困难家庭子女们多，不是每个孩子都能上得起学，往往老大老二要帮父母劳动，尤其是长女，父母们有重男轻女的思想，认为女孩迟早是别人家一口子人，即使念成书，也是别人家的，就让她帮父母亲抱弟妹。

不过，白娃到十岁左右时，显露出了对音乐浓厚的兴趣。记得20世纪六十年代中期，泾源县人民武装部文化工作团来古镇慰问林建三师属下的蒿店林场连队职工，慰问演出进行了三天，文工团的歌舞剧《红色娘子军》十分精彩，深受连队职工和古镇居民的欢迎，蒿店林场的三十多名护林员率先唱响了《娘子军连歌》。一时间《娘子军连歌》风靡了蒿店古镇，田间地头干活的中年女社员们唱，姑娘媳妇、青年小伙子们在运肥路上唱，进山割柴扎扫帚的青少年们在蒿店后沟山林里唱。

白娃耳濡目染，跟着林场职工学唱，跟着本队社员学唱，跟着上山打柴的哥哥姐姐们学唱，不长时间也学会了。

有一次，全公社女民兵集中进行军事训练，引来不少群众围观。白娃在旁观看，看着看着，竟高声唱起了《娘子军连歌》："向前进，向前进，战士的责任重，妇女的冤仇深。古有花木兰，替父去从军。

今有娘子军，扛枪为人民……战士的责任重，妇女的冤仇深。共产主义真，党是领路人。奴隶得翻身……"

白娃的音调准确，节奏铿锵有力，与女民兵行进的步伐一致。惹得女民兵们忍俊不禁，味味味地笑……

20世纪八十年代初，农村实行联产承包制，到九十年代中期，农民们有了一定的物资积累，家家有了存粮，顿顿有白面吃了。不少家庭有了文化投资意识，给家庭买了黑白电视机，农家孩子们的文化娱乐生活丰富起来了，如同头顶开了天窗，眼前的世界丰富多彩了。

已是而立之年的白娃挤东家挤西家地看电视，后来咸炳成也购买了一台14英寸的黑白电视机，酷爱音乐、喜欢唱歌的白娃终于有了自己的精神家园。

没机会进校门学文化的白娃，对电视节目非常感兴趣，对电视连续剧里的主题歌十分爱好，跟着电视剧小声学唱。他学唱歌到了痴迷的程度，跟着电视节目学唱歌成了白娃的精神寄托，似乎要通过学唱歌曲弥补没读书的缺憾。

那年代央视和各省电视台热播电视连续剧《渴望》，看久了，白娃学会了《渴望》的主题歌曲。

在咸炳成眼里，白娃是个智障儿，不会干有眼色的活儿，老早就把十几只羊交给他放牧，白娃从少年一直放到中年。

放羊看似轻松，实则非常辛苦。放牧不避风霜雨雪，有时在山上会遭遇雷雹沙尘的恶劣天气。秋雨连绵要赶羊出圈放牧，严寒酷暑也要赶羊出圈放牧，饱受老天摆布，没有自由。白娃长年孤独、寂寞、枯燥，泼烦了，有情绪要宣泄，就唱从电视连续剧中学来的歌曲。村人们常常听到白娃在沟洼梁峁、壕堰嵝岘、川塬田野唱《渴望》主题歌：

"悠悠岁月，欲说当年好困惑……漫漫人生路，上下求索。心中渴望真诚的生活。谁能告诉我？是对还是错？问询南来北往的客……恩怨忘却，留下真情从头说，相伴人间万家灯火。故事不多，宛如平常一段歌……"

后来央视、各省电视台热播电视连续剧《便衣警察》，白娃唱的主题歌《少年壮志不言愁》又在地埂田畔、山川田野回荡——

"几度风雨几度春秋，风霜雪雨搏激流。历尽苦难痴心不改，少年壮志不言愁。金色盾牌热血铸就，危难之处显身手。为了母亲的微笑，为了大地的丰收，峥嵘岁月，何惧风流……"

有时候天气晴朗，阳光明媚，天蓝云白，羊儿悠闲地吃草，白娃心情愉快，川原里锄地的社员们就听到白娃唱《草原英雄小姊妹》中的插曲《草原赞歌》："天上闪闪的星星多呀星星多，不如我们草原的羊儿多；天边飘浮的云彩白呀云彩白，不如我们草原的羊绒白。啊哈嗬嗨，啊哈嗬嗨，不如我们草原的羊绒白。亲爱的毛主席呀毛主席，草原在您的阳光下兴旺；亲爱的共产党啊共产党，小牧民在您的教导下成长……"

听得田野里锄地的妇女们热泪盈眶……

那些跟母亲挖荠菜的小姑娘们、才过门的小媳妇们被优美的蒙古族乐曲深深感染，这时就为白娃喝彩："再来一曲好不好？"

那边成年妇女们齐声接应"好！白娃，唱一曲——白娃，唱一曲！"

这一次白娃的"兔儿不在原窝窝里卧了"，他像同龄人一样，也有情感诉求与愿望表达，他唱的仍是蒙古族的民族歌曲《敖包相会》："十五的月亮升上了天空哟，为什么旁边没有云彩？我等待着美丽的姑娘哟，你为什么还不到来哟？如果没有天上的雨水哟，海棠花儿不会自己开。只要妹妹你耐心地等待哟，你心上的人儿就

会跑过来哟……只要妹妹你耐心地等待哟,你心上的人儿就会跑过来哟……"

田野里挖荠菜的小姑娘们羞得面红耳赤,嗔怪地互相抱怨:"看看看,谁让你骚情着喝彩,这下倒好!惹得白娃等你来着。"

甲姑娘推乙姑娘 "你去",乙姑娘反推甲姑娘"你去,你快去哟,你心上的人儿在山洼里等你呀!"

她们口里虽然嗔怪伴怨,但个个心里甜丝丝的。因为这歌儿是她们曾经的心声,唱出了她们曾经的秘密。

川原麦田里笑声一浪接一浪……

白娃的乐感有天赋,音调唱得很准。因为我是固原城里两个乐队的竹笛伴奏者,也曾有两首笛子独奏保留节目。乐队中哪位二胡演奏者的弦没定准,我一下子就能听出来,所以我对白娃唱歌的音准判断是自信的。

在咸炳成夫妇眼中,白娃似乎像个智障"白痴儿"。

音乐天赋怎么能出现在智障白痴儿身上?这符合优化组合的生理规律吗?怎么解释这种不相容的生理机制呢?

不少人都有这样的人生体验,青年时期奔波着冲出故乡,挣脱"农门",奋斗闯自己的前途。然而时日久了,游子尝够了世态的炎凉,尝够了外面世界的酸甜苦辣,才倍感故乡的亲切宽厚,又渐渐思念起故乡来,感情渐渐回归到原点。

我也是这样,乡愁情结重。我爱故乡的一山一草一树一木。每每回到故乡,我就到曾经的自留地畔转悠,到"放娃壕"地埂子上溜达,到颉河岸边转悠,聆听颉河涛声,寻找那一去不复返的童年……

大自然一切好像都没有变。

青山依旧苍翠欲滴,颉河涛声依旧昼夜不息,山丹花依旧水灵,马莲花依旧蓝格莹莹，洋火花依旧鲜艳美丽，责任田里浅蓝、绛紫、粉白色的洋芋花像一串串小铃铛，依旧开得那么素净纯洁。

然而人事世事都变了。

童年时一起在颉河耍水、堵涝坝、捞泥鳅的发小们，个个都成了孩子的父亲，胡子拉碴、弯腰驼背的，面色憔悴。那些曾追着给我暗送黄杏子桑椹子的恋人们，都远嫁到外乡外县，有的甚至远嫁外省，从此天各一方……

岁月无情，不仅夺走了我的金色童年，夺走了我伙伴们的青春，也夺走了我父母亲的健康。年迈力衰的父母亲，已经干不动责任田里繁重的体力活儿了，尤其是夏天收割麦子，往回拉运麦子。

幸好我享有两个假期，我把帮父母亲割麦子、拉运麦子看作天赐予我尽孝心的绝佳机会。几十年来，每到三夏大忙季节，我都要回到故乡帮父母收割麦子。

农村出身的人都知道夏收之苦，七月流火，割麦正值三伏天，麦趟里像蒸笼，头顶的太阳毒花花地炙烤着，脚下麦茬子戳着屁股，被麦土呛着，蚊虫叮咬着，屈身三折挥汗如雨……

但苦中有乐，有精神安慰：我吃这些苦，父母亲就可以免受烈日暴晒，免受麦趟里的蒸笼之苦，在家干些力所能及的轻活儿。我虽然受了些皮肉之苦，但心里却是甜的、踏实的。麦趟之苦也就六七天，拉运粮食也就五六天。每天下地能够呼吸田野里新鲜的空气，来回路上能看到鲜艳美丽的山丹花、马莲花、洋火花……往返河北拉运粮食，还可以看到亲切的颉河。看见这些景物，眼前就会浮现金色的童年生活，追忆往昔的峥嵘岁月。

印象最深刻的是，有一年的收麦三伏天，我照例回到故乡，钻进麦趟，我挥汗如雨割出地头，浑身累散架了。我仰面朝天躺着，看到

鹰鹞在苍穹下扇动翅膀，仰身耍弄上升的涡旋气流，或许那是鹰鹞在练定力，练定位，定位抑或是它正在锁定某个猎物时的身姿，只见翅膀扑棱棱地扇，位置却不挪动，像是钉在半空中。这是西北高原常见到的小景致。

我趴在地埂子青草丛里吸吮着清新空气，观赏着水灵灵的山丹花、蓝格莹莹的马莲花……

这时，就像应景一样，沙庄子半洼兀地传来牧羊人白娃唱的《信天游》："我低头，向山沟，追逐流逝的岁月，风沙茫茫满山谷，不见我的童年。大雁听过我的歌，小河亲过我的脸。山丹丹花开花又落，一遍又一遍。大地留下我的梦，信天游带走我的情，天上星星一点点，思念到永远。"

我在固原城的民乐队里为《信天游》演唱者伴奏过无数次，我虽然偏爱《信天游》，但在故乡的麦趟里听《信天游》感觉截然不一样。我心潮起伏就像滚滚的麦浪，每一个毛孔就像张开了久渴的嘴巴，颤抖地吸吮天降的甘露。我像触了电似的，每一根汗毛就像海底随浪摆动的珊瑚虫，随着《信天游》乐曲情感的变化而起伏。我像生活在艺术境界里，麦趟里的困乏疲劳被驱赶得干干净净，麦趟里的燥热也消失了。

我感到这首歌曲好像专门为我此时此刻的心境创作似的，特别切合此地自然环境，听得我心灵颤抖。《信天游》唱出的正是我的心声，是我对故乡的朝思暮想，是我对故乡的无限眷恋。《信天游》的每一句都刺激着我乡愁的神经，每一乐句都引起了我对岁月无情的伤感！

白娃吆的羊群从草场漫游到我家麦地地头，啃食青草。我和四弟撇下割了半茬子的麦趟，奔到地头不约而同夸赞白娃："你刚才唱的《信天游》太好听了！我天天割麦子想听你唱《信天游》，听你唱《信天游》我们浑身凉快了，听你在沙庄子半洼唱《信天游》，我们在麦趟里割麦不乏。我希望你年年给我们唱《信天游》好吗？"

白娃憨憨笑着说："能行，老哥。"

白娃不会拐弯抹角，直截了当地向我俩提出了点要求："唉，老哥，能给我几块钱买盒烟抽吗？我放羊烟瘾拷得慌！"

我俩非常乐意地满足了他的这点要求。

他把钱装进口袋，怅然一笑，说："何家老哥，其实我最爱唱《水手》。"

我与四弟相视一愣，都有点疑惑惊愕，《水手》歌词很长，一字不识的白娃能记住吗？

白娃清了清嗓子，面带伤感，一字一顿，如泣如诉："苦涩的沙，吹疼脸庞的感觉。像父亲的责骂、母亲的哭泣。永远难忘记。年少的我，喜欢一个人在海边，卷起裤管光着脚丫踩在沙滩上。总是幻想海洋的尽头有另一个世界，总是以为勇敢的水手是真正的男儿，总是一副弱不禁风孱种的样子。在受人欺负的时候，总是听见水手说，他说风雨中这点疼算什么，擦干泪、不要怕，至少我们还有梦……"

我俩听得热泪盈眶……

也许是残疾人命运的共鸣，白娃从残疾人郑智化的《水手》中找到了他自己一生悲苦的影子，寻到了自己要向世人倾诉的心曲。

他终于遇到了两个有诚意倾听他心曲的知音，他终于吐出了自己的苦水，他终于释放了他心中积压很久的抑郁，宣泄了他心中的万千情愫……

我和四弟听得热泪盈眶，与白娃拥抱，白娃也泣泪涟涟："老哥……唉！我的何家老哥啊……"

布谷声声里

入夏的一个早晨，迷糊中的我，忽然被一声熟悉的"布谷"声唤醒，我侧耳屏息谛听：没错！是久违了的布谷鸟儿在叫！那么亲切，那么深情。起初是悠远的孤鸣，继而此呼彼应，声音由远渐近，由疏渐密。不久，清脆嘹亮的"布谷"声便回荡在山野、村镇、城市。

每当听到一声声"布谷、布谷"的鸟叫声时，我的心便不由得震颤起来。在我童年的记忆里，布谷鸟叫得最响亮的时候，正是青黄不接的季节，正是我人生中最艰辛的时期。饥饿导致的许多刻骨铭心的悲惨记忆，都相伴着凄切忧伤的布谷鸟叫声。它的叫声负载、浓缩着那个年代所特有的全部声响，全息着那个年月的生活画面。如今每当听到布谷鸟叫，耳际便萦绕着水磨坊节奏铿锵昼夜不息的罗面声、六盘山湾乏牛悠然的铃铛声、黄土高坡苍凉悲壮的花儿声；每当听到布谷鸟叫声，往昔的峥嵘岁月如烟似雾般从记忆的薄纱后漫卷而出……

幼童时期的我，漫山遍野寻觅能充饥的东西，闯过不少祸，遭过不少难。一次，在黑达沟嘴上找到一片野生草莓，饥不择食，等不及剥掉黏附在草莓上的细蛛网便贪婪地吞食，结果晚上肚子胀得像个鼓，疼得满炕打滚，骇得祖母忙乎了一夜，想尽了法子才化险为夷。

还有一次我爬上杏树摘食青杏子，不慎失手从树上跌下来，不省人事。闻此凶讯，祖母吓得流着泪，一路呼唤着我的乳名，踉踉跄跄赶来，战栗着抢在第一时间把我抱到医院急救……

那个时期，粮食匮乏到极点，每人每顿只能从集体食堂分到半瓢清汤，不少人浮肿，已经有人饿死。祖母将预先在家煮熟的半盆苜蓿倒进打回来的半盆菜粥里，搅匀，这样全家每人每顿可以喝到两碗菜粥。同在一个食堂集体就餐的邻居家孩子很羡慕我有这么一位会筹划、能将稀粥变多变稠的祖母。"布谷"声中，祖母携我攀登上七八十度的陡坡，到山高路远的梨树台挖苦苦菜、掐苜蓿、捋榆钱儿、捋洋槐花，筹备和粥的野菜。

记得那是一个青黄不接的季节，已成少年的我到生产队石灰厂装石头，不慎从马车上仰面栽下来，后脑勺磕在石头上，头破血流，昏迷不醒，全家人急得团团转。祖母拿出她准备换油盐的十来个鸡蛋，卖了几块钱，送我到医院上药包扎。我摔成脑震荡，稍一翻身便觉天旋地转，迷迷糊糊一个多月。每次苏醒，总看到神情焦虑的祖母俯身用热毛巾给我敷额头降温。布谷鸟沙哑的啼叫声和祖母轻轻的呼唤声，是那时我混沌意识中印象最深的。

祖母不仅仅照料我这个"老大家的孙子"，二妈改嫁出走，抛下五个未成年的孙子孙女，最小的两三岁，又需年近八旬的祖母拉扯，缺衣少食，连愁带急，视力急剧下降，缝补衣服看不见针眼穿线。她用原始简陋的工具捻线，给孙子们织袜子。家庭变故的沉重打击，使祖母头发一下子变成银白，腰也佝偻了。酷暑盛夏，厨房像个蒸笼，她烟熏火燎汗流浃背地用灰条籽、红薯干磨成的面给二叔父一家人做饭。生产队收工很迟，面要等二叔父回来才下锅，等待的时间是那么漫长，祖母朝二叔父耕种的山梁望了又望，不时地翻晒着她新割来的柴火，烈日当空，骄阳似火，满院弥漫着嫩木暴晒所散发的苦涩味。

布谷鸟在老屋顶的啼血哀叫声，孙子们要馍的哭闹声，祖母哄劝小孙子入睡时边拍边哼的喃喃的、童谣般的催眠声，交织成饥荒年月所特有的贫穷交响曲，至今犹在耳畔萦绕。

记得那还是一个青黄不接、"布谷"声声的季节，我跟上搞副业的大人到后沟森林里割竹子，不慎从峭壁上失足跌下来，脚被带毒的竹茬子戳伤。我挣扎着背起一百多斤重的毛竹，一瘸一拐步行近二十里山路，撑到家脱鞋一看，脚掌心戳了个窟窿，乌紫的伤口感染糜烂，血肉模糊。祖母像疼在她心上似的，蹙眉用盐水为我清洗了伤口。又各处打听偏方，为我医治，经过祖母一个多月的精心护理，脚伤痊愈了。

据说我刚两岁时，便被父母托给祖母照看。我的幼年、童年、少年时代是在祖母那间简陋的老屋度过的。多少个阴雨天，顽皮的我在河坝里玩，淋成个落汤鸡，满身泥巴，躲着不敢见父母，每每是祖母宽容慈爱地给我揩干净泥巴。是老屋温馨的热炕烘干了我的湿衣服，温暖了我冰冷的身子。在我幼年的印象里，无数个发高烧昏迷不醒的日子里，是祖母陪伴、呵护、照料着我，我无数次从梦魇中惊醒，呼唤的是"奶奶"，而不是"妈妈"。只要被祖母揽进那温馨安全的臂弯里，恐怖马上消失，疼痛立即减轻。祖母出工到南音台锄谷子，我哭着尾追到西沟大桥，才怏怏而回……直到长成少年。后来我上师范，才离开了祖母寡居的破旧的老屋。

师范毕业后，我被分回本乡学校任教。晚上我兴冲冲地回到祖母的老屋，祖母很高兴，但那高兴后面掩饰着冤屈似的，眼角似藏着泪痕。她对我说："我孙子已成教书先生了！你出息了，我高兴！你须穿整齐、穿干净，从今以后应该回你本家住。这屋里铺盖单薄，又脏又破，土多，又有虼蚤……其实，我早就替你想到这些了，不用谁来说……"

说到这里，她禁不住啜泣了。

我疑心父母提前给祖母作了某种暗示和"提醒"，让我别再回祖母的老屋住。这无疑玷污了祖母爱孙子的纯洁感情，剥夺了她爱孙子的权力，伤害了她的自尊。过去，不管生活多么艰辛，不管遇到什么打击，祖母从未哭过。这次她哭了……

我的经济接济是杯水车薪，并未能从根本上改变祖母的命运。祖母不愿丢下二儿子的五个孩子到大儿子家里去享什么"清福"，她按照自己的为人处世原则，含辛茹苦地把五个孙子孙女扶养成人，直至耗尽她最后一丝力气。在贫病交加中，她背负着太多的牵挂，去了另一个世界。她咽气时，我竟不在她跟前！待我赶回家时，祖母已被埋葬了！老屋的土炕上已没有了祖母……据姑姑说，她咽不下最后那口气，嘴唇翕动着，说不出话来，姑姑们守在身旁多方安慰着，询问了祖母的种种牵挂，历数了件件心事，直至问道"您是担心您的大孙子吧？"祖母干涸的眼角终于渗出了苦涩如铅的泪水，嘴角抽搐，微微点头，定格成遗容……

三十多年倏忽已逝。祖母住过的老屋早已尘封闲置，结满蛛网；她使用过的石磨石碾早已废弃长了青苔；她汲水的那眼古井口已长满蓬蒿，破辘轳弃置在一边；她亲手栽培的杏树已长得盘曲嶙峋、浓荫蔽院。如今孙子们都已长大，各自成家，光景逐渐好转，可祖母却再也看不到这一切了。

艰辛的童年时代一去不返了，伴随着声声"布谷"的峥嵘岁月一去永不返了，但那布谷鸟并不因人世间的变化而更改迁徙规律，仍年年如期来到老院的杏树上，对着老屋深情地呼唤，它叫得那么殷切动情，是那么撩拨人心！

啊，我的声声"布谷"！

布谷声中忆童年

初夏的一个早晨，我忽然被一阵熟悉的"布谷"声唤醒，侧耳细听，没错！是一年一度如期造访的布谷鸟在叫！那么亲切，那么深情。起初是悠远的孤鸣，渐渐地，声音由远渐近，由疏渐密。不久，清脆嘹亮的"布谷"声便回荡在山岭的树梢上，回荡在原野城乡的上空。

布谷鸟叫声响亮，有很强的穿透力。东山峁上一声"布谷"，西山梁顶必有应答。这个季节，终日响彻耳边的最强音便是布谷鸟的叫声。

如同"迎春花"这个花名的含义一样，布谷鸟是安排农事的"报幕者"，它一叫，北方农夫们便要开始播种谷类作物了，难怪人们也叫它"播谷鸟"。

每当我听到"布谷——布谷——"的叫声，我的心便不由得震颤起来，童年时代父老乡亲们为了生存，与大自然抗争的一幅幅画面便浮现在眼前。布谷鸟一叫，好像开启了大自然的静音键：水磨坊昼夜不息的磨面声，六盘山湾悠然晃荡的牛铃声，沟梁山峁农夫们对牲畜粗犷的吆喝声，梯田原野苍凉悲壮的花儿声，山洪泥石流汹涌的波涛声，人们抢险救灾的喧嚣声等等，接踵而至，萦绕耳际。许多刻骨铭心的故事也如烟似幔，翻卷浮现在眼前……

20世纪50年代末低标准时期，食物严重匮乏，在集体食堂每人只能分得半瓢可照见人影的稀粥。老院杏树上布谷鸟叫得有气无力，声音都沙哑了。祖母蹒跚着领我去捋榆钱儿、削榆树皮、摘洋槐花，到田野里剜苋麻芽、掐苜蓿，到梨树台洼地里挖苦苦菜……

有一天，跟牛队撒籽种的母亲拾来了些"冻死鬼洋芋"，蔫蔫的、皱皱的、黑黑的，还往外渗着黑水。祖母把它洗净煮熟。笼盖一揭，不待凉温，饿疯的我们便抢食一空。在我的记忆里，它是香喷喷的，嚼到嘴里柔柔的、筋筋的，似乎还带有馒头里的那种碱香味，很是诱人。我心里盘算着，也去地里跟在牛队后面拾蔫洋芋。

打听到队里要在一块种过洋芋的地里播种，第二天，我便跟在一组播种队伍后面盯着蔫洋芋出现。事实上洋芋在前一年封冻前早被人们复收过好几遍，拾到的概率很小，但饥饿驱使人们抢着去拾。犁铧下偶尔耕出一个大些的蔫洋芋，按劳动组合顺序与资格惯例，首席捡拾者是扶犁人，他若来不及弯腰拾，第二个捡拾者便是撒种子的女人，她若漏眼了，第三个捡拾者就是"抱粪"（抱着粪斗子施肥）的人了。假若碰巧他离开犁沟去填装粪，这才能轮到我们这些队尾的小孩子。当然，我们拾到的尽是大人们不屑于拾的小不点儿。有些胆大的男孩子会不顾扶犁者的呵斥，溜到犁铧旁，瞅空抢一个，往往免不了遭脚踢鞭抽。

跟在土浪翻滚的犁铧后，目不转睛地盯一个晌午，盯得头晕眼花，加之身体透支，一会儿这个晕倒了，一会儿那个又昏过去了，孩子们的母亲慌慌张张跑来，抱住孩子哭喊。母亲们惊恐的呼唤声，布谷鸟焦虑的鸣叫声，叮咚作响的牛铃声，构成了那个艰辛岁月田间地头悲怆的"交响乐"。

有一次，小弟越位蹿到犁铧旁，犁沟里刚好耕出一个大洋芋，就

往事回忆、乡愁村史篇

往事回忆、乡愁村史篇

在小弟抢抓洋芋时，耕者的脚重重地踩住了小弟的小手，"占"住小弟手下的大洋芋，他喝住行走的耕牛，两个人在犁沟里争抢起来。正好那天扶犁者的家犬随主人来地里闲溜达，这狗以为两个人在打架，出于保护主人、表现尽职的本性，"汪"的一声猛扑上去，咬住小弟的小腿撕扯起来，小弟的腿顿时鲜血淋漓。我吓坏了，赶忙背起小弟往家里跑，走过的路上留下斑斑血迹，小弟疼得在我背上哭叫。我脑子里一片空白，只听得耳际布谷鸟叫成一片……

他的小手也因被踩踏，好长时间不能屈伸。可怜小弟为抢一个蔫洋芋付出了惨重的代价。

饥饿年代结束了，我们终于从艰难困苦的岁月里挣扎出来，再也不必用那种令人辛酸的方式获取那蔫蔫的、皱皱的、黑黑的隔年"冻死鬼洋芋"。如今，改革开放已几十年，我们都过上了顿顿吃白米白面的好日子。艰辛的童年时代伴随着一声声"布谷"一去不复返了，当初一同拾蔫洋芋的小伙伴们，如今也都成了孩子们的爷爷、奶奶辈分，儿孙满堂，其乐融融。

然而，那布谷鸟并不因人世的沧桑之变而更改迁徙规律，年年如期来到故乡的沟梁山岇，一如既往地呼唤着，它叫得永远那么亲切，那么深情……

千年古镇蒿店

在一次西海固文学艺术研讨会上，何富成在发言中说：我是在驼铃声中长大的——语惊四座，大家都用疑惑的眼神看着他，意思是说，西海固是个不养骆驼的地方，哪里来的驼铃声？当我把自己的家乡细细介绍了以后，大家就明白了。我的家乡蒿店，现为泾源县六盘山镇蒿店村。蒿店是千年古镇，据《旧唐书·本纪德宗》载："（贞元）七年三月甲子，泾原（今泾源）节度使刘昌筑胡谷堡，改名彰义堡。堡在平凉西三十五里，亦御戎之要。"平凉古城在今平凉市安国镇，按此距离，唐德宗贞元七年，即公元791年，泾原节度使刘昌所筑胡谷堡位于今泾源县六盘山镇蒿店村。据《宋汇要纪稿》记载，北宋咸平三年，即公元1000年堡更名为蒿店寨，为边防军事九寨之一，金代沿用此名，明时改为蒿店铺，1912年设镇，改名蒿店镇，隶属甘肃平凉地区，1949年8月成立蒿店区政府，1958年改为蒿店人民公社，隶属固原县管辖，1980年成立蒿店乡政府，2003年划入泾源县，2005年撤乡为村，并入六盘山镇。"亦御戎之要"指的是萧关古道上的弹筝峡（三关口），在蒿店境内，距蒿店镇中心约2.5公里，即"萧关锁钥""九塞咽喉"之所在，据地理学家郦道元《水经注》载："泾水经都卢山，山路之内，常有如弹筝之声，行者闻之歌舞而去"。都

卢山就是六盘山，弹筝峡就是三关口，弹筝之声其实是峡谷两边峭壁上流下的水滴发出的"叮咚"之声。虽然蒿店镇设立于 1912 年，至今才 112 年，但她的前身胡谷堡筑于 791 年，距今 1200 多年了，千年沧桑，作为萧关边防重镇的蒿店，经历了多少风霜雨雪，战争洗礼？至今，刻有"蒿店镇"三个字的城门楼依然威严地矗立在我们家乡，见证着千年古镇的历史沧桑，成为蒿店地标性的古建筑。

说蒿店，必然要说萧关，关于萧关古道到底在哪里，近年来有许多区内外专家学者著文追溯、考证，得出的结论基本一致：从大概念位置说，萧关在固原（古称大原），从具体地理位置说，是今六盘山镇大湾乡瓦亭村至蒿店村三关口这段狭窄的山谷河道，大约十余公里。在这段山谷道上，蒿店三关口（弹筝峡）是最狭窄处，宽仅 20 余米，两边峭壁千丈，真乃"一夫当关，万夫莫开"之天然关隘。如果把萧关古道比喻成一个横放的瓶子，那么三关口就是瓶颈，蒿店就是瓶塞，如果羌戎铁骑在这里拔掉瓶塞，冲出瓶颈，一路南下，那八百里秦川就再没有这样的天然关隘可守了，大唐都城长安岂不危矣！所以把此处称为"九塞咽喉""萧关锁钥"是恰如其分的，是守卫国家安全的重中之重地，也是"亦御戎之要"的另一层意思。蒿店的三关口是不是宋朝名将杨延昭（杨六郎）把守的三关口，我们没有考证，不敢妄下结论，但这里建有六郎庙和关帝庙却是事实。据说巡游、穿越萧关古道的历史人物有：黄帝，秦始皇嬴政，汉武帝刘彻，唐肃宗李亨，一代天骄成吉思汗，史学家司马迁、班彪，地理学家郦道元，出使西域的张骞，诗人王维等等。一长串响彻史册的名字，从蒿店古镇划过。历代诗人描写萧关的诗句也是一长串：王维"萧关逢候骑，都护在燕然。""遥知汉使萧关外，愁见孤城落日边。"卢照邻"回中道路险，萧关烽堠多。"岑参"凉秋八月萧关道，北风吹断天山草。"虞世南"萧关远无极，蒲海广难依。"贾岛"萧关分碛路，嘶马背寒鸿。"卢纶"今来部曲尽，白首过萧关。"王昌龄"蝉鸣空桑林，八月萧关道。"

蒿店既是萧关要道，也是陆上丝绸之路东段北道商贾云集的驿站、重镇，西（安）兰（州）公路、平（凉）银（川）公路都从这里穿过。在木辐轮牛车、胶轮马车作主要交通工具的过去，在蒿店经商的就有陕西、甘肃、宁夏、青海、新疆、内蒙古、山西、山东、河南、安徽、四川等十几省，二十六县的客商。蒿店是"百家姓"，口音南腔北调。那时镇上兴盛着与丝路驼队相关的服务行业与小手工业。开有木炭厂、纺织厂、四权铺、檀货铺、木匠铺、驼绒加工铺、擀毡铺、竹篾笼箩铺、银匠铺、铁匠铺、铜匠铺、裁缝铺、典当铺、马车配件铺、染布坊、油坊、水磨坊、兽医站、中药材店、牲畜交易市场等，有十几家车马店。镇上有兰家、潘家、梁家、马家、秦家、郭家、天货场共七家骆驼场子，仅水磨坊就有八座，菜园子六家，理发铺五家，檀货铺二十多家，饭馆三十多家，商铺近百家。发源于六盘山的颉河流经蒿店，每天晚上到颉河饮水的牲口多达二三百头，城门楼洞口巷子里骡马蹄声彻夜不断，繁华程度由此可见。蒿店林草业及山货的丰盛，不仅有力地满足了丝绸之路商贾的生活需求，也是养活穷人的途径，只要你稍微勤快一点，进山打捆柴割捆草就能换钱养家糊口，我们的祖先就是听说蒿店能养活人才从外地投奔而来，在这里安家落户的，我们弟兄几个在上世纪六七十年代卖给骆驼场、车马店的柴草不计其数。1961 年 5 月 31 日，25 岁的宁夏日报记者王庆同到蒿店公社采访农民搞副业（山货）的情况，蒿店大队第一生产队队长何建堂（我的父亲）接受了他的采访（见王庆同著作《我的宁夏时光》），由此可见蒿店森林资源的丰富和在区内外的影响力。蒿店镇上居住的少数民族人口多，喝"花儿"的人也多，在上世纪三四十年代，蒿店就有二十多位出众的男女"花

往事回忆、乡愁村史篇

113

儿"歌手,其中妥玉梅、咸冬梅、秦腊梅、哈芳梅、马红梅五位女"花儿"歌手最为有名,时称"五朵梅",因为参加过当时西海固地区举行的"花儿"赛会,声名在外。"五朵梅"中,马红梅年龄最小,也最出众,她是青海省大通县苏家堡乡中岭村人,在蒿店镇上经营饭馆兼营车马店。1938年,为了开展大西北的抗日救亡宣传工作,以文艺为武器进行宣传,唤醒民众抗日救国,支援抗日前线,24岁的王洛宾和作家萧军、戏剧家塞克、舞台灯光师朱星南及其妻子洛珊一行五人,沿丝绸古道从西安出发准备到新疆开展工作,途经蒿店古镇时,天气连降暴雨,颉河猛涨,冲毁萧关咽喉——三关口道路,人、车无法通行,商旅全部被阻,无奈他们只好滞留古镇车马店。这样,世人皆知的王洛宾和"五朵梅"(马红梅)的故事就这样发生了。86年过去了,我们无法考证马红梅当年喝了什么内容的花儿,喝了多少首,是用怎样的腔调征服了年轻的王洛宾,竟然使他因此而改变了人生的追求去向。1986年,王洛宾在他的《万朵"花儿"永世飘香》一文中回忆:"40多年前,我来西北的途中,遇到连天阴雨,在六盘山下一个车马店里住了三天,欣赏到车马店女主人漫的'花儿'";"多么迷人醉心的歌,这是最古老的开拓者之歌,那逶迤动听的旋律,口头文学的朴实,句句渗入了人心,原来车马店女主人是六盘山下有名的'花儿'歌手——五朵梅";"这段因缘使我逐渐放弃了对西洋音乐的向往,投入了民歌的海洋";"从此,我在民歌中汲取了生命的营养,那首浓郁芬芳的'花儿'的确是我一生的转折点。"至于"王洛宾文化园"现在修建在六盘山镇和尚铺村,那实在牵强,并非历史的真实,况且,在解放前后,和尚铺基本上没有喝"花儿"的群众基础和喝"花儿"的环境氛围,怎么能产生"五朵梅"这样的"花儿"高手呢?

随着汽车时代的渐渐到来,丝绸之路上驼队马车的身影渐行渐远,蒿店古镇的繁华开始走向没落。20世纪七十年代始，固原县水泥厂和固原地区水泥厂相继建在蒿店境内，两厂数百名工人家属的生活需求使蒿店集市一度又繁荣20多年。如今，为了青山绿水，两厂早已关停，大移民政策又将近6000村民搬迁出去，曾经的丝绸边防重镇已缩小成村，长期定居的村民也就千人左右了。风华已逝，人至暮年，不管历史风云如何变幻，蒿店在历史上所起的作用不容轻视，更不可抹杀。文章在这里就要结束了，再赘述两件事作为"豹尾"：1996年7月16日，国家"八五"重点工程——宝中铁路正式通车，铁路设计师像孙悟空一样，在蒿店画了一个大大的圆，将蒿店村完美地圈在里面，维护了古镇最后的颜面，成为宝中铁路线上的独特风景，也成为铁路建设史上少有的设计杰作。2023年3月，国务院公布了第六批全国古村落名录，宁夏有20个村榜上有名，蒿店村赫然在列，这是国家对蒿店这座千年古镇给予的最高待遇。

散文随笔小品文篇

过程

　　《西游记》在我国民间是家喻户晓、妇孺皆知的古典名著，它被人们通俗地称为"唐僧取经的故事"。生活在 20 世纪五六十年代的我们那一代少年儿童们，限于当时的大众传媒条件，只能看到以唐僧取经为题材的连环画小人儿书，享受不到现在孩子们的眼福。那时有谁弄到一本《西游记》连环画小人儿书，大家争相传阅，爱不释手，梦里都幻想着能买到一套《西游记》连环画册。它是那时少年儿童们渴盼的精神食粮。成年人则爱看以《西游记》为题材的地方戏曲，以致唐僧、孙悟空、猪八戒、沙和尚成了民间大众耳熟能详的人物形象，成了人们茶余饭后消遣谈笑的资料。后来大众传媒工具发达了，普及了，绍剧《孙悟空三打白骨精》被搬上电影银幕，令人耳目一新，看得人神醉心迷；再后来《西游记》被拍成几十集的电视连续剧，给大众提供文化精神食粮。还有专为少年儿童编排的各种版本与形式的动画片《西游记》，更是吸引亿万少儿观众，不仅满足青少年寒暑假文化生活需求，也为成年观众所喜闻乐见。打开电视挑选各频道上的节目，只要一闪出《西游记》的画面，大人小孩的眼球都被吸引。不管已经播到哪一集，人们都会兴味十足地看下去，百看不厌。

　　"不厌"在什么地方？

是唐僧到处宣讲、孜孜以求地在西天拜佛取到真经的辉煌结果吗？是师徒四人在西天雷音寺接受封号、接受如来点化、身放佛光功德圆满的结局吗？

答曰："非也！"

因为取到真经以后，吸引人的过程和情节也就完结了，没戏可看了。况且这结局早就知道，没有什么悬念和吸引力。

那么，《西游记》的魅力在哪里？吸引人的精彩地方在哪里呢？

在过程！

在取经过程中，唐僧师徒耗时十六载，历经九九八十一难，跋涉十万八千里路程，既要和八十一洞的妖魔鬼怪魑魅魍魉斗争，还要和自身的弱点斗争；既要与天庭龙宫各界神仙交涉，追根溯源稽查各洞妖精的出处背景，争得天界龙宫各路神仙对取经事业的支持，收伏妖魔，又要与阴曹地府的阎罗判官交涉，打通各个环节，排除取经途中的各种干扰。在险象环生的降妖伏魔过程中，师徒们开阔视野，扩大听闻，积累经验，增长才干，净化心灵，提高自身觉悟，升华思想境界，充满烦恼与苦难的磨炼过程，磨炼出了他们的佛性。

师徒四人的出身教养、生活环境、性格禀赋、志趣抱负、习惯爱好各不相同，在取经过程中需要一个磨合过程，需要互相接纳、优势互补，学习别人的长处，克服自己的短处。他们的可贵之处就是，虽经历了些磕磕绊绊，但总算把互相接纳、勠力合作、互相帮助坚持到了最后，终成正果。

统观唐僧师徒整个取经过程，我们会发现一个带普遍性的规律：凡是师徒四人互相信任、互相勉励、互相包容、对除妖达成共识时，妖魔鬼怪便无隙可乘、无孔可钻，取经过程相对比较顺利；但凡师徒们为识别妖与非妖而争论争吵导致互相猜忌、互不信任、互相埋怨、互相诋毁时，便会出现分裂，给善于变化、阴险狡诈、凶残毒辣的白骨精之类妖魔可乘之机，降妖有功却蒙受冤屈的孙悟空遭受内外双重打击，被人妖混淆的唐僧驱逐出取经队伍。其结果经常是：不消半日，唐僧、八戒、沙僧便身陷囹圄，面临被杀被剐被蒸被煮的险境，给取经事业带来灾难性的严重后果。这种正反两面的经验教训，不管是对一个人、一个集体，还是一个国家、一个民族都有一定的借鉴意义。

取经过程的魅力就在于，它涵盖面广，诙谐横生的取经故事中包含着深刻的人生经验，凡从事正当正义慈善的事业，都讲求团结包容，讲求有恒心。只要坚持到底，就有辉煌灿烂的前程。其实，现实生活中时时处处无不演绎着"取经故事"。不管是一个部门、一个企业，还是一个公司、一个单位，员工、同事、同仁们走到一起，通力合作，互相配合，从事某项事业，从事生产或经营活动，都和唐僧取经那个小团队有相似之处，从某种意义上说，实际也是一种"取经过程"。别小看取经的唐僧师徒只有四人，却是社会群体、团体的缩影。四个人的性格具有广泛的代表性，他们身上凝聚着人类共有的优点与弱点。吸取他们的优点，避免他们的缺点不足，是我们从事学习与工作、开启心智、成就事业的智慧源泉。具体点说，要学习唐僧坚持信念不动摇，不为王位与美色所动所惑，矢志不渝、锲而不舍，坚韧不拔、百折不挠的精神；学习孙悟空在大是大非面前坚持原则，不惧淫威、不畏强权，敢于反抗压迫，在屡遭失败和蒙受冤屈时乐观自信、除恶务尽的精神；学习沙僧坦荡磊落、忠厚耿直，能以生命相托付、对取经事业忠贞不贰的优秀品质。要力戒猪八戒身上懒、馋、贪食好色、动辄叫嚷分行李散伙的缺点与不足；力戒唐僧那种对豺狼讲仁慈、对敌人滥施仁义、愚蠢迂腐的慈悲心肠；要力戒孙悟空好争名分、急躁易激动等不足。

如同唐僧师徒取经途中历尽艰险，经受八十一场磨难一样，不管

是一个部门、一个企业，还是一个公司、一个单位，在共同完成一项事业、共同从事生产经营活动时，也难免会遇到各种困难和挑战，需要经受千辛万苦，需战胜千难万险，经得起千锤百炼；需要团结互助、精诚合作，战胜和拒绝各种糖弹美色的诱惑；需要严于律己，宽以待人，容忍人、包容人。譬如包容猪八戒，在中国人的语汇中，猪八戒是"丑陋"的代名词，能包容、帮助、携带猪八戒这样丑陋的、几乎浑身缺点的人到达西天终成正果，足见唐僧度人的心胸、宽厚的气度已达到了佛的境界，具备了掌握真经的资格。如同唐僧师徒包容缺点毛病较多的猪八戒一道完成取经任务一样，一个团体的上层管理人员帮带重心不能只倾斜于标致端庄的人，只重视精英群体，只顾帮带精英们单独冒进，而要帮一切人，度一切人，关爱天分不足的人，关注弱势群体，不能嫌弃、抛弃有缺点、犯了错误的员工，不能强求员工都具有领导那般胸襟、度量与境界，要给员工改正缺点错误的机会，耐心等待那些觉悟过程较慢的员工，帮助他们一道前进，只有这样，方能像唐僧师徒那样，胜利到达理想的彼岸，"取得真经，终成正果"。

李成福，文班同学怀念你

阳光还与往常一样明媚，可我们身边却失去了一位才华出众的人。

天空仍像往常一样蓝，可我们却失去了一位深孚众望的老同学、老朋友。

成福永远地走了，走得太匆忙，是万恶的癌症残酷地夺去了他的生命，他从我们中间无可挽留地永逝了。但他的音容笑貌却时时在我眼前浮现，往昔老同学们相处、相聚的情景挥之不去，在眼前一幕幕浮现……

20世纪70年代初，我与成福有缘被固原师范录取分到中教文班，成为同班同学。初识的一幕至今没忘，我们文班被安排在学校西区两间大宿舍，办好报名手续，被后勤人员领到文班宿舍，解开寒酸的铺盖卷，铺好自己的床位后，我就到另一间男生宿舍转悠溜达。难得来到一个新环境学习，我非常珍惜未来的两年修业。新鲜感使我急于认识未来的同窗，初来乍到，个个难免矜持，这时一位中等身材、面相和善的同学从床上礼貌地起身，笑容可掬地让座。他的落落大方、举止得体给我留下了初识的好印象，互相询问后得知，他叫李成福，是海原县杨明公社人。开学后不久，他的优秀作文相继发表在校刊上，名声逐渐地由班级扩散到全年级、全校。

成福是一位乐于助人、仗义执言、富于正义感的人。他身上有个特点，不愿担任班干部，不愿被班干部头衔羁绊、累着，但却操着班干部的心。他是左右班级公道正义的实力人物，他会用才智征服班里个别恃强凌弱的霸道者，他能用才华制服班里个别目中无人的狂妄者。在他的庇护下，出身农村的贫困生、穿着寒酸的弱者会得到保护，不受欺负，甚而关爱有加。在校纪校规不便涉足的管理死角，有他抑野制蛮，但不称霸，弱势群体有另类安全感，班里的正气始终占据主导地位。他是班主任无形的得力臂膀，大家拥戴他。他爱护班级荣誉、维护同学人格尊严的品行为全班同学所公认。我班文艺委员江芝芳因在公用铁丝上晾晒衣服蒙受了不白之冤，遭受高年级一女生放肆的辱骂欺凌，身心受到创伤，好些天不能上课，成福深感不平，积极奔走，协同班长找寻学校管理部门，陈述事实真相，为我班受屈辱的江芝芳同学讨回了公道。

那时，学校经常开展篮球比赛，成福有打篮球的特长，是我班主力队员。他热心班队的组织训练，关注班级名次。他名分上没有担任篮球队长，却是事实上的教练兼队长，球赛鏖战拼红了眼的紧要关头，他常常当仁不让取而代之。他非常注重研究篮球战术配合，不顾疲劳为班级取经。那时的固原体育馆灯光球场，不时举行地区各县及地直单位篮球比赛、宁夏中学生篮球赛，有时还有周边（平凉、定西、庆阳、吴忠、延安、白银等）地区之间的友谊赛，成福几乎是每赛必观。别的同学按时就寝，而他晚自习后溜出校门，沉迷在灯光球场琢磨、钻研篮球战术配合，用之于本班的篮球训练与比赛中。饭后他与队友闲聊或散步时，津津乐道于区内外各个篮球队的战术配合与队员的个人技术，为班级制胜夺得好名次提供了丰富的经验。他常因看毕赛归来太迟，被门卫拒之门外，受到多次数落。

他不乏幽默诙谐，在特殊的环境场合有特殊效应。20世纪70年代，国人尚未摆脱饥饿的阴影，我们在饥饿中苦修学业，晚自习教室里经常弥漫着饥饿造成的沉闷气氛。成福同学总会利用某个契机或是一个微妙的声响，抖一个相声似的笑料包袱，引得教室里哄堂大笑。笑声让我们神经兴奋，暂时忘了饥饿，沉浸在愉悦之中。记得田洼修渠结束后，班里进行评比总结，班主任对劳动表现好的提出了表扬，同学尹国兰因没有评上奖而伏在宿舍床上耍情绪。成福闻知此事，为之吟诗一首。

诗不胫而走，晚自习又在同学间互相传吟。传吟过程中又被好事者一番添油加醋，成福同学反倒被篡讹成"点秋香"的风流才子，教室里笑声迭起，尹国兰陷入尴尬境地，哭笑不得，离座用纤细的小手捶打李成福，教室里一片喧哗，同学们因这场搞笑剧忘了饥饿。谁知教语文的欧阳老师来教室里面批作文，见教室里掀起戏谑的狂涛，一片嘈杂。经询问，方知源于李成福的一首俏皮诗作。成福是欧阳老师的得意门生，爱之切便责之严，立时沉下脸，批评了成福一顿，成福顿首诺诺，转过脸向大家扮了个狡黠的鬼脸。显然，他得意于自己这个不乏文雅色彩的恶作剧，给饥饿笼罩下沉闷的环境气氛撒进一把诙谐的兴奋剂，使教室里充满愉悦，忘记了饥饿。

成福对固原师范怀有浓浓的感恩之心。他对自己的班主任、各位科任教师、行政后勤、各处室管理员工充满感谢，他对给予自己知识营养的固原师范怀有深厚的情意。四十多年后，每每与文班老同学相聚，他仍能清楚地讲出各科任教师的业务专长、教书育人的严谨态度、奉献精神，以及师生相处中的轶闻趣事，连音容笑貌等细节都不曾遗漏；四十多年来，每每路过曾经的固原师范校门时，他总是流连忘返，驻足凝望着曾经的文班教室及宿舍故址，指点给同行者相伴者，禁不住热泪盈眶。

成福身上有中国文人的气节操守。我至今不忘上师范时忍饥张望女生宿舍窗台上玉米面发糕的惭愧相。那时学生灶上的饭虽比家里的饭菜质量好，但数量少。午餐食谱是每人一块玉米面发糕，多半碗洋芋萝卜汤菜；晚上一小碗清汤面条，男生大都吃不饱，饿极失态的窘相时有出现。可成福同学的"三不"精神铭记我心，至今没忘。女生饭量小，午餐所配的玉米面发糕吃不完，于是在女生宿舍窗台上码摞了不少玉米面发糕。每当我经过女生宿舍时，总要朝那儿瞥一眼。但成福同学饿不失态，不觊觎女舍剩馍，此为"一不"。

学校总务处规定，学生打饭以八人小组为单位，单个人不接待。我们端去大饭盆，灶上用大马勺舀上八人的饭，端回来后用小勺再继续分发。打饭小组实行轮流制，每个人都有一周掌勺分饭的机会，公允地说，大多数学生分饭较公平，但总有少数同学分饭时给自己碗里舀得稠、多些，给组员相对舀得稀、少些，尤其每个月一顿的吃肉，矛盾凸显。个别私心重的分饭人耍勺子，给自己碗里舀几蛋蛋肉，且妥为隐蔽，而给组员碗里只舀一星半点，以致造成分饭时虎视眈眈的紧张局面。今天的青少年很少见到那个饥饿年代学生分饭时的情形，大饭盆周围摆着等待分饭的八个小碗，众目睽睽，一个个像乌眼鸡似的盯着那饭勺，唯恐给自己碗里舀得少。在这微妙当口，成福同学总是置身局外，披上他那件蓝海军大衣（20世纪70年代中直机关向西海固地区捐赠的救济衣服），迈着滑稽的方步，在大通铺中间的过道踱来踱去，念念有词、悠悠吟唱，有时唱秦腔《朱春登放饭》，有时吟诵屈原的《离骚》句段："朝饮木兰之坠露兮，夕餐秋菊之落英""忳郁邑余侘傺兮，吾独穷困乎此时也。宁溘死以流亡兮，余不忍为此态也！"此为"二不"。

每个新学期开始时，打饭小组都有一次重新调整，因为那时女同学少、男生多，女生打饭组总要填补几个男生，才能凑够八人一组的打饭单位。饥饿难挨的一些男生暗自期望生活委员能发善心，把自己调整到女生打饭组。但我从来未听到成福提出过这种要求，师范两年他从未调进女生小组。女生宿舍玉米面发糕积攒得多了，有碍室容室貌，卫生大扫除时，女生们会联系生活委员将那积攒的发糕拿到男生宿舍，包括我在内的部分男生曾吃过。但我从来没见到成福去取、领受玉米面发糕。此为"三不"。

1991年，成福从海原县教育系统奉调到固原地区文联工作，先后担任《六盘山》执行副主编、编辑部副主任，又兼任文联秘书长，举家迁至固原。鉴于他在同学中的威望，成了大家公认的"文班联谊会常任理事"，他的家也成了联谊会常设机构。文班同学中谁家有红白喜事，成福总是出面牵头，先在他家聚齐，然后前往，或是庆贺，或是慰问吊唁。哪位老同学从基层乡县入住固原城里，成福会联系家在固原的老同学为之接风洗尘，慷慨解囊，聚会小酌。每每获悉文班哪位老同学从省城或从外地回到固原探亲、办事，成福亦是如此。

跟成福在一起，听不到他悲观厌世的消极情绪，他不屑于谈论经不起事实检验的所谓"小道消息"，不传播流言蜚语。老同学、老朋友们隔段时间总会相聚小酌，或是打牌"掀牛九"，有时老友难免抱怨当下诚信缺失、信仰缺失的种种社会弊端，偶尔骂两句街，出出胸中郁气。成福总是引导大家看主流、树信心，乐观向上，接纳积极的人生态度。他的引导是不经意间的一句玩笑，一句格言，一个警句，抑或一句诙谐的调侃，但却体现着深刻的哲理，体现着饱经世事的睿智，让你不得不信服。他善于发现幽默，善于逗趣，总是以他的睿智引导我们开怀大笑，创造出让老同学心情舒畅、精神愉快的气氛，以达到修心养性。

　　20世纪90年代一次国庆长假期间，文班十几位老同学相聚。谈到文班已去世的几位同学，大家唏嘘不已。那时大家虽还未到退休年龄，但已开始从单位的"骨干""中坚"角色淡出。成福深有感触地、珍重地劝勉大家"看淡名利、珍重身体、颐养天年，做好从职业舞台上谢幕的思想准备，适应人生角色的转换"。座间，他提议大家酝酿斟酌一句如何掌握自己健康命运的格言警句，作为座右铭，由他联系地区文联书法家唐宏雄为大家写成条幅或匾额款式，一式十几份，各留一份珍藏，或挂在自家客厅用以自勉。经过博采众长，最后取得一致意见是——"天命在握"。

　　而今，"天命在握"的座右铭还在各位老同学家珍藏着、悬挂着，而成福同学竟撒手人寰，驾鹤西去……

漏风窗子与糟糠妻

办公室南窗一块玻璃一日忽被一阵狂风吹落打碎，冷风顿时灌进室内。我即找总务处安装，无奈后勤库房无货，又正值财政亏空，停拨办公费，暂时安不上。

每天早上冻得我坐不住，就把炉子捅得旺旺的，可室内的热气存不住，都随穿堂风跑掉了。

小小一块玻璃竟如此重要，它完好无损时，我从来未珍视它完整无损堵在窗子上给我带来的融融暖意。如今一旦破碎，却使我饱受了失去它的寒冷。

固然，避风御寒的玻璃打碎好换、好安装。世上还有一种"建筑"——温情组成的"家庭建筑"，构成这个感情建筑的"玻璃"打碎是不好换、安装不完整的。

我的乡党张某，在外面混了几年回来后，眼头高了，嫌妻子"土气""窝囊"，横挑鼻子竖挑眼，整天找岔子打骂妻子，三天两头闹仗，手揪妻子的发辫拳脚相加。终于他抛弃了糟糠妻，法院将孩子裁断给他抚养。

以前，他干完活回来，妻子双手将热饭捧端给盘腿坐在热炕上的他，他吃毕饭就浪门子。衣服穿脏往炕上一扔，自有妻子替他洗净、

叠好，他落得个逍遥自在。如今干活回来冰锅冷灶，饭要自己做，孩子成了没娘娃，整天呆呆的，衣服又脏又破，鼻涕不断。他看见顿生无名之火，暴跳如雷，吓得孩子经常藏在小伙伴家，找不着。

张某想续弦重娶一个，可打问了好久一直没人愿嫁他这个打妻子出了名的浪子，而且再娶一个光彩礼就得几万元。几年来他百般勤俭，裤带勒了又勒，连孩子肚子也亏了，还没攒够再娶一妻的资金。

他这才想起前妻的勤劳实受，甚至贤惠来。他想吃回头草，可她已经另进了一家门，而且那家待她挺好。张某这才后悔莫及，原来自己身在福中不知福，还痴想着再寻找新的"真正的幸福"。

他打碎了自家温暖的感情建筑的一块"玻璃"，冷风顿时灌进家里，他和孩子都冷得凄凄惨惨，想再换一块"好玻璃"安上，却再也换不上了。

人们啊，还是敝帚自珍，珍爱自己的糟糠妻吧！别不负责任地把孩子抛向街头当没娘娃，也不要盲目地学习那种视婚姻为儿戏，把随便结婚、离婚当喝凉水的"时髦"观念。

木锨里的扬弃及断想

　　木锨是山区农民用来扬场的工具,它里面怎么体现"扬弃"呢?

　　夏收打碾季节,有风的时候,你放眼展望那偏僻山村的打麦场,就会看见一团土雾像山顶上的旗云,那是农民在"扬场"。

　　摊开一场的麦子被碾子碾碎后,就开始"起场",先将上面的长草掠起、挑走,然后将落在场底的麦颗和麦衣等根据风向堆成一道长堰,待大风一来,农人们便不顾麦土呛,不顾麦衣灌进脖子里的奇痒难受,像战士跃入阵地一样钻进麦衣纷扬的土雾里,用四杈将含有麦颗、麦衣、草屑的混合物挑向一丈多高的半空,沉的下落,轻的被风吹去,这便是提取劳动成果的一种"扬弃"。轮番来回这么粗扬几趟,麦衣和麦颗大体分离出来了。

　　但麦衣秕穗还未剔除彻底,还需用木锨细扬,即"净颗子"。"净颗子"是技术含量高的农活,有经验的农人用木锨往上一翻,恰似天女散花,麦衣随风飘远,麦粒像珍珠一样落在另一边干净的、红灿灿的锥形麦粒堆上,看着劳动果实,不禁喜上心头。

可别小看这个劳动过程，简单的农活里体现着哲学思维，一个古今中外哲学家们探讨不完的命题——扬弃。

人类提取物质成果需要扬弃，提取精神成果也需要扬弃，淘汰杂质与糟粕，吸纳精华与合理的内核。

马克思、恩格斯经过对德国古典哲学、英国政治经济学、法国空想社会主义的扬弃，创立了科学社会主义理论，创立了辩证唯物主义和历史唯物主义的认识论和方法论。

自然科学的发展也离不开扬弃。牛顿通过对伽利略和亚里士多德物理学说的扬弃，发现了万有引力，创立了经典力学，带来了物理学科一次革命性飞跃。爱因斯坦对前人物理学所有成果进行了扬弃，创立了相对论，又为人类开启了全新的物理世界，使科学研究的范围从微观世界扩大到无限大的宏观世界。

其他学术领域的发展亦离不开扬弃，都需在继承前人合理内核的基础上，抛弃那些已被科研实践证明是不合时宜的东西，学术才能推陈出新，向前发展。

在人类社会形态发展演进中，有时会出现"山重水复疑无路"的迷津，弄得政治家们焦头烂额。其实，解决的办法或许就蕴含在麦场"扬弃"这样的劳动成果提取过程中，不妨从学院烦琐哲学中走出来，返璞归真，站到农家打麦场旁静观农民如何"扬场"，或许灵光一现、茅塞顿开，有所启发和借鉴，迎来"柳暗花明又一村"的可能性，不是不存在。

扬弃是人类精神领域里智慧积累与创新的必经之路，扬弃是朴素的方法论。自觉地遵循这个原则，运用这种方法，一切领域的思维成果会向前发展。拒绝"扬弃式"的承继，搞断代式的"另起炉灶"，学科可能会停滞不前。

山丹丹开花红艳艳

　　山丹，生长在大西北山野里的一种花卉，属百合科。多年生草本植物，叶子披针形，花橘红色，花被片六枚，两轮，夏季开放。它的花瓣瘦削，枝叶纤细，身材不高，长得单薄，不像牡丹、芍药等名贵花种，雍容华贵，被画成美术作品，经过装裱，挂在居室的显要位置。市民阳台的花盆里也很少见山丹的影子，可能人们嫌其纤弱、渺小、瘦削，不免寒碜穷酸。

　　的确，山丹与"穷"字结缘，李季的长篇叙事诗《王贵与李香香》中描写穷人家女儿李香香俊俏的外貌时，是用山丹起兴的："山丹丹开花红姣姣，香香人才长得好。"以花喻人，使人联想到山丹的朴素纯贞。

　　山丹纤细瘦削，这是它无可否认的弱点，但在西北高原的艰苦环境里，花瓣细瘦、枝叶纤细却能避免"树大招风"。山丹叶子细瘦，以最大限度地减小风的阻力，叶子纤细对水和养分的需求量也少，光和作用过程中养分能量消耗也低，抗旱能力强，适宜在贫瘠的地方生

长。山丹开花与众不同，花瓣一绽放，立即作辐射状反转，每个花瓣各自形成一个拱形圈，这种拱形圈富有弹性，透风性远超过其他花朵，能缓冲八面来风，能缓冲沙尘的撞击力。在沙尘常年光顾的塞外高原，如果花朵硕大，花瓣丰腴，以求风韵翩翩、浪漫潇洒，不但不美，反而容易招来狂风的摧折，无法生存。西北高原不是花卉家族媲美选美的平台，而是对抗沙尘、彰显坚韧、彰显顽强、彰显生命力的地方。山丹瘦削单薄，是大自然的雕凿，是大自然的浇铸，是"物竞天择"，是恶劣环境锻造出来的奋斗姿态，是奋斗者的长相。君可闻：高原六月风尚冽，胡天八月即飞雪。当内地花卉在风和日丽中尽情绽放、百花吐艳时，塞外不时还有沙尘突然侵袭，狂风袭来，飞沙走石，气温骤降，天昏地暗。山丹千百次伏下，又千百次挺起。沙尘持续几天几夜方才尘埃渐定。这时你翘首仰望青石沙崖上，一簇簇一丛丛山丹在猎猎西风中摇曳，它依然绽放得那么灿烂，笑得那么从容。

山丹生长在荒坡陡洼上，从不与农民争占沃土良田。庄稼地里没有山丹的身影与根系，哪怕只有巴掌大的一坨坨地皮，它也要让给庄稼去生长。它虽属野生，是那么渺小、纤细、普通、平凡，却能摆正自己与自然环境的关系，能找准并坚守自己的生存坐标。它深深地知道，庄稼是养活生灵的，是主流植物，自己只不过是在山野里做一点点缀而已。

山丹没有出风头争名分先天条件，当花卉家族的少数成员为竞选所谓"市花""校花"等名誉头衔争芳斗艳，为跻身豪华的庆典剪彩场合而整天炉火中烧，甚至大打出手，撕扯得落红满阶、沸沸扬扬时，山丹悄悄抽身到偏僻清静、不引人注目的田埂地畔，给那些留守农村，锄禾割麦、以汗洗面的公婆媳妇小姑子们呈献一个灿烂的笑容，一丝慰藉。

山丹是有灵性的花儿。20世纪30年代陕甘宁边区盛行一首歌颂穷苦百姓欢迎中央红军的歌曲，名叫《山丹丹开花红艳艳》，歌词唱的就是山丹的灵奇之事。它与"映山红"是"政治姊妹花"，它俩政治上"有共同的血缘基因"。在这一点上有不可思议的敏锐性。可不是嘛，当年阴霾笼罩秋雨连绵中，"映山红"依依不舍无限眷恋地唱着"十送红军"歌，送走踏上万里长征的中央红军。大西北的山丹又天然地承担起迎接中央红军的历史使命。当那三支翻雪山、过草地、历经万水千山的"穷人的队伍"会师于陕甘宁边区时，具有灵性的山丹终于打破沉默，破天荒漫山遍野怒放，陕甘宁边区千山万岭红艳艳一片，像"映山红"一样，映红中国半个天。山丹欢天喜地地与边区穷苦人民一道忘情地载歌载舞，踩着安塞腰鼓鼓点，欢迎自己的队伍："千家万户把门开，快把亲人迎进来，热腾腾的油糕摆上桌，滚滚的米酒捧给亲人喝，围定亲人热炕上坐，知心的话儿飞出心窝窝；满天的乌云风吹散，毛主席来了晴了天。千里的雷声万里的闪，咱们革命的力量大发展；山丹丹开花红艳艳，毛主席领导咱们打江山……"

山丹是富于同情心、有善恶鉴别力的花儿，当那支旗帜上嵌着镰刀锤头的红色铁流长驱二万余里来到陕甘宁时，山丹就认定他们是解救中华民族于危难之中的民族脊梁，是驱逐日本帝国主义出中国的中流砥柱，是彰显抗日民族统一战线、团结海内外抗日力量的一面旗帜，于是自觉地把命运捆绑到一起，风雨同舟、赴汤蹈火、前赴后继，直到赶走那些盘踞在中华大地上的强盗豺狼，推翻三座大山。

山丹，山丹，大自然生就的一种山花，大自然生就它适宜生长在高原山区。山丹执着于返璞归真，永葆本色，懂得生命的意义与价值。完成特定环境下的花卉图案拼接，履行完特定背景下的组绣结彩使命后，它适时地淡出"花柳繁华地""温柔富贵乡"，回归自己的生存坐标，

相约、携手马兰花、苦菜花、苜蓿花、蒲公英、牵牛花等平凡的小花，守望淡泊、守望清贫，扎根塞外高原的崇山峻岭、牧场荒滩、斜坡陡洼、石岔嵝岘、壕堰梁峁、高崖碥畔……不嫌贫瘠，不避苦焦，哪里寂寞荒凉，哪里便有它娇艳的身姿；哪里偏僻闭塞，哪里便有它水灵神奇的倩影。干旱是征服不了山丹的。它的生命力顽强，掐了它们的花，还有柔韧的茎秆在；割断它们的茎秆，还有那深扎于大地深处的根系，野火烧不尽，春风吹又生……

啊，可敬的高原山丹！

根之遐想

2012年夏天，我去六盘山下苋麻湾沟里寻找花石头，陪我寻石的妻侄儿王巍突然惊呼："姑夫快看！石崖上那条树藤像不像一条龙？"

我朝他手指的沙崖上望去，一条斧把粗的藤根飞驾于半空中，酷似一条飞龙。四只"龙"爪与"龙"须扎在沙崖缝里，支撑它凌空生长着。这几支虬枝为这条"龙"吸吮着沙崖里的水分和养分。

从那沙崖地质可以推想见：当初这条藤根是隐埋在沙崖里的。历经几百年风雨浸蚀，沙石不断分化，藤根从隐没状态演化为凌空裸露。

它还活着！根端生长着一枝青葱的茎秆，枝叶婆娑。

我是林区人，知道这种植物俗名叫"花儿杆"。植物学的名称叫啥我就不知道了。

我喜欢采集根雕素材，在妻弟王学斌、妻侄王巍的帮助下，我们开始挖掘这条藤根，挖掘难度非常大。藤根生长在半崖上，离地面约5米高。没有梯子，须攀崖作业，立足也十分艰难。

我们三人搭成人梯。那虬枝生命力特别顽强，扎进石崖缝隙。为了生存，已经畸形，呈薄饼状。

为了给树冠枝叶提供水分和养分，根须顽强地挤进岩石缝里，遇到挤不过去的岩石，根须便拐个弯。有时朝上拐，有时朝下拐，或左，或右，扭曲成麻花形状。3米长的"龙"身，拐了几十个弯，这条"龙"

根的美就体现在浑身的抗争与奋斗精神。

由此我联想到黄山七十二峰数不尽的奇松。那些奇松庞繁的根系全部扎在万丈绝壁的怪石上，每支根系都写满抗争与奋斗，看那扎挤的状态是多么委屈与悲壮啊！其求生存的韧性不可思议！

世人都欣赏赞美黄山奇松苍翠华茂、临风迎客之美，可谁曾留意过根系的畸形，这美的后面是多么委屈，多么悲壮！其顽强的生命力叹为观止！

那些结果实的桃树、杏树、梨树、枣树、苹果树之根系又何尝不坚韧顽强。

千棵、万棵、亿棵果树并不都生长在平原的肥壤沃土之上，绝大多数果树是生长在山区高原，生长在千山万岭，生长在山坳陡洼、贫瘠苦焦的环境，它们繁密的根系在砂岩石缝为树冠和果实提供养分。根系遇层岩拐弯，遇砾岩迂回，遇磐石绕开，遇花岗岩扭身绕道，嶙峋屈曲，全都是畸形生存，充满着抗争与奋斗。

世人只赞美桃、杏、梨、枣等果树开花绚烂，只赞美灿笑枝头的硕果累累，只品尝果实之甘甜，可谁曾留意过果树根系为果实提供养分所作的拼搏、奋斗？有谁曾留意过果树的根系在地下的求生，在岩缝抗争奋斗的委屈与悲壮？

……

儿童节的清晨，城郊居民区一群来自农村的儿童们，穿着节日的服装去学校参加庆"六一"文体活动，他们成绩优秀，今天在庆祝大会上将获奖励，受表彰。男孩们穿着崭新的海军衫，女孩们穿着靓丽的短裙，上学路上不时传来"格格格"的笑声。送他们上学的驼背奶奶们脸上洋溢着难得的灿烂笑容：因为她们家的孩子终于转进城里上小学了，可以像城里的孩子一样过自己的儿童节了。

她们掏钱在城郊租陋屋陪读。她们也和孩子一样辛苦，起得早早的，蹒跚着送走孩子们后，便肩挎一个蛇皮大袋子，在城市的大街小巷捡拾各类饮料瓶子，废纸板子。她们在各小区的垃圾桶里翻掏拣拾可变卖的废弃物，背到废品回收站变卖。她们曾面朝黄土背朝天辛苦了一辈子，含辛茹苦拉扯大儿女。

如今，农村学生纷纷往城里学校转学，享受优质教育。孩子们的爸爸妈妈在外地打工，奶奶们便担起陪孙子、孙女进城租屋读书的重任。她们没有固定的职业收入，每天翻腾着各小区蚊蝇扎堆的垃圾桶，在里面寻觅可以换钱的废弃物，变卖以贴补家用。当然，她们是避着孙子、孙女们干这些营生的。

垃圾桶深，奶奶们身矮，须踮起脚跟俯身下掏，那努劲躬身下掏的姿态，很像黄山松扎进绝壁的嶙峋的根须。

赏析 摘抄 剪贴 收藏

《固原日报》迎来了30华诞，阅读着报界创业人及广大撰稿人从各种角度写的恭贺文章，才了解《固原日报》复刊、扩版、增期、彩色胶印等方面艰辛的创业历程，了解了历届办报人为创建精神文明所付出的心血。《固原日报》能取得今日辉煌成绩，实属不易！回顾《固原日报》所走过的不凡历程，引起我情感的共鸣，激起我对《固原日报》的崇敬之情。

我喜欢读书报杂志。退休前，在教学间隙，总要抽空浏览单位订阅的各种报纸，《固原日报》是"第一阅读"。它刊登的内容反映固原政治、经济、文化、教育、科学、卫生等各行各业的建设成就，是固原人民最关切的信息。它传播的信息与我们的生活息息相关。从20世纪90年代至今，我家一直订阅《固原日报》。

我是从事教学工作的，教学之余翻阅各种报刊，并做相关摘录摘抄，是我多年养成的习惯。我尤其喜欢副刊中的《口弦》《文化固原》等栏目，《口弦》中那些富有诗意的栏目，如《龙潭笔会》《六盘诗苑》

《乡村故事》《人生五味》《心灵驿站》等让人赏心悦目。每出版一期，我都是如饥似渴一口气读完，并用各色笔给不同类型的内容作出标记，便于分类摘录摘抄，便于日后再读、再查找。

副刊看得多了，也触动我的情感神经，试着写写，理出一些鸡零狗碎的感悟，催生出一点认识，投给副刊。我的拙文《木锨里的扬弃及断想》就是这么写成的。

有感于现今生活中频频发生的婚变离异，我根据老家发生的一例真实的婚变悲剧，写了《漏风窗子与糟糠妻》一文，过了一段时间，副刊发表了。欣喜之情难以言表。有次在街上碰见编辑火会亮时，他还对此文作了几句肯定性的鼓励。让我这个中年人竟也像热血青年一样激动，兴奋了许久，增强了我的写作的自信心。有一天，在街上碰到二十多年前我曾教过的一名学生，她说"看了这篇文章，深有感触，我从报上继续接受着你的教诲"。这让我认识到，业余写作对我来说，是教育工作的延续。

由于我喜爱《固原日报》，我的女儿也受影响，酷爱阅读副刊，我们父女俩都做摘录摘抄，都订有自己的剪贴本。大多数诗文佳作，我俩都想剪贴保存，于是我让给女儿剪贴，我设法在外面再找。我俩经常交流各自的读报体会，有时对一篇文章的感悟、看法不同，不免争论起来，甚至争得面红耳赤。争论过后慢慢回味，觉得有趣、有意义，这不正是阅读激起的生活浪花吗！

我的老伴也爱读《固原日报》，各个版面的内容她都仔细阅读，尤其关注经济建设方面的信息，她还把一些与我们经济生活有关的报纸版面作特殊折叠，放在她容易找到的地方，以备需要时查找。生活中这些收藏的报纸屡屡被派上用场，很有实用价值，成了"家庭经济顾问"。在这一点上，我与女儿都有缺失。老伴不无幽默地说："你

们父女俩是浪漫主义者，我是现实主义者，因为我操心着全家的油盐酱醋柴。《固原日报》登载的经济建设方面的信息与咱家生活息息相关嘛！"

我从《固原日报》副刊剪裁下来的报贴有几本，后来《固原日报》版面扩大，周报变为日报，文章多了，剪贴不及了，于是干脆将副刊这一版裁下来整版保存，积累了厚厚的几大摞。几次搬家时，帮忙的人都说"你这东西往哪儿搁呀？易招尘土，又占地方，有碍室容，扔了算了！"但我舍不得扔，这是我珍爱的"宝贝"，闲暇时翻阅翻阅，养心怡性，趣味无穷。

前不久我二弟往银川搬家，墙角弃置一沓 1988 年四开版合订本《固原报》，那是为衬垫、包裹瓷器撕剩的部分。主人已无精力顾及了，但我的眼球却像被磁铁吸引住了：小小的四开报，版面是紧凑的、浓缩的、集锦式的。所选文章都是经过编辑精益求精筛选的，文虽短，灵魂凸现，信息含量高。不论新闻报道，还是其他文类，都显得精粹。各版栏目丰富多彩、图文并茂，如二版有《图片新闻》《致富之窗》《农村改革》《读者来信》《记者来信》《想说就说》《摄影世界》等；四版有《口弦》《六盘随笔》《艺苑拾零》《乡野拾趣》《文艺随笔》《读书偶得》等栏目。火柴盒或香烟盒大的栏目内，都配有微型插图，或梅兰竹菊，或一丛野花，或一根羽毛，或溪流，或雁阵，这些栏目标识极富诗意。如《农村改革》，栏目是个圆（形），面积只有牙膏盖那么大，画面设计非常精巧：远山是虚线条剪影，近山是黑色剪影，条状的田野上奔驰着拖拉机，天空飞翔着群鸽，两行树由远而近，中间是透视效果的社会主义康庄大道，意境壮阔，体现着浓浓的生活气息与时代气息，充满着诗情画意，让人惊叹这些美术插图之精致、精巧！

即使从细小的角度——报脊看，也体现出报人的艺术智慧。对开的中缝内容丰富多彩，渗透着报人的艺术匠心。如一版与四版的中缝是《生活顾问》《冰糖葫芦》《供您参考》等奥秘百科、域外异闻、健康顾问之类；二版与三版的中缝是实用性很强的《生活知识》《青春之朝》等内容，栏目之精巧令人叹为观止。比如"浩瀚一瞥"标识栏，字是华文空心美术字，旁边配有微型插图：一轮旭日从地平线升起，霞光万道，阳光下是一簇黑色剪影的塔形松柏，境界廓大，诗意盎然，充满朝气，给人以希望，给人以鼓舞。诸如此类，不胜枚举。

我想，随着时代的发展变化，若干年后，这种集锦式的精粹小报也许会成为"文物"，成为不可多得的收藏品。这叠四开本《固原日报》合订本是我这次给人帮忙的意外收获。

出门旅游，浪迹天涯，在候车室，在客车站点，卖报者总会向旅客围拢来，竞相兜售铺天盖地的各类报纸。买一沓看看，消遣消遣，借此消磨时光。但浏览了半天，总感觉隔着，所登的人和事似乎与我们的生活很遥远，那些刺目扎眼的黑体大标题下的内容，大多荒诞不经，要么一窝蜂为市侩名人炒作，要么竞相追捧桃色绯闻，看得人心浮气躁。我不禁想念起家乡《固原日报》健康清新的《口弦》，滋养着西海固广大文学爱好者，它是西海固作家群成长的摇篮，是西海固作家群练笔的平台之一，是西海固文学的阵地之一，它在培养西海固文学新秀方面功不可没。

一代代报人呕心沥血，精心打造文化传媒精品，给固原人民提供着丰富的精神食粮，陶冶性情、净化心灵、滋润生命，给固原人民心中留下美好的回忆。

愿《固原日报》再接再厉，在新的历史时代，扬帆起新程，再创辉煌！

她站在那里

我每天上班路过南关商场拐角时，总看见她站在公路西边一个小商店台阶上等车。她真准时，因为我早上是准时去签到上班的。

我不认识她，但被她每天等车的庄严虔诚的神情所吸引，便不由我每天早上朝那儿望一眼。

她穿一身牛仔服，挎着一个小巧的黄色皮革包，她没有浓妆艳抹，但素中有雅。她服饰上其他一些细节我未注意到，因为我早晨只能朝那儿一瞥，仅限于一瞥。但仅这瞬间一瞥，就发现她的表情不俗：她一脸的平静、宽容、自信，目光专注而明亮。她等车的时刻，正是学生上学、职工上班的高峰期，不少女士身着各式时髦高雅的衣服，个个打扮得像模特儿一样，骑着各式崭新的彩车、山地车、女式摩托，还有各式豪华小轿车，形成一道花花绿绿的车流，从她眼前川流而过，但她毫无羡意或妒意，不卑不亢。

她和我们一样处在竞争激烈的经济环境中，但她脸上看不出一点怨气，平静、宽容、安详，目光炯炯有神，充满自信。她和我们一样处在纷繁复杂和人际环境中，而无一点忧虑和迷惘，天天按时在那儿信心十足地等车上班。

她也许有需要时时照顾的年迈父母或公婆。在她出门上班时，也许孩子还撒娇不止、纠缠不放……也许还有未来得及安排妥的家务事……但这一切丝毫未影响她按时到那个地方等车上班，家中诸种牵挂和不放心之处丝毫未从脸上显现出来。

她天天带着那平静、庄严、宽容、自信的神情和专注明亮的目光在那儿等车。我虽然不认识她，不知道她的职业单位，但我认识她身上的某种精神境界，认识她身上令人肃然起敬的超然精神。

每天早上看到她庄严自信地站在那个小商店台阶上等车，我便加劲蹬我的自行车，因为我浑身猛然轻松了、有劲了。因为笼罩在我心头的许多烦恼、迷惘、无名之火因她的形象的照耀而顿然消释了。

我要快些赶到单位干好我的一份工作！

找到了自己

由于主观、客观诸条件限制，我所从事的一项课改实验最终没弄出什么名堂，事业无建树，于是心烦意乱、焦躁郁闷。看看自己的同行，有的成了这个部门的首席专家，有的成了那个领域的学科带头人。再看看自己的老同学，不是政府官员，就是社会名流。环顾四周，追名的名成，逐利的利到。今天驾驶这辆名牌车兜风，明天又换那辆名牌车逍遥，好不气派潇洒！自己还是骑着那辆旧自行车在上班族中奔波，心理落差甚大，不免自惭形秽，心情迷茫，感觉失掉了自我。

那天，心情烦乱的我，将头扭向办公室窗外，以期转换一下注意力。窗口正对着本单位后院一个垃圾点。我看到一个约莫七八岁的小男孩，穿着破旧，身材瘦小，脸色青黄，头发干涩散乱，脸上没有同龄少年那种天真烂漫，他的神情惆怅迷惘，提了个破塑料袋，从垃圾堆里捡到一支秃毛笔，一支破旧的、没笔帽的中性笔，半截破铅笔，袋子里还装着一个脏兮兮的旧作业本，然后匆匆离开垃圾堆，边走边低头查看着塑料袋子里的收获。走了几步，他似乎觉得遗失了什么东西，忽然停步，将手伸进裤兜快速掏摸翻找，他专注于自己的收获，竟没有发现窗口的我正注视着他，随后他就匆匆从围墙的一个豁口翻墙而出。单位禁止外人从此翻越，但我没有阻挡他的翻墙行为。

我的眼睛湿润了，胸腔里有股东西在翻腾、在膨胀，似乎要喷涌而出……

我为今天看到的这幕情景而感动，这不是童年时代的我吗？我甚至认为这是上苍在回放我的童年生活录像！不失时机地给我上了一堂忆苦思甜课。

我拿着一份工资，吃穿无忧。正常年景，故乡的父老乡亲全家人辛劳一年的农业收成，才抵得上我一个月的工资收入，而今年遭遇了特大旱灾，收成又落空了，人畜饮水频频告急。上学的孩子们哪里有钱买学习用品？善解人意的农家孩子，想必像我在窗口看到的捡垃圾的小男孩那样，在异地的垃圾堆里捡别人用残的笔头纸渣，用作他们的学习用品，以此减轻父母负担，替家庭分担忧愁。

有过类似经历的我现在不愁吃穿，还有什么不满足？还有什么贪心不足呢？

　　记得童年时期，我跟饥肠辘辘上山砍柴的同伴们抬杠说：只要顿顿能吃上油泼辣子白面片，我愿跑一辈子山，砍一辈子柴。青年时期的我梦想跳出农门，端上国家的饭碗。那时为此苦苦挣扎，感到这个梦想可望而不可即。

　　现在这些都实现了，我还有什么贪心不足呢？还是好好珍惜已经拥有的，努力做好自己的一份工作，或许能间接地帮助那些至今尚在捡垃圾的小男孩，让他们跳出寒碜与尴尬的境地。

黄河石里的灿烂文化

——浅谈郭玉镇《黄河石里的故事》

　　黄河是中华民族的发祥地，黄河文化源远流长。黄河母亲塑造了千姿百态、形象生动、异彩纷呈的奇石。天地、人间没有哪一位巨匠具有黄河这样的气魄，它从九天直下，一泻千里，以无与伦比的力度、鬼斧神工雕刻琢磨它的作品，黄河石成为天地的自然珍宝。郭玉振的《黄河石里的故事》正是展示了黄河石广博的文化内涵，该书陈列一百五十多块奇石，衍生出一百五十多个故事，赋诗词一百多首，真可谓新颖别致，耳目一新。

　　多年的捡石阅历使郭玉振与石头结缘，他成为会赏石、懂石头的人。他能破译石头密码，能与石头交流思想感情，石头在接受他的整饬打理时，个个讲着娓娓动听的故事。他由研究石头进而叩开大自然的藏宝之门，与大自然拥抱，与大自然倾吐交流，大自然也慷慨赐予，慷慨馈赠。这不，《黄河石里的故事》就是他与石头交流思想、交流情感的记录，是他与石头结缘的见证。拜读《黄河石里故事》，我们不能不叹服郭玉振孜孜不倦、锲而不舍的探索精神，不能不叹服作者渊博的国学积淀、扎实的国学底蕴。长期的捡石实践，

长期的观察、研究、琢磨，长期的文化积淀，使他成为藏石赏石之集大成者，凝结成洋洋大观的《黄河石里的故事》。品味、浏览《黄河石里的故事》，觉得此书蕴含的文化层面宽泛，文化元素多样，值得认真一读。

一、内容博大精深

看了《黄河石里的故事》，令人眼界大开，为我们祖国悠久的历史、灿烂的文化自豪。不承想石头中竟包含着如此丰富的经典故事，如此精深的文化，如此丰富的人生体验。石中蕴含奥秘百科，石中蕴含世间万象。与其说郭玉镇钟情于奇石，不如说他钟情祖国五千年经典文化。他把赏石与治学结合起来，赏石过程成了他整理欣赏祖国经典文化的过程，赏石牵引出他深厚的古典文化修养、深厚的训诂造诣，牵引出他文化艺术领域诸学科的鉴赏能力。他有宽广的文化视野，深厚的学养，赏石中谈天说地，上下五千年，纵横几万里，思接千载，视通万里。自然科学、天文地理、传统经典、历史人文、社会人文、建筑学、植物学、动物学、昆虫学，乃至于三教九流、阴阳八卦、爻词破译，无不涉及。《黄河石里故事》涉及的文献典籍浩如烟海，如《山海经》《淮南子》《尔雅翼》《搜神记》《太公六韬》《六韬·启发》《述异记》《异物志》《拾异记》《艾子杂说》《玄中记》《庄子·逍遥游》《吕氏春秋》《吴越春秋》《战国策》《玉台新韵》《太平广记》《太平御览》《世说新语》《列异传》《史记》《尚书》《天台山方外志》《南方异物志》《说苑·辨物》《后汉书·舆服志下》《隋书·经籍志》《汉书·武帝纪》《韩诗外传》《汉书·元后传》《酉阳杂俎·毛篇》《梦溪笔谈》等典籍、神话、传说。在编辑这些典籍、神话、传说过程中，他或驰骋联想，借题发挥；或旁敲侧击，暗喻弦外之音；或激扬文字，抨击时弊，反映出广阔的社会生活画面，寄托着他深沉的家国情怀，显示了他广泛的兴趣爱好，丰富的内心世界，积极进取的人生态度。《黄河石里的故事》内容非常丰富，故事范围很广，主要包括以下内容。

（一）奇石典籍，奇石典故

典籍典故类的奇石故事有《米芾拜石》《高枕无忧》《母女衷情》《长相守》《公冶长》《神行太保》《胸有成竹》《赵云夺幼主》《张良纳履》《琵琶女》《重耳置祭》《庄周梦蝶》《刘皇叔跃马过檀溪》《东郭先生和狼》《银钩虿尾》《麟吐玉书》《获麟绝笔》《鳄山》《龟兔赛跑》《飞虾救驾》《万贯金蟾》《鹬蚌相争》《关雎》《凤求凰》《鹏抟九天》《池鹅》《精卫誓水》等。

（二）关注社会热点，心系苍生

端详奇石故事《守望》，他浮想联翩，感慨万千：中国长期的城乡二元体制，城市转型的社会大潮造成了"时代的孤儿"，全国有6100多万留守儿童，过着与父母分离的孤独生活，他们稚嫩的肩膀承载不起生活重负，幼小的心灵蒙上了阴影，不能健康成长。《守望》奇石画面就表现出这样的内容。

（三）点赞真善美，鞭挞假恶丑

奇石故事《白狐献瑞》，写涂山氏之女仪容秀美，生性娴雅。她本来是一只九尾白狐，因为倾慕大禹风采，钦佩禹治水之举，便化为人身，自名"女娇"，来帮助大禹治理淮水，与禹共商治理和安邦定国之大计，替禹分忧。大禹觉得女娇不仅貌美如花，而且心地善良，是理家之骄女。女娇也感到大禹胸怀韬略，是治国之英雄。她们用自己坚如磐石的信念，写下了这段闪耀史册的爱情传奇。

此类画面奇石还有《马大脚》，点赞贤内助马大脚经常提醒丈夫

朱元璋亲近贤臣，疏远并谨防奸佞小人进谗言误国乱政。朱元璋屠戮功臣宿将，马大脚婉言劝谏皇帝施仁政："恒恐骄纵起于奢侈，危亡起于细微。"使朱元璋有所节制。马皇后管理后宫，带头勤俭，不奢侈，不霸道，人品好，善待嫔妃，处处以身作则。后妃将她比之为东汉时明德皇后，宫中无人不敬服。马皇后不愧是一代贤德之后。

又如奇石故事《七绝·机缘》《日封五侯》，点赞清官，鞭斥贪官，嬉笑怒骂，视丑恶如水火；溢美扬善，吐正气、唱主旋，以天下为己任，有范仲淹"先天下之忧而忧，后天下之乐而乐"的博大情怀。

（四）驰骋联想，借题发挥

奇石故事《狗官》，借题发挥，讽刺贪官腐败。鲁迅《伪自由书·后记》记载："西湖是诗人避暑之地，牯岭乃阔佬消夏之区，神往尚且不敢，而况身游。"

鲁迅先生曾说过一个小故事："我们乡下有个阔佬，许多人都想攀附他，甚至以同他谈过话为荣。一天，一个要饭的喜形于色，说是阔佬同他讲话了。许多人围住他，追问究竟。他说：'我站在门口，阔佬出来了。他对我说：滚开去！'"

历史如此，现实却惊人之相似。但不知其因在"阔"，还是在"佬"？仁者见仁，智者见智，莫衷一是。详察其症，全然皆非，细探其源，居然有"根"。万年之壤育其根，千岁之根赖其壤，可谓根深蒂固，枝繁叶茂。壤不净，根必污，浊气乃充盈枝冠。千载承袭，百代效尤，阔自诩为"佬"，佬自恃其"阔"，飞扬跋扈，贪欲无度。

净壤者概假阔佬也：饰蓝眉，染赤发，耸鼻以嗤，自得洋相。千度净壤，嚷嚷而已，"十尧"刨根，侃侃而谈。万物逆旅，百代过客，壤仍为斯壤，根仍为斯根……不去庆父，鲁难未已。唯有掘根净壤，国人方能巍然屹立，避暑西湖而不亢，身游牯岭而不卑，岂有"滚开去"

云云哉？

由此及彼，作者联想到鲁迅笔下的"落水狗""巴儿狗""丧家的资本家的乏走狗"，察今讽古，鞭挞蔡京、严嵩、秦桧、和珅之类贪官，旁敲侧击。鞭斥近现代形形色色贪官的丑恶嘴脸与行径，真是纵横捭阖，痛快淋漓。

又如奇石故事《鹪鹩一枝》，叙述完故事驰骋联想、借题发挥："人的欲望是由人的本性产生的，具有多样、无限性，欲望可以成就人，也可以毁灭人。一个人只有节制贪图奢靡的欲望，弃名求实，像鹪鹩一样，翔集寻常之内，而生生之理足矣，这才是理智的选择。"

此类故事还有《阔佬》《追韩信》《世俗峨冠》《猴王争霸》《獴捕毒蛇》《首丘之望》《獬豸决讼》《兔儿神》《鹬蚌相争》《卑飞敛翼》《雾中观日出》《烽火狼烟》等。

（五）奇石神话，奇石传说

如奇石故事《鹿回首》中讲述元始天尊坐骑化身——麋鹿阿榔，与神女阿香的爱情故事；《赤兔献瑞》讲赤兔舍身救白衣秀士的故事，故事昭告世人：抛掉贪婪之心，放弃怨恨之情，反而能获得释然。这是一种美德，是一种快乐，更是一种感动。此类神话故事还有《巨人孕》《达摩面壁》《夸父逐日》《鱼跃龙门·三部曲》《凤凰来仪》等。

（六）自然景观，人文景观

此类奇石故事有《观沧海》《秋思》《风景这边独好》《日近华山》《高原秋韵》《喀斯特地貌》《望夫石》《虎头山》《长江》《黄河》《雾中观日出》《八一》《宝塔春柳》等。

（七）环境保护，寓意深刻

奇石故事《鱼慕鸟》运用精练通俗的文言文，如：

鱼鸟慕，鱼慕渊，为渊深而水清；鸟慕林，为林密而树高。顾渊至深则酷寒，不能久宿，水至清则澈明，不宜藏匿；林至密则湿阴，不可栖迟，树至高则荡动，不便垒巢。故，鱼游于灉涧流溪，鸟宿于池隍绿树，乃天堂也。渊鱼林鸟所慕向，历万难而争往之。

然，马达震野，倾山平海，拓荒毁林，污水泛流。浊气驱和风于东海，雾霾蔽丽日于中天。断溪流，枯千壑，池涸底见，鱼将游焉？焚植被，兀万山，巢覆卵碎，鸟将栖焉？

世味甚淡，视勋名如尘埃、势利似糟粕，以贫贱为可安。故，倦鸟梦遁林，疲鱼幻溯渊。"殊不知舍源求流，无时得源。舍本求末，无时得本。"斯唯梦幻而已，俄然觉，归途渺茫，泫然零涕，泣数行下。

唉，入世难，遁世更难！鱼鸟之难，人婪取所为，非鱼鸟也。

天造万物，秋色平分。人，三才一，生息于天地间，立于地，敬于天，绝地天通。顺天地，以应人和；师万物，以成大智；立教治，以德树人；遵纲纪，依法治国，亘古不变。然，今人逆天道而行，上欺于天；悖地利以动，下毁于地；违人性之本，人心不古；恣荼毒生灵，一谢无期；致祸延八荒，灾濒危境，终将灭于己。

自贻伊戚，毋怪乎天地，毋怪乎万物者，"天能生物，不能辨物也，地能载人，不能治人也"。三才异务，相待而成。人乃万物之灵，亦为治世之主，唯遵天地人和，顺时达变，承于古而扬于今，且世代传承，方能生生不息，万世不灭矣。

叙述简洁精辟，议论笔锋犀利，淋漓酣畅，切中要害，含义深刻。

又如奇石故事《势不两立》，画面内容是关注环境保护。人类破坏大自然，已使海洋生物、陆地动物、飞禽走兽等丧失生存环境，无处栖身，落入人类暗设的阴毒的陷阱，石头画面定格的是：考拉、小羚牛、小象、鲤鱼、扬子鳄、鳄鱼等面临灭顶之灾。

（八）诗意山水，雄浑壮阔

奇石故事《大漠孤烟直，长河落日圆》，源自唐代诗人王维《使至塞上》，诗人抓住沙漠中的典型景物进行细腻刻画，以夸张兼写实的手法，描写诗人进入边塞所见奇特壮丽的风光，画面开阔，意境雄浑。浩瀚大漠，莽莽黄沙，无边无际，几乎别无景物，但见天尽头有一缕孤烟在升腾，显得格外醒目，为荒漠平添了一点生气。一个"孤"字，尽写景物之单调，一个"直"字，又见"孤烟"之劲拔。然，诗人写"孤烟直"意在名状漠之大，以"漠"之大，更显"河"之长，又以"河"之长，反衬"漠"之大。落日，易给人以凄楚苍凉之感伤，而诗人却妙用一个"圆"字，把落日的浑圆柔和描写得惟妙惟肖，使人身处苍茫荒凉之中顿觉亲切温暖。恍然红日将要融入长河之中，长河亦有吞吐红日之功。层层设伏，异曲同工；环环相扣，不为孤美，整个画面显得更为雄奇瑰丽。"大""孤""直""长""圆"，字字珠玑，于平淡中见奇伟。此诗写景壮观，气势流畅，描绘大漠景象，表现作者感受，寓情于景，情景交融。无怪乎，国学大师王国维称之为"千古壮观"之名句。

（九）拓宽文化视野，采撷神州风采

奇石故事《刀人》，画面上是一位手持利刃钢刀、英姿飒爽的姑娘。她身材高挑，矜持端庄，气质高雅沉稳，清丽不俗，温良谦恭中不乏威武，柔和顺达中更显刚毅，从容淡定中透着巾帼之豪情。

另外还有"异域奇闻""奥秘百科""天工宝藏"类奇石故事，如《沙漠红》《岩梅》《高山流水》《雪浪石·龙王爱悟空》《贯斗双龙》《三寸金莲》《狍子》《蚁族》《赤兔献瑞》等。

二、《黄河石里故事》以诗、词、赋艺术功力见长

《黄河石里的故事》开篇便以诗《七律·人鬼神》、词《渡江云·石》、赋《奇石赋》三篇领航，以诗、词、赋作引子，统摄全书，提纲挈领。全书结构是：一百五十多块奇石，一百五十多个故事，一百多首诗。每展示一块奇石，便叙述一个故事，赋一首或两首诗词，书的结尾用242句《天工奇石》集锦作结，以诗统书，别出心裁。诗意盎然，意境隽永。

（一）诗

全书以诗词开头引出石头，或以石头故事带出一首诗、一首词，归纳出一个典故，每个故事都有一二首诗词，必要时也引用名人诗词为自己的石头故事作注译解释、连接通感。诗中典故迭出，哲学机敏思辨。短诗或新颖别致，或警策精辟，高度概括，语言生动传神，凝练含蓄，比喻形象，对仗工整；长诗评论社会热点，酣畅泼墨，激情澎湃，尽情挥洒。有的诗作侧重史诗般的广角镜头，有的诗作侧重细节特写镜头，反映社会既有广度，又有深度。平仄押韵十分严谨，韵律感极强，读来朗朗上口。总之，诗在全书中起穿针引线、连缀成裘作用，把全书连缀成精致的奇石经典串珠，蔚为大观。

（二）词

《黄河石里故事》所作的词牌有《渡江云》《卜算子》《思佳客》《南歌子》《唐多令》《江南春》《鹧鸪天》《少年游》《醉花间》《相思怨》《定风波》《一剪梅》《谢秋娘》《渔歌子》等。这些词韵脚平仄很有讲究，名目繁多，如新韵五微、新韵六豪、新韵七阳、中华新韵七尤、新韵八寒、新韵九文、新韵十唐、新韵十二齐、新韵十一庚、二平韵五微、三平韵五微、二仄韵七尤、四平韵、四仄韵一麻、正韵第七部、平水韵七尤、新韵十四姑等等。从郭玉振所填词的名称就可以看出他渊博的诗词功力。

（三）赋

气势磅礴的《奇石赋》写出了天下赏石人的志趣、情感、体悟、认识，真可谓博大精深。赋中记叙描绘黄河石构图奔放、粗犷雄浑，洋溢着九曲黄河奔腾咆哮的力度和野性，多侧面、多主题地显示出黄河文化的广博内涵，全方位、多层次地反映出地球与人类发展，与万物之间的相互依存的关系。赋中记叙描绘奇石形成的壮观场面，奇石形状千态万状。奇石之美，美不胜收：奇石之"神奇"，成于江河巧饰之能，风沙雕琢之功；纳六合精英，汲山水灵秀，聚四时瑞气，沐日月光华，其神奇包罗万象。作者列出奇石"神奇""奇妙"之万状：日月星辰、山川河流、峰峦叠嶂、田园村落、天外飞陨、地幔熔流、纹带旋绕、斑驳莹澈、花草树木、飞龙栖凤、人事典故、行草隶篆、鸟兽虫豸、瘦漏透皱。天地可见之物，无所不有；千古流传之事，无所不闻。奇妙无比，万千种类纷至沓来，令人目不暇接。在列举万千形状、图案、色泽的同时，又逐个追溯它形成之地质构造原因，穷天工神斧，极丹青妙手。奇石的地质构造过程磅礴壮观："雷霆动九天，暴雨撼山岳""挟万钧之力，汹涌澎湃，穿峡越谷，咆哮飞泻""凌寒曝日，沐雨栉风，滚动相击，不舍昼夜""汰污渍、磨参差、具形容、饰肌理，正仁德、藏神韵"。

大自然巧夺天工形成的奇石，不是全都能见之于世人、登上大雅之堂、摆放在考究的博古架上的，事实上被捡石者、赏石者发现的奇特之石只有千万分之一、亿万分之一的概率，其余都成了造山运动、沧桑之变的陪葬品，"或历酷寒曝日，凌风震雨，蚀为粉尘，逐风逐流，逝灭罄尽；或移江河湖海，再行造山运动，沧海变桑田，亿万年重塑

身"，再见天日的概率何其渺茫啊！这不禁让世人产生联想，奇石如此，千里马如此，人才亦如此！写奇石坎坷遭遇，寄寓了作者深厚的情感，无限感慨！

三、语言有独特风格

《黄河石里故事》有不少篇目使用简易的文言文，语言讲究语感的衔接。若引用的经典是文言文，郭玉镇会熟练地运用通俗的文言文表述，使语感与所引经典口气一致，神韵典雅。比如《白狐献瑞》《贯斗双龙》是文言文；《龙王爱悟空》《三打白骨精》《花果山美猴王》等篇幅也都使用文言文，与经典名著《西游记》的语言相衔接，语气相呼应，气韵相贯通。警策高古、厚重朴实，古韵贯串全文，古雅而有神韵。文言文的使用，避免了表述语言千篇一律、程式化，避免了呆板、沉闷、枯燥、乏味，使语言显得凝练、精辟、深邃、活泼，充满生机。如奇石故事《鱼慕鸟》一文，简直是讨伐破坏环境、为非作歹者的战斗檄文，酣畅淋漓，汪洋恣肆，天纵自然，充分显示了郭玉振学养深厚、思维严谨、情趣高雅、境界清远，显示了他高超的语言驾驭能力。文言文中夹杂大众俗语，六言骈句与四言骈句搭配，典雅与通俗相结合，抑扬顿挫，庄谐兼容，雅俗共赏。如果是神话、传说，他便运用通俗大众化的口语。故事如果是现代的，他就使用当代语言。总之《黄河石里故事》语言富于变化，已达到炉火纯青的境界。

四、观察细致全面、描写笔触传神

郭玉振观察石头细致入微、感觉敏锐。他描写石头，笔触传神，捕捉能力强，如《赤兔献瑞》描写小袋熊憨态可掬的体形，天真灵动的眼神，滑稽笨拙的动作，浓密柔软的绒毛，温顺善良的性格，腹部有一个小小育儿袋，奇趣又可爱，安然自在地吃树叶，让人忍俊不禁。如奇石故事《梅开二度》，是"梁山伯与祝英台"的又一版本，故事哀婉缠绵，是一曲爱情绝唱。又如奇石故事《万贯金蟾》，讲述刘海与南海龙王敖钦之女金姑爱情的神话传说。这些故事犹如神来之笔，能用朴素的语言、细密的构思、瑰丽的联想，讲述一个个凄美动人的神话传说，传递出人间真情，表现出人文情怀。

郭玉镇身边吸引着一帮石友，我曾与他在黄河岸边的宁夏中卫捡石头，发现他总能在别人挑拣过千万遍的河滩捡到他心仪的石头，捡到负载着经典文化的画面石。有幸跟他一起捡石，耳濡目染，陶冶性情，受到文化熏陶，既能借鉴他的捡石经验，又能提高我等的奇石鉴赏能力，提高文化积淀和国学学养。

文化积淀、文化修养决定着一块石头的取舍命运、文化价值。比如，同是一块酷似商代青铜器"四羊方尊"的石头，学养不同，取舍观便有天壤之别，为奇石命名也有雅俗之别。不了解商代青铜器"四方羊尊"的文化蕴含，乍一看，它外表像老西北人眼中的"麻鞋鼻梁子"，一笑走之；而在有文化积淀、有文化修养人的眼中，此石负载着特殊的文化符号、文化元素、文化信息，经过打理，配上雅座，摆在博古架上，别有一番风雅。

《黄河石里的故事》给我以启迪，重视传统经典是多么重要。不重视传统文化，腹中没有文化积淀，即使碰到负载着典故和经典的奇石，也会失之交臂。其实许多捡石者、赏石者也都碰到过负载有特殊文化符号、文化元素、文化信息的石头，碰到过负载有典故、典籍的石头，只是因为我们的文化视野狭窄，限制了我们的审美眼

光眼界，每每与上乘的奇石失之交臂。给石头命名，也考量着我们的国学积淀，若给石头起一个有文化含量的雅名，可使石头增值，能彰显出石头的文化价值；如果给石头起的名字俗不可耐，则会贬低石头的文化价值。

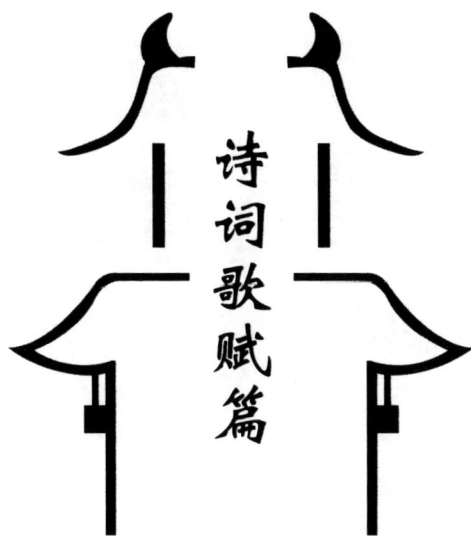

诗词歌赋篇

固原二中赋

丝路花雨，须弥甘霖。南承九龙余脉，北接中山人气。面东岳而升旗，朝朝迎喷薄旭日；背西宛而待机，岁岁展腾飞之翼。四脉聚，二中兴。

几代人呕心沥血，继往开来；数十载运筹帷幄，春华秋实。忆建校伊始，满目荒凉，蓬蒿丛生；叹创业之初，荆棘遍布，沟壑纵横。君不见：顶酷暑，汗如雨兮车如流；冒严寒，人若海兮歌似潮。自力更生，干群总动员，手拉肩扛兮土山移；奋发图强，师生齐上阵，担挑筐运兮沟壑平。历任校长，励精图治；数万学子，青春无悔。社会各界解囊捐助，历届政府守信呵护。夯实百年基础，打造名校精品。

至若头雁领航，理念更新，审时度势，与时俱进。锐意改革，勇于创新，关注人文，重视做人。高楼渐耸，规模日臻。招名师兮募英才，聘贤俊兮用能人。不做教书匠，愿效魏书生：科研型、专家型、学者型，还需树形象、铸师魂。敬业爱岗，辛勤耕耘；不奢大学生，先做好公民：参与型、体验型、实践型，更要孝父母、爱人民。团队合作，学会做人。转变理念换角色，健全人格蕴创新。素质是纲，育人为本。绘宏图争上游，闻鸡起舞；厚积淀勤反思，卧薪尝胆。百度求索，千里取经，如蜜蜂酿蜜，为伊消得人憔悴；红烛挑尽，青丝染白，似春

蚕吐丝，衣带渐宽终不悔。许身孺子，鞠躬尽瘁。殚精竭虑，义无反顾。执着教育，心无旁骛。追求卓越，见贤思齐。贴近贫困弱势，星星点灯；关爱后进智障，心泉流通。滋润雨露，沐浴甘霖。捧丹心铸师魂，放飞今日希望；化碧血荐轩辕，托起明天太阳。

购书藏书奖书，编书著书。学者爱书，以书为友，教书育人，撒播文明；教人扶人树人，帮人渡人。仁者爱人，以人为本，为人师表，塑造灵魂。

面向世界，面向未来，探索英语实验；教有特点，校有特色，"朗诵中华诗文"。世界眼光，中华灵性。高瞻远瞩，古典风韵。蓓蕾吐蕊，桃李芬芳。在国旗下演讲，赴敬老院济困。百里壮行任山河，祭奠英烈；德育共建东山坡，结对帮扶。青年党校，育才摇篮，输送新鲜血液；家长学校，培训基地，传授沟通艺术。

若夫新课程、新理念，熔炼杏林园丁；"走出去、请进来"，促进"造血功能"。常设专家论坛，他山之石可以攻玉；定期相与交流，前沿成果为我所用。定人带教，师徒结对，在岗位上练兵；以老带新，以新促老，于实践中培训。毽篮乒乓竞技，夺冠连连；数理生化奥赛，捷报频频。科研专著，硕果累累，兴趣小组其乐融融。《天堂鸟》兮《二中风》，"读书节"兮"冬之韵"。撷英咀华，诵读歌咏；净化心灵，温润生命；雏鹰展翅，雨涤青松。联谊六县校长，龙头辐射；融资基金助学，央视聚焦。

若乃剪纸绘画、书法摄影，文化长廊，异彩纷呈。走廊过道贴：名人画像、格言警句，激壮志熏陶渐染。苗圃花坛栽：苍松翠柏、奇花异木，冶情操润物无声。高树与灌木俯仰生姿，招莺歌燕舞；针叶与阔叶错落相间，衬姹紫嫣红。鸟语花香，悦目赏心；百花吐艳，欣欣向荣。书香四溢，魁星高照。逢瑞雪银装素裹，挂雾凇玉树琼枝。

浓荫掩大理翡翠，碧桌玉案，岳麓石鼓雅韵；报栏载四海风云、五洲惊雷，天下合纵连横。艺术奇葩闻名遐迩，琵琶琴瑟奏和谐。晨光乐团誉满山城，箫管笙筝颂园丁。

萧关东风浩荡，传高考兮喜讯，清华北大，珠联璧合；原州鸿雁翱翔，报金榜兮佳音，文理状元，凤翔龙腾。洋洋学海，一得之愚；莘莘学子，一生之趋。

噫吁嚱！望明朝，神州华夏，九州方圆，栋梁承厦，建功五湖四海；羡今日，育人环境，高雅圣洁，鲲鹏展翅，名播天南地北。方悟"严勤活"，成就真善美。咬定青山不放松，不到长城非好汉。团结奋进，不甘落后；精诚合作，再塑昆仑！

抗洪赋

　　庚子四月，长江流域，两月暴雨，瓢泼倾盆，百年不遇。四百条河流，条条暴涨；上百座水库，库库满溢。山体滑坡，泥石流急。桥跨路断，家园摧毁。二百座城市，九千万庶黎，村村孤岛，城城积水。洞庭鄱阳，白浪滔天；太湖泛滥，堤坝濒毁。荆江设施，岌岌可危！

　　江河横溢，方显英雄本色！

　　洪水无情，中南海雨夜商策；党有大爱，习近平主席掌舵指挥。第一时间，急拨抢险物资；第一梯队，星夜空降灾区。人民子弟兵，受命于江湖决堤之时；武警好儿男，奉命于洪涝肆虐之际。顶着雷鸣电闪，冒着倾盆暴雨。手拉手，肩并肩，潜入齐颈旋涡，勘察管涌漏穴。打木桩，背沙袋，加固江防堤坝；塞管涌，堵漏洞，夯筑生命长堤。驾驭冲锋舟，搜救失踪群众；操稳巡逻艇，打捞落水居民。攀树绾绳索，牵引被困母婴；人梯伸窗口，搭救危楼翁妪。

　　国务院指导组，兵分多路，包片指挥；河长制湖长制，九牛爬坡，各显其力。党委政府，临危受命；领导干部，下沉灾区。社区村委，携手纾难，风雨兼程，同舟共济。

　　子弟兵、消防员、志愿者、预备役，蹚齐腰深水，挨家排查灾民；涉惊涛骇浪，逐户转移撤离。头顶婴童，肩托耄耋，奋勇泅渡，生命至上；背负病残，怀揽羸弱，舍己救人，不离不弃。军嫂产房临盆，兵哥抗洪一线。人民生命，重于泰山；病父脑瘤开刀，儿子坝堰鏖战。江防大局，忠孝难全。屏息托举人桥，忽被狂涛吞噬；舍身搭建栈道，身被巨浪席卷。家乡亦遭水灾，妻儿老小呼救；亲人洪峰罹难，未能奔丧眷顾。感人事迹，数不胜数；献身英雄，不断涌现。雨淋日晒，脊背脱皮，斑痕累累，无暇顾及；长期浸泡，脚丫变形，肌肉萎缩，抽筋难立。

厄尔尼诺，周期作祟；自然报复，余怒未休。长江上游，乌云滚滚，橙色预警，暴雨频仍。水利枢纽，调控调度，三峡削峰，荆江分洪。防汛形势严峻，中央军委下令：南部战区，奉命出征，中部战区，衔枚疾进。铲车钳来巨石，封堵决堤溃口。千里江防，夯筑生命长城；万头攒动，打桩声震长空。北斗导航定位，救艇昼夜搜寻。拉网式巡回排查；梳篦般往来搜寻。不丢一个，不弃一人。血浓于水，肝胆情谊。奋战堤坝渠堰，手臂起泡，浑身泥浆；饱餐方便面包，舌苔生疮，口腔溃疡。执锹挥镐，志坚如钢；挥汗如雨，抡锤打桩。任凭风吹浪打，何惧雨暴风狂！

两月鏖战，顶天立地；抗洪抢险，森严壁垒。追踪溯迹，红军后裔；力挽狂澜，长征后辈。金沙江畔，降龙英雄重生；大渡河边，伏虎神兵再续。飞越娄山关，突破腊子口，翻雪山，过草地，江山东方屹立；纾难近卫军，靖国安民旅。救汶川，抗洪水，无愧人民子弟。穿越时空，薪火相传。军魂一脉，传统承继。新长征中，接力传递。

军爱民，民拥军，军民团结，钢铁长城。两月对垒，持久鏖战，南方阴雨收敛；雨霁霾散，彩虹重现，收拾家园重建。军民携手，再攘百年灾难。

六盘山赋

宇宙混沌，开辟鸿蒙。早白垩纪，印（度）亚（欧）板块碰撞，喜马拉雅抬升；晚中生代，叠覆逆冲推覆，几世几劫，反复塑身。西承昆仑余脉，云海旭日东升。北和祁连毗邻，南与秦岭呼应。山高太华三千丈，险居秦关二百重。辗转迂回，缘势易形。腾挪蜿蜒，巨龙屈伸。跌宕错落，谷峰纵横。龙脉走势，起伏升腾。仰望峭壁万仞，登顶可揽三省。奇险峻秀，伟岸峥嵘。形似贡嘎群峰，娇若梅里风韵，念青唐古风采，壮如太行雄浑。高原绿岛，南北横亘。洞生烟岚，潭吐青云。自然生态屏障，天纵绿色长城。调节气候，涵养氤氲。北联灵湫，烟云缭绕；朝那湫渊，雾霭重重。风光旖旎，山水空灵。兼江南水乡之秀，集北国风光之雄。云蒸霞蔚，林海涛涌。

春来山花烂漫，万紫千红；夏岭苍翠欲滴，凉爽幽静；秋时枫叶流丹，染尽层林；冬赏银装素裹，玉树琼枝。珍珠景点，璨若繁星：二龙河、胭脂峡、老巷子，秋千架。

小南川，美如九寨，山清水秀，森林公园，林幽溪深。

凉殿峡，自然氧吧，空气清新，茂林修竹，养心怡性。

荷花苑，叶片如盖，遍布河床，荷香叶碧，幽香四溢。

老龙潭，高峡平湖，泾河瓶颈。碧玉宝镜，倒映苍穹。

火石寨，丹霞赤峰，红岩奇岭。群峰似驼，逶迤逦行。自然造化，鬼斧神工。

须弥石窟，丝路名胜，大佛宝相，遐迩闻名。

长征纪念碑亭，气魄巍峨恢宏。清平乐升九霄，屹立高耸入云。红军长征不朽，六盘精神永存。瞻仰前辈业绩，丰碑永垂民心。

黄河"几"字形，六盘踞陇东。七关襟带，九寨咽喉。堡寨犄角，星罗棋布；烽燧相望，斗折蛇行。始皇曾建行宫，武帝六登其顶。军事形胜，护佑关中。成吉思汗，六盘经营，避暑消夏，溘然长殒；元世祖忽必烈，南征北战，运筹整军。明朝大将徐达，在此打败元军。

一九三五年秋，主席统率红军，登上六盘峰顶。伟人临绝赋词，《清平乐·六盘山》："六盘山上高峰，红旗漫卷西风。今日长缨在手，何时缚住苍龙？"诗词大气磅礴，笔凝万丈豪情。气吞山河，壮志凌云。

青石遇敌辎重，五百骑兵押运。领袖临机善断，决策用兵如神。红军狂飙突进，包抄捉鳖瓮中。缴获百余战马，红军骑兵诞生。

拯救人民，扎根民众。过境六盘，四处宿营：单家集、张易堡、小岔沟、乔家渠。宣传马列真理，撒播革命火种。血浓于水，鱼水深情。红色基因，深植民心。

将台会师三军，长征胜利完成。三军欢庆，将军阅兵。旌旗猎猎，众志成城。开新局面，启新征程。

解放炮声隆隆，六盘烽烟滚滚。萧关自古形胜，历代兵家必争。宁马扼守萧关，隘口凭险死挣。十九兵团，钳形夹攻。摧枯拉朽，风卷残云。攻克三关瓶颈，任山河颂英雄。打开宁南大门，解放宁夏全境。

英雄之山，屡出功臣。人物俊彦，叱咤风云。赫光万锡绂，六盘精英。阜平起义，华北震动。兵运创建，红廿四军。将星韩练成，隐形将军。

卧底蒋府，心系中共。搜集蒋府情报，迎接曙光黎明。

西子湖水柔情，仰慕六盘英名。杭州知青，满腔热忱。沿着长征足迹，重走新的长征，继承红军业绩，六盘山下寻根。相约再塑灵魂，落户六盘筑梦。曾经加盟，奉献青春。

胜利之山，人杰地灵。代代六盘儿女，恋土赤子钟情。继承光荣传统，赓续六盘精神。不忘初心、牢记使命。满怀豪情、辛勤耕耘。固海扬黄，旱塬绿荫葱茏；引泾入固，六盘沐浴滋润。退耕还林，迁徙百万移民；割舍乡愁，恢复生态平衡。异地创业，振兴乡村。继续革命，践行创新。闽宁携手，山海情深。城乡面貌，焕然一新。基础设施，规模攀升。民生工程，雨后春笋。百业兴旺，经济繁荣。银西高铁，风驰电掣；中宝福银，长桥卧虹。六盘机场，银燕掠空，新辟航线，辐射各省。

彭阳梯田，天工指纹。桃李芬芳，彩虹降临。泾源西吉，养殖脱贫。支柱产业，拳头产品。隆德中药材，泾源好风景，西吉马铃薯，彭阳红梅杏。原州姚磨，冷凉蔬菜，市场走俏，海内驰名。电子商务，互联网上敲定；数字经济，云计算中赋能。

文学阵营，突起异军。精神文明，文化引领。西海固作家群，中国文坛脱颖。"鲁迅文学奖""茅盾文学奖"，摘金夺银，折桂蟾宫。隆德翰墨丹青，西吉屡出文星。

文化大院，异彩纷呈。戏曲刺绣，剪纸皮影。非遗传承，罗列不尽。固原博物馆，鎏金银壶玻璃碗，稀世珍品，历史厚重。

斗转星移，岁月钩沉。东风浩荡，帆悬船正。筚路蓝缕，砥砺前行。栉风沐雨，不断创新，与时俱进，续走长征。勠力筑梦，中华复兴。

塞上江南赋

往事越万年，黄河文明古。时空隧道，水洞沟遗址，通向石器时代；摩崖石刻，贺兰山岩画，考证史前文明。丝绸之路，青花瓷及景泰蓝，神韵遍播西方；河西走廊，希腊神捧鎏金壶[①]，慕名拜谒东国。

雁阵声里，大漠孤烟直旋；渔舟唱晚，长河落日圆浑。

关塞自古形胜地，引历代兵家纷争。秦皇拓疆，设郡北地；汉武挥鞭，整军朔方。安史之乱，唐肃宗退朔方，诏告灵武登基；靖康之耻，岳武穆驾长车，踏破贺兰山缺。延至近代革命，人民民主潮涌。工农红军，长征铁流。翻越六盘山，会师将台堡。三军过后尽开颜，长城抗日显好汉。伟人临绝，赋词抒怀：《清平乐·六盘山》，如椽巨笔挥洒，势缚苍龙；狂草大气磅礴，气贯长虹！

江山如画，英雄辈出。凤城银川，龙头懿范。头枕巍巍贺兰，足登滚滚黄河。高楼拔地而起，鳞次栉比；街衢车水马龙，川流不息。霓虹彩映，流光泻玉。喷泉吐穗，天籁弥漫。南门城楼，壮若天安，雕梁画栋，气势恢宏。玉皇古刹，空灵幽远，华灯装点，轮廓优美。

[①]鎏金壶，鎏金银瓶，出土于北周李贤墓中，是通过丝路流传到我国的中亚文物，打制于中亚萨珊时代。其上有三组六个人物，代表着希腊神话故事中爱神阿芙罗狄蒂、美女海伦、王子帕里斯、海伦丈夫墨涅拉俄斯等人。该文物是目前世界上绝无仅有的一件。1983 年出土于宁夏固原。现馆藏于固原市博物馆。

海宝承天塔，上出重霄，间阊扑地。莽莽贺兰，钟灵毓秀。苏峪胜境，林壑幽邃。滚钟拜寺，俯瞰人寰：河套灌溉网络，塞上江南水乡。沃野千里，稻田万顷，田畴纵横，阡陌交错。绿树成荫，田园如画。稻香鱼肥，果笑枝头。牛羊衔尾，谷稼殷实。塞上西子，高原湖城。湖映沙漠，沙抱翠湖。湖沙依偎，海内称奇。丛丛芦苇，神工点化千岛；粼粼涟漪，宛若浪遏飞舟。港汊连环，如设迷津。波光潋滟，白鹭盘旋。水边蘑菇亭，沙上太阳伞。瀚海阑干，一行驼队缘丘上；车水巨轮，满斛玉液次第呈。周而复始，不舍昼夜。妩媚典农河，串七十二连湖，玉带萦绕；璀璨黄金岸，列一百零八塔，梵韵空灵。拥百里翠湖，抱万顷田园。城在湖中，湖在城中。黄河金岸，塞上瑶池。遥望六盘，云海苍茫，重峦叠翠，风光旖旎。凉殿峡，林荫葱郁；野荷谷，绿伞遮天；龙潭瀑，溅珠飞玉；秋千架，鬼斧神工。须弥石窟，精美绝伦，灿烂悠久；丹霞石城，奇峰兀立，五彩斑斓。

自然人文天下传，物质文明殊堪颂：工业明珠，珍稀矿产源源出；石嘴煤城，不尽能源滚滚来。大河机床，研制珩磨系列；银川橡胶，翻新航天轮胎。密封钢丝缆绳，神州独有；无烟太西优煤，"世界煤王"。双氰胺石灰氮，亚洲第一；稀金属钽铍铌，蜚声国际。弹筝峡谷，立窑并耸，磨机轰鸣，万吨水泥摩天；黄土高原，井架林立，钻塔隆隆，百眼清泉喷涌。林纸一体，饮誉西北；煤基烯烃，世界首例。塞上江南，闽宁对口东西合作，财源接九州；萧关古道，宝中福银立体交叉[②]，天堑变通途。公路三纵九横，四通八达；铁路中宝中太[③]，十字运营。兰州至银川，西电东送；太原通凤城，铁路西伸。黄河矗六桥，物流如织；河东扩机场，宁夏腾飞。村村通：数字微波网；县县接：光缆

②宝中福银，宝中指陕西宝鸡至宁夏中卫市的铁路，福银指福州至银川市的高速公路。
③中太，指宁夏中卫至山西太原的铁路。

传输线。无线寻呼，华夏神州商机；程控交换，五洲四海信息。大柳树④，水利枢纽；青铜峡，高峡筑坝。盐环固海⑤，扬黄扶贫。宁夏五珍宝：红、黄、蓝、白、黑⑥，走俏神州，享誉华夏；九道弯"二毛⑦"：轻、柔、软、垂、韧，远销欧美，驰名世界。玛瑙枸杞，红遍宁夏山川；草格网障，世界治沙奇迹。

历届政府，精心运筹，多轮驱动，多轨运行。"火炬计划"，水稻育秧移栽灵；科技兴宁，机械覆膜穴播术。发展窖水节灌，打井打窖；推广精耕细作，种草种树。筑巢引凤，世行秦巴项目，东进西出⑧；营谋牵头，政府组织劳务，外引内联。吊庄移民，异地开发。以川济山，百万移民脱贫；山川共济，同向小康迈进。六盘梯田，花儿高亢苍凉；牛首妙峰，口弦如吟如诵。隆德书法，家家真草隶篆，户户龙飞凤舞；泾源踏脚⑨，英姿飒爽遒劲，鹰旋虎跃龙腾。文化品牌，异军突起：西海固作家群，直面人生，崛起华夏文坛；镇北堡荒凉景，反弹琵琶，跻身世界影城。

大河起波澜，塞上展宏图。八千里路云和月，风顺帆悬；九万里风鹏正举，乘风破浪。同心同德，再接再厉，各族儿女，再铸辉煌！

---

④大柳树，水库地名，在宁夏中卫市境内黑山峡峡谷，是一座库容110亿立方米的巨大调节水库。

⑤盐环固海，由国家统一规划，在宁夏的盐池、固原、海原，及邻省的环县兴建的引黄灌溉工程。

⑥红、黄、蓝、白、黑，红为枸杞，黄为甘草，蓝为贺兰石，白为滩羊皮，黑为太西煤。

⑦九道弯"二毛"，宁夏特产滩羊二毛裘皮衣，是誉贯中外的特产，是我国传统的出口创汇商品，其盛名历数百年而不衰。二毛皮板薄如厚纸，质地坚韧而柔软轻便，毛股花穗卷曲多弯，呈波浪形，手感丰满。穿着舒适，御寒极佳。

⑧东进西出，既要向东亚、东南亚（含台港澳）地区开放，还要向西出击，沿新亚欧大陆桥向俄罗斯、中亚各国和中东阿拉伯国家开放，加强东西合作。

⑨泾源踏脚，从一种原始武术运动形式创作演变为舞蹈形式的一种半武术半体操的体育项目，一般采取集体列阵形式表演。

萧关赋

　　瓦亭古城，萧关古道，商贸关隘，丝路驿站。西望六盘，紫霭含黛，峥嵘伟岸；南眺崆峒，云蒸霞蔚，翠嶂烟岚。峰峦四达交驰，峡谷纵横幽深。天梯石栈盘烽燧，飞湍瀑流激潋滟。涧生烟霞，潭吐青云。堡寨犄角，星罗棋布；烽燧相望，斗折蛇行。九塞咽喉，七关襟带。北控银夏，西趋兰会。东接泾源，南连巩秦。三关险隘，六郎镇守，控扼瓶颈，庇佑关中。若一夫而守隘，岂万众之能敌？据八郡之肩背，绾三镇之腰膂。农耕与游牧拉锯并生，中原文化与草原文化交相辉映。

　　上溯绵邈北地，遥想悠悠朔方。茫茫陇上，漠漠雍州。烽燧连年狼烟起，四面边声频告急。西戎猃狁，觊觎猖獗。周礼分崩，韶乐蒙殒。诸戎纷争，兵燹频仍。多少金戈铁马，几许折戟沉沙。周逐猃狁，料民大原，内抚诸戎，外绥百蛮。青山遮不住，毕竟东流去。

　　秦皇设郡北地，蒙恬监筑长城。战车嘡嘡，旌旆猎猎。虽德刑成于赦服，故蛮狄震于雄名。鹏抟海运，凤举天迥。山万里而仰云雨，水百仞而写蜿虹。却匈奴兮长啸，指咸阳兮慨叹。

　　兴衰更互，治乱交替。汉武整军朔方，六巡险隘萧关。讨有逆而顺民，伐无道以归汉；鲲北卧而衔烛，雁南飞以渡河。朝驰羽檄，夜枕铵戈。逐边风兮响萧瑟，鉴汉月兮映铁衣。

丝路古城，阅尽人间春色；秦汉萧关，迎送多少英雄：张骞奉旨，出使西域，开创丝路，欧亚口岸。僧侣商贾络绎不绝，中西文化交汇融合。苏杭丝绸、青花瓷、和田玉靓丽惊艳西方；胡人偕鎏金壶、玻璃碗、波斯币慕谒中国。

班彪北游，安定怀古。登赤须之长坂，入义渠之旧城。越安定以容与，释骑马于彭阳。隗嚣割据，光武亲征。俯高平而周览，吊尉邛于朝那。

太宗察马政于瓦亭，饮马长城窟行。流星旄以电烛兮，威翠盖而鸾旗；边风起兮朔雪舞，雁违塞兮息刁斗；能汗漫于九垓，兼驰骛于八极。

昭君出塞，文成进藏。北出萧关，凤仪边陲。纤纤娇步，漫漫雄关。巾帼情怀，家国汉唐。

党项崛起，宋夏对垒。兵临萧关，血染好水。

一代天骄成吉思汗，数位君主创建元代，皆谙萧关军事形胜，仰仗六盘龙脉走势。徙战羁縻，中转驻跸。置开城路安西王府，至凉殿峡消夏避暑。

三边总督，旗舰固原。经略萧关，抵御鞑靼。长城万里，总揽九边。

则徐虎门销烟，禁止鸦片祸国。夜宿瓦亭驿站，心潮起伏难平。闻朔气传刁斗，映寒光照刑衣。

极目瓦亭梁，眸凝古萧关。伟人登巅赋词：《清平乐·六盘山》，长城在望，红旗漫卷。长征铁流，雄关漫过。万丈长缨拂哨楼，千年锁钥沐洗礼。六盘山下炮声隆，青石战斗显神威。三军会师将台堡，领袖运筹帷幄中。

历史厚重，文化灿烂。镌诗悬日月，雄关壮河山：边塞驿客，军旅纪实，诗因关而驰名；山水诗人，寄景抒怀，关借诗而久传。

斗转星移，沧海桑田。枯木逢春，雄关换颜：中宝隧洞，九曲十八盘，长虹飞架，巨龙盘旋。福银虹桥，横空出世，立体交叉，贯通北南。高铁驰骋，展鸿图而龙骧；银燕掠空，鹏扶摇兮凤翥。萧关欣逢盛世，通途代替天堑。

人文俊彦，风物深秀。赤子钟情，热土独眷。筚路蓝缕，创伟业于僻壤；胼手胝足，寄壮志于六盘。挣脱桎梏，冲破羁绊。弃输血型积弊，蓄造血型功能。八千里路云和月，九万里风鹏正举。闯致富道，不等不靠摸石涉险；奔小康路，不疑不缓搏击向前。借重振丝路东风，勇立潮头；沐生态移民政策，重整河山！

教书育人篇

捧丹心，默向红旗祭

王天旭，优秀共产党员，闽宁西部贫困地区优秀校长，固原市优秀教师，中学语文高级教师。1976年从中宁县城到六盘山区插队落户担任民师，扎根山乡28年不挪窝，担任宁夏泾源县蒿店中学校长十余年间坚持勤工俭学，使学校从一个破烂摊子发展成泾源县管理一流的中学，不幸积劳成疾。他与死神抢时间、争速度，为新课程改革试验呕心沥血，鞠躬尽瘁……

蓄梦

时钟还要倒拨到30年前的1974年，那时王天旭在中宁县城中学上学，一天，担任政治课的班主任对学生进行革命传统教育，讲了六盘山区在中国革命中的一段辉煌历程。下课后，他向政治老师询问有关六盘山区的建设状况，老师告诉他：那儿山大沟深，文化教育落后，偏僻山村由于缺少师资校舍，学龄儿童无法上学，一茬茬山里娃在渴盼老师的漫长等待中无情地长成目不识丁的成年人，永远被贫穷与愚昧摆布着。他们渴盼着有才华的热血青年到六盘山乡来，为此而望眼欲穿。王天旭听后心潮澎湃难以平静，他心里立时蓄了一个梦：

"我现在要发奋努力，学好各门功课，练就一身过硬本领，等高中毕业后一定要到六盘山区去当个教师，不再让山里娃继续当睁眼瞎，不使他们的命运在贫穷与愚昧中恶性循环。"

六盘寻梦

1976 年 6 月 30 日的中宁县中学高中毕业典礼会上，学校校长关于"到宁南山区大有作为"的讲话像重锤一样敲击着王天旭的心扉。既然师范毕业生在六盘山区供不应求，自己何不响应毛主席关于"上山下乡""知识青年到农村去大有作为"的号召，到六盘山区插队落户，把学到的知识和特长奉献给山里孩子呢？六盘山区使他魂牵梦萦。

领上毕业证，王天旭向学校递上去六盘山区插队落户的申请书，回到家后满腔热情地把自己的打算告诉了父母亲，亲人们面面相觑、神情凝重。父亲说："天旭呀！到六盘山区插队落户只是上面号召，并没有强迫，你一到那里就知道了，那里农民吃不饱，国家从外省运来红薯片支援。我听到国外专家有关西海固的一个调查报告里说'那里不适宜人类生存'。"

"可实际上那儿生存着几十万人民啊！"

"人家生活惯了，你一个川区人能适应那里的生活吗？"

"我会习惯的，我做好了吃苦的思想准备。"

"进去容易出来难，你到那里以后就调不出来了。"

"我要扎根六盘山区一辈子。"

铁了心的王天旭主意已定，十八对犍牛也拉不回头。1976 年 8 月，他不顾亲人们的百般劝阻，放弃塞上江南优越的生活环境，毅然决定来到六盘山下的原固原县什字公社太阳洼村，找到村干部，递上介绍信，说明自己的来意。支书和村民们喜出望外。他风尘未洗，就急不可待地要支书领他看一间可做教室的牛圈，又找来块门板涂上墨汁做黑板。第二天便风风火火去学区领回教材，然后挨门串户动员学龄儿童上学。他终于了却夙愿，当上了每个月只有七元工资的民办教师。

传道　授业　解惑

教坛上数番熔炼，王天旭业务上脱颖而出。1979年进修毕业后，他主动要求到最偏僻、条件最艰苦的地方去，组织上把他分配到固原县蒿店公社北山双河村"七年制学校"。这儿离公社所在地二十多里，山大沟深交通闭塞，只有一条羊肠小道，陡峭得连自行车都无法骑，学校所在的村庄坐落在山顶上，云就飘在脚下。这里喝的是泥糊糊水，还要到很远很深的沟底去抬。粮库打来的面要自己往回背，吃不上菜。取暖的炭要师生们往返几十趟挑回来。学校生活十分艰苦，留不住教师，因此有些课程开不全。王天旭多才多艺，他能带语文、数学、物理、化学、音乐、体育、劳技等课，学校哪门课程人手紧缺，他就带哪门课。他还组织起学生乒乓球队、篮球队。学校课程开全了，文体活动十分活跃。在全学区开展的学科竞赛、文体竞赛中，双河学校屡屡获奖，一些辍学回家的学生又重被吸引到学校，广大学生家长都称赞王天旭是个"多面手"，学校的"万金油"。

1980年学校撤并，王天旭调到蒿店中学，1987年他完成了在职中文函授，取得了大专学历。1988年他担任教导主任，1992年5月组织上任命他担任蒿店中学校长。上任始伊，呈现在他面前的是一个烂摊子：校舍千疮百孔，校园坑坑洼洼、坎坷不平，人走路要眼睛盯住脚下，高抬腿轻落步。操场沟壑纵横，上不成体育课，跑不成操。

天晴尘土飞扬，下雨则泥泞不堪。20世纪90年代中期宝中铁路征用校址，蒿店中学拆迁，当时国家拨款只够建修主体楼，其余设施所需款项得靠地方上想办法。王天旭与村委会成员开会谋划，决定勤工俭学创收建校。他在全校教职工会上作艰苦创业动员："六盘山区建设需要各种类型的人才，我们不仅要向高一级学校输送深造的人才，还要为本地培养有创业技术的高素质劳动者，我们要把素质教育渗透在这次勤工俭学创收建校劳动中，根据山区市场需求办特长班，办出我们蒿店中学的特色。让学生受到一场生动深刻的艰苦奋斗光荣传统教育，把艰苦创业的各种技能与本领学会，增强他们的生存能力。"

硬化校园、打水泥球场、修自行车棚等附属设施需要大量石头、沙子，古丝绸之路的三关口峡里是石料基地，为了给学校节省原料钱、运输费，双休日、节假日，他带领全体师生沿三关口峡捡拾被洪水冲下来的石头，动员学生拉来几十辆架子车往学校运石头、沙子。一时只见深山峡谷中运石料的人力车排成一字长蛇阵，"领头雁"就是王校长，他头勒羊肚手巾，弓身驾着车辕，绳子勒进他肩背，挥汗如雨，师生们的车子跟着他鱼贯而行。这场面感动得地、县水泥厂和乡镇石料厂的领导热泪盈眶，他们说：都到什么时代了，哪见校长亲自驾辕拉运石料？办教育是全社会的事，不能只亏了你们自己。需要什么材料，王校长只管说一声，我们水泥厂虽说竞争压力大，但给学校捐助些还是应该的。地、县水泥厂送来了14吨水泥；石料厂送来170立方石头，80立方沙子；蒿店道班捐给中学六间旧库房，可以拆下建校所需的许多"特殊材料"。为了节省开支，学校决定老师们自己动手拆。拆旧房是最苦最脏最危险的活儿，王校长换上劳动服，招呼一声"跟我来"，率先上房溜瓦，抽椽卸檩，工地一时笼罩在腾起的尘雾之中，呛得人透不过气来，个个成了土人。拆房卸檩要拔钉子，那些钉子钉得很深，锈在木头里，人在房梁上空中作业拔钉子该是多么危险呀！王校长的手被钉子扎破了，脚被檩条上的暗钉戳了个窟窿，流出了紫色的血，走路一瘸一拐的。拆水泥板时既费力又危险，手指头多次被压破。这一切情景全被隔壁单位蒿店收费站负责人看到了，他噙着泪说："建校资金不足慢慢等国家往下拨，你怎么能用血肉之躯硬拼呀！都说你是蒿店中学的'王铁人'，我今天算是真服了你，就凭你们这种艰苦创业的精神，我们也应该助你们一臂之力。"蒿店收费站出资为中学油平房顶 200 平方米，收费站又与石料厂联合资助中学打了一个 540 平方米的水泥篮球场。

王天旭上高中时代利用寒暑假跟师傅学会了木工手艺和做水泥活儿。他拿起墨斗会打线，拿起大锯会改板，操起推刨木花翻卷，推过的木面又光又平，操起凿子会打出各种眼，套铆接榫样样在行。为了给木工特长班讲木工技术，他把学生的劳技课搬到基建工地，边干活边教技术，还和学生一起立木、上梁、搭椽，和学生一起建造了自行车棚，他和老师用旧库房上拆下来的大量竹片为住校学生做了 40 张竹板床，师生一起用拆下来的一千多块水泥板动手硬化了学校主走道，他教学生砌砖墙，教学生学铺水泥地……

学校没有钱没有招标建工队，全由王天旭校长领着师生干。在一个双休日，教师们一直干到晚上 12 点，打成了篮球场，砌好了升旗台，树起了几丈高的旗杆，才拖着疲惫的身子走回三里以外的老校址家属院。好像老天专门要考验王校长他们对升旗台工程的虔诚似的，那天半夜突然雷声隆隆，电光闪闪，一场雷阵雨势在难免。

"不好！刚打好的水泥地面最怕大雨淋、流水冲刷。"刚躺下不久的王校长一骨碌翻起来，拿起自家塑料布，挨门召集刚回家的几个男教师："快起来，雷阵雨来了，拿上雨衣、塑料布、遮住升旗台、

篮球场去！"

结果那场雨下了个通宵，周一清晨，学生一进校门就被遮在新打水泥篮球场和升旗台上花花绿绿的雨衣、油布、塑料桌罩、床单吸引住了。原来王校长他们为遮苫水泥地面，同暴风骤雨搏斗了一夜，个个泡成了落汤鸡，体弱者已感冒发烧，但看见升旗台和篮球场水泥地面安然无恙，他们露出了欣慰的笑容。

为了多创收，师生们上山打蕨菜、采草药，到青石林场补栽树苗，为蒿店林场先后育苗植树八千余亩，教师集资办木材加工厂。几年的艰辛拼搏，成绩不小，共硬化校园3100平方米，大部分是水泥地面，共为国家节省资金17万多元。蒿店中学勤俭建校的事迹感动了人民银行固原支行，支行给蒿店中学捐赠了16台电脑，建起了微机室，并且联上了网，率先在山大沟深的初中办起了信息技术教育，农村孩子享受了远程教育提供的优质教育资源，大大开阔了学生的视野，社会各界高度评价王校长的超前意识与战略眼光，学生家长更是十二分的满意。

走进如今的蒿店中学，校舍整洁，设施齐全，环境幽雅，秩序井然，让人肃然起敬。更令人赞叹的是，蒿店中学的素质教育成绩斐然，各门有特色的劳动技术课为本乡及周边地区培养了大批乡镇企业经营管理人员和技术人才，他们有的是建工队长，有的是小工程设计人员、技术骨干，有的是带领一方脱贫致富的能人，为山乡经济建设发挥着重要作用。1996年9月，王天旭校长被评为"先进教育工作者"，受到固原县委的表彰奖励；2000年，他被对口帮扶宁夏教育厅和福建省教育厅评为"闽宁西部贫困地区优秀校长"，受到表彰奖励。2003年6月10日，《西部创业报》报道了王天旭校长的先进事迹；2003年底，在泾源县教育局组织的全县检查评估中，蒿店中学获得三项优秀、八项良好，被县教育局评为"一流的管理学校"，县教育局组织全县中学校长参观了蒿店中学；2004年4月20日，《固原日报》在头版头条的显著位置以8000字的长篇幅报道了王天旭的优秀事迹。

蓓蕾　桃李　三春晖

　　王天旭不仅教学生文化科学知识，而且在生活上无微不至地关怀学生，学生上学遇到的种种困难他都看在眼里、急在心头，想方设法替学生排忧解难。20世纪80年代他担任班主任时，学生潘桂兰因家庭困难失学在家。王天旭很是着急，星期日时，他翻过几座大山、蹚过两道河，来到二十里外的双河马莲滩村家访。原来潘桂兰母亲已去世，由哥嫂抚养并供她上学，由于多年的自然灾害，农业歉收，她哥嫂已无力供她上学，便把她从学校叫回来务庄稼。王天旭向家长做耐心细致的思想工作："潘桂兰是个生活俭朴、学习刻苦的好孩子，她定能考上中专，将来工作了，可以帮家庭脱贫。我们班里准备把她作为特困生报给学校减免部分杂费，我个人给你资助一点，家里咬牙坚持坚持，向亲戚们借点粮食，快让她返校学习，别耽误了孩子的前途！"说完王老师掏出几十块钱递给了家长。她的哥嫂为王老师这片热心所感动，终于答应让潘桂兰继续上学。由于王天旭的多次帮助关照，潘桂兰最终考上固原师范，毕业后成为一名公办教师，家庭也逐渐脱贫。

　　学生王霞也是类似潘桂兰的一名失学者，王天旭翻山越岭上门家访，苦口婆心动员，解囊相助，使该生得以复学，最终考上中专并参加工作，使家庭得以脱贫。王老师给许多家庭困难的住校学生借过钱，救过急，从不求回报。

　　作为校长，王天旭因公平处理学生之间一场矛盾纠纷，曾遭受过

一次人身凌辱与伤害。蒿店街上某女生因与一名男生发生口角被打，该女生回家叫来了她哥哥到校报复，打了那位男学生，王校长过问了此事并作了处理。该女生的父亲是屠夫出身，是个法盲，不服学校处理，领着儿子、女儿又到学校寻衅闹事。儿子纠缠住门卫要求学校重新处理，引来了围观者，其父隐蔽在人群后。就在王校长出面调停、毫无戒备的情况下，那位手劲特大的家长从背后一把揪住王校长的头发，死死攥在手里拽来拽去、按下提上肆意凌辱，王校长疼得身不由己，掰不开屠夫的手，悲伤地哭了。老师们闻讯赶来劝解，肇事者仍不松手，揪住头发推来推去。全校学生见状都哭喊道："放开我们的王校长！放开我们的王校长！"该家长的子女一看祸闯大了，都跪在他面前抱腿求他："爸松开手！爸松开手！"直到派出所人员赶来，肇事者这才松手，但王校长的头发已被揪下一绺，头皮撕烂流出了血。那天，全校为此停课一天，肇事者虽受到法律惩处，但王校长的心灵深处受到了深深的伤害。

和死神抢时间争速度

为了山区孩子，王校长殚精竭虑，呕心沥血，不幸积劳成疾。2003 年初，他突感胃痛背痛，自己不以为然，烤烤电坚持上班。病情严重时，他还当肠炎、胃炎治疗，延误了尽早检查的时间，2003 年暑假他带病去银川参加新课程培训，参加固原市中学校长培训。后来腹部疼痛难忍，他捂着肚子给六盘山镇教育专干打电话请了假。10 月，他三哥陪他去天津几家医院检查治疗近一个月，打针服药总不见疗效。是天津几家医院的设备检查不出来？还是三哥有意对他隐瞒诊断结果？根据近一年来的奇疼难忍，他预感到自己患的病很难治愈，情况不妙。此时，他首先想到的是学校新课程改革试验正处于攻坚阶段。当时背景特殊，泾源县是自治区教育厅确定的四个课改试验县之一，而蒿店中学是刚刚从原州区划归泾源县教育局的。新课程培训少走了几个阶段，起步迟了，所以工作千头万绪。谁知在这当口病魔却死缠住他不放手，于是王校长晚上吊针输液，白天坚持到校主持工作。一年来，他的房前屋后堆满了输过液的空药瓶子，师生们看了无不心酸落泪！

2004年春节期间，王校长连续八九天不能进食，妻子慌了，仓促借了点钱，于2月5日护送他到西安第四军医大治疗，经医院先进设备检查化验、专家会诊，确诊为胰腺癌中晚期，这印证了王天旭此前不祥的预感。他已意识到自己带病工作延误了医治时机而酿成了严重后果。因需要数万元的化疗费，不得已，他将实情告知了中宁老家亲人，家门亲戚筹措了第一次化疗费。院方认为中晚期不宜开刀，对他采取了保守"介入法"治疗。第一次化疗出院时院方告知他，间隔四周一次的化疗需进行四次，需预备四五万元的医疗费。

王校长不得已终于离开工作岗位回家疗养。每当难忍的病痛袭来时，他就把搁在床头的一本封面印有鲜红国旗的政治课本按在胸前，寻求心灵的安慰，用这种措施抑制腹部那刀绞般的疼痛。一阵剧烈疼痛过去后，他又牵挂起学校新课程试验的实施情况。每当学校教师探望他时，他总要询问课改中遇到了什么困难和什么问题，他已感知生命给予他的时间有限了，他心中暗忖："我要从死神手里把时间抢回来，与死神抢时间、争速度！教师们忙，我可以替他们上网查资料，下载有关信息，使学校拿下新课程改革试验这一关，不拉全县的后腿。"病痛稍稍减轻些，他便趁家人不在的空儿，在自家电脑上网搜集教育发达省份课改实验的有关信息，下载有关课程资源的资料，并打印出

来。他的妻子回家看见他又伏案工作，恳求他："都到什么时候了，还印资料！你就看在我们母女们份上，别再拼老命了……"

王天旭镇静地抚慰她："不妨事。我这病早轻晚重，白天干点事倒觉得充实。若让我静静地坐着养病，如同坐以待毙，坐不住，日子难打发，我闷得慌，反增加了我心灵上的痛苦，只要我的心脏还在跳动，我就要干点力所能及的事。"

他的女儿扑进他怀里噙着泪劝道："爸爸，我求求您了，请您疼惜自体，静静休养，别再累着，我们不能没有您呀！"

王天旭笑慰女儿："爸爸命牢着呢！你就放心上你的学，爸会把你供出来，看着你长大成人……"

前来看望他的五弟也不无埋怨："当初我们都劝你别去六盘山区，你硬是不听我们的劝阻。你干到第20年时，我和你的高中同学都劝你调回中宁县城工作，已能对得起山区人了。你说'那里教师一直在流失，我一个共产党员怎么能在山里孩子最需要我坚守的时候离开那里？'去年我看你气色不好，劝你悠着点干，别累垮身子，你没听进去，不疼惜自己身体，现在怎么样？把命搭贴上了吧？"

西安的化疗费是哥姐五弟们凑集的，他深感不安地说："我拖累哥姐和五弟了，我既不能养老，又赶不上给老人送终，恐怕要先他们而走了"

诚然，凭王天旭的工作能力、业务素质、敬业精神、人品修养，他是佼佼者，是城里重点中学最欢迎的人选，尤其是学校结合山乡建设搞的"特长班"已遐迩闻名，有的学校已瞄上了他。有次他回中宁探亲，几个担任县中学校长的老同学热切地说："回中宁来吧，这里的条件和环境更能施展你的才华和特长。工作问题由我们负责安排，工资还要比宁南山区高出好几档呢！"

他摇了摇头说："山乡的孩子更需要我。"蒿店的一山一水一草一木已成了他生命中不可替代的一种感情寄托。

他忘不了那些把几斤甚至几两大米都省给他吃的老师和家长们，他舍不下把他当作慈父对待的憨厚的山里娃。虽然他是那样热爱生他养他的故土，那样依恋慈爱的父母和亲戚朋友，但六盘山区是他的人生坐标，他的生命的根已经深深地扎进了山区的教育事业之中，妻子女儿跟着他守望了28年！

年逾八旬的老父老母，互挽着从中宁颤巍巍赶到固原看望儿子，见儿子头发脱光、骨瘦如柴，不禁老泪纵横，泣不成声……

他一头扑进母亲怀中失声哭道："妈，爸，儿对不起你们了！"

2004年4月28日上午10时，一颗赤子之心终于停止了跳动……

他永别了他所热爱的学生、学校、事业，永别了淳朴憨厚的山区父老乡亲，长眠在他曾为之献身的六盘大地的怀抱……

哀乐回旋，挽幛抚风……

耳边传来赵朴初先生敬献人民教师的《金缕曲》：

不用天边觅，论英雄，教师队里，眼前便是。历尽艰难曾不悔，只是许身孺子。堪回首，十年往事。无怨无尤吞折齿，捧丹心，默向红旗祭。忠与爱，无伦比。

幼苗苗壮园丁喜。几人知，平时辛苦，晚眠早起。燥湿寒温荣与悴，都在心头眼底。费尽了千方百计。他日良材承大厦，赖今朝，血汗番番滴。光和热，无穷际。

说说咱山区的民办教师

一、有关民办教师的真实故事

民办教师的故事有多少，说也说不完。

固原县蒿店乡双勤小学张玺文老师，他是中国民办教师队伍中普通的一员，在平凡的教育岗位上，他像所有的民办教师一样，谱写出了许多生动的人生故事。

1977年春季开学的时候，张老师的大儿子刚满两岁。当时队里的劳动纪律很严，社员不出工就要倒扣工分，出工迟到就要挨队长训斥。他家是单帮子人，开学以后，张老师到校上课，妻子要按时出工，没有人照看两岁的儿子，妻子就用绳索把儿子拴在炕上，儿子看见妈妈出工要走，急得大哭大叫，眼珠子几乎要凸暴出来，妻子强扭过头含泪出门。

张老师妻子临生第二个孩子的时候，挣扎着到学校找丈夫回家。张老师见到妻子就说："你自己能坚持回家吗？我给学生讲完课，布置了作业就回来照顾你。"他妻子脸色蜡黄，只点了点头就慢慢转身走了。还没等他把作业布置完，有人就在教室门前急匆匆地叫他："张老师，快往回走，你妻子生了！"他赶紧往回跑，跑到半路，见妻子将孩子生在路上。幸亏遇到本村一位老大娘及时救助，帮了他们家大忙，否则后果不堪设想。

作为民办教师，张老师的故事说不完。

堡子梁和马莲河是蒿店乡双勤村最偏僻的地方，学区决定在这两处各设一个教学点，打算派一名教师去这两个居民点教书，张老师知道后，自告奋勇担当此任。两个教学点相隔七八里，叫他一个人怎么教呢？为了让农民的孩子都能学点文化，他每天背着黑板到两个教学点上课，上午堡子梁，下午马莲河。堡子梁与马莲河之间有一段很长的河谷，冬天河谷冻成冰川，有时冰碴泛溢横流，十分难走。张老师一个一个扶着学生绕过暗冰窟窿，挽着学生沿着冰瓷实处蹚过冰河。夏季雷雨频发，下午放学若遇山洪暴发，张玺文守护着学生不让他们散失。等到水势小了，张老师才将学生一个一个背出危险河段。急流中砺石划破了他的脚腿，山洪泥浆弄脏了他的衣服，但孩子们身上却干干的，一个个被安全送到家门口。送完最后一个学生他才能放心回家，这时已是繁星满天……

由于张老师的尽职尽责和辛勤耕耘，这两个教学点的学龄儿童入学率达到100%。在年末的教学成绩考核评比中，他圆满完成了学区交给他的教育教学任务，赢得了这两个村村民们的普遍赞誉。

这就是张玺文老师——一个民办教师。

二、能吃苦的教师队伍

中国的民办教师是一支能吃苦的教师队伍。1985年以前，民办教师的工资一般是公办教师的八分之一。民办教师与农民外表上最大的区别，是上课站讲台和进城参加考试才穿上身的中山装。一位在边远学校任教28年、下肢残疾的老民办教师曾感慨地说，他在报纸上看

到好多位城里先进模范教师的事迹，为了工作常常误了开饭时间，只好吃面包和牛肉方便面，"我这大半辈子吃过五个面包，好吃得很！就是没见过牛肉做成的方便面是个啥样子哟！"

民办教师领取待遇的手续和过程也挺复杂的。20世纪50年代至70年代时期，民办教师的收获是生产大队给核算的，同社员一样记的是工分，领取的是实物、不是钱。一个大队隶属下的五六个小队分散在七沟八梁九道洼上。年底决算后，民办教师需预备大小十几个蛇皮袋子到各生产队去领粮：生产一队是七八斤燕麦，生产二队是二十几斤玉米棒子，生产三队是三四十斤洋芋……包包蛋蛋瘩瘩囊囊，活像个收破烂的，他的学生看了失笑，民办教师自己也难免羞赧……

民办教师唯一的生活奢侈品，就是喝"砖块子"熬的罐罐茶，或抽自制卷烟——老旱烟棒。不熬喝罐罐茶，不抽老旱烟棒，他们实在支撑不住。学生放学后的傍晚时间、星期日、节假日，是民办教师最繁忙的时间，家里的农活堆积如山：挖圈、运肥、耕地、锄草、收割、打碾……捉起扫帚放下耙，忙得昏天黑地、头上长草。民办教师既有繁重的体力劳动，又有繁重的脑力劳动。有的体弱多病，还硬顶着干工作，无钱去医院治疗。固原县蒿店乡花果村民办教师王希贤，1983年患肠梗阻，还带病教学，结果耽误医治，被病魔夺去了生命，年仅39岁。

固原县是国家级贫困县之一，1991年至1995年底又出现了罕见的持续干旱，农业连续五年绝产，蒿店乡农民家庭的男劳力都外出打工渡灾，民办教师不能外出打工，他们的生活水平可想而知。然而，他们在艰难的处境中仍然坚守在教学岗位上，任劳任怨、默默耕耘，没有使这块阵地在特大灾年崩溃，孩子们还能照常去乡村学校念书。不过，孩子们也确实为他们的老师生活艰辛而难过。双合小学每天中午放学后，多半数学生因路远不能回家，民办教师王克俭在屋外简陋的炉灶上搭火做饭，做的啥饭？学生们看得清清楚楚。他们天天见王老师为缺水缺燃料而发愁，天天目睹王老师顿顿清水煮洋芋，再下一把黑面条。双合村离集镇将近20里山路，王老师抽不出时间跟集买菜，也买不起时兴的青菜，黑面条里也没有什么佐料和油水，锅里白汤白水。每天早晨，王老师从家里带来的早点，也是数量有限的黑饼子。早自习下来，该他吃黑饼子早点的时候，也正是学生娃们饿得咽口水的时候，他只好将黑面饼分成若干块，分给孩子们去吃。等到中午下课，师生们都是饥肠辘辘、脸色发灰。民办教师过的这种物质生活，在蒿店乡的双勤、双沟、双合、幸和、牡丹小学都可以见到。

也许有人会揶揄民办教师是"傻瓜"，"政策好了，哪儿还挣不到三五百元，硬要死守住那百十元，死守住那碗黑面饭当'娃娃王'。他们是自作自受！"

说得似乎很有道理。

但总得有人去做偏僻山区的基础教育工作，总得有人去吃这个苦、吃这个亏。不是你去就是我去，总要有人使孩子们从小接受文明教育，学法懂法遵法。民办教师如果也弃教经商，外出搞副业，难道让广大山区的基础教育阵地坍塌，造成更大的社会恶性循环吗？

山村民办教师为了不让下一代孩子失学，领着不足以养家糊口

的工资，坚守教育岗位，这是一种怎样的精神？难道说他们真是"傻瓜"吗？

三、民办教师的苦衷与期盼

尽管民办教师意识到自己神圣的使命、工作的意义，在为山区教育事业呕心沥血，默默耕耘，但他们心底里还有许多苦衷——收入微薄，难以维持生计。

他们需要基本的生活费用，他们日夜渴盼转为公办教师，使自己的物质生活有个起码的保证，使自己心灵有个安慰，也使家人的心理得到抚慰。民转公考试是他们所盼望的，又是他们难堪的。民办教师们既有繁重的教学任务，又有繁重的庄农体力劳动，忙得他们顾不上复习，加之转正名额少，绝大多数录取不上。去年7月，蒿店乡双合小学的民办教师王克俭，去固原考试的前一天晚上，还认真批改学生作业到深夜，没顾上自己的功课复习，匆匆进城参加考试。结果他这次考试成绩离录取线只差一分，未被录取，工作认真到如此执拗的地步，以至于耽误自己的终身前途，这令一般人无法理解。

或许有一天，中国的教育事业发达了，师资力量雄厚了，"民办教师"这一概念也会随之消失，但目前山区的教育却离不开他们。农民们盼望他们继续用双手托起明天的太阳，盼望他们生活有个保障，使羸弱的双手变得有力。

杏雨融融 桃李芬芳

九月果香，九月菊黄。

九月枫叶流丹，九月我们收集阳光。

一个硕果累累的季节，被求知的眼睛珍藏。

六盘山下蒿店古镇小学历届毕业生收集恩师丁法星、许若家曾撒播的阳光！感念着沐浴的杏雨！

一寸一寸的粉笔，染白你们的头发，你们就像蜡烛，照亮蒿店古镇小学历届农家子弟，让一个个象形文字成为你们走过的脚印；攀上崖顶，让我们踩着你们的双肩，送我们走进中学，走上社会。雏鹰展翅，栋梁承厦，是你们的初衷与夙愿。

忆往昔，杏雨润禾苗，春风催桃李，画面历历浮现脑际……

1958年，新成立的宁夏回族自治区百废待兴。风华正茂的丁法星、许若家，响应党中央的支宁号召，分别放弃繁华都市优裕的生活环境，辞别眷恋不舍的父母，自愿报名支援宁夏教育事业，千里迢迢来到宁夏固原。在共筑梦想的教育战线上，共同的理想让你们走到一起结为伉俪，无怨无悔地为六盘山区、为西海固教育事业殚精竭虑、鞠躬尽瘁，默默奉献了一生。

落叶尚归根，人老恋故乡。

许多外省市支宁知识分子，按照国家有关政策，先后调回了故乡。但，终生从教的你们，双双留守在西海固大地，坚守在六盘山区教育战线，将人生的坐标定格在六盘山下。粉笔里飞舞着你们的万千情思，书写着你们的青春岁月；教室里定格着你们的一颦一笑，记录着你们的谆谆教诲；蒿店古镇小学里回荡着你们的匆匆脚步，弥漫着你们暖暖的关爱。

九月，萧关夜晚繁星璀璨，月朗风轻，我们轻轻走过你们的窗前，泪眼凝望你们辛劳的身影：红烛挑尽，青丝染白，为学生消得人憔悴，衣带渐宽终不悔！我们不敢遗忘，是你们让蒿店古镇有琅琅书声。

以灯传灯，心灯不灭。总是想起那时的我们，犯错的时候，丁老师严肃地批评；顽皮赌气的时候，许老师俯身抚头耐心地疏导教诲；有学生辍学了，你们上门动员学生，慷慨解囊，扶困济贫，让其重返校园完成学业；我们进步了，你们由衷地高兴；我们毕业离校时，您俩殷切地叮咛了又叮咛，送了很远很远……

学高为师，身正为范。

丁法星老师业务精湛，师德高尚，教学成绩显著，在教师中享有威望，有较强的组织能力，被当时的固原县文教局聘任为蒿店古镇高级小学校长。在西（安）兰（州）公路畔，在古丝绸之路旁，丁校长带领一班子青年教师甘作人梯，呕心沥血，无私奉献，打造出六盘山下一所校风正、学风好的精品完小，教育教学质量在固原地县文教系统享有名望，吸引着周边乡村的生源。20世纪六十年代，蒿店完小通过勤工俭学创办了寄宿制教育。

学校重视学生的全面发展，音体美课程齐全。每年六一儿童节，周边乡镇各小学师生都跋山涉水，来蒿店古镇小学参加庆祝六一大联欢活动，参加文艺汇演、体育竞赛。活动搞得有声有色、丰富多彩。

许老师能歌善舞，给各年级排练舞蹈，丁老师用月琴伴奏，琴声悠扬、舞蹈翩翩。校园里荡漾着和谐、浓郁的艺术氛围。学校编排的儿童剧《半夜鸡叫》，十分成功，十分感人，人物形象活灵活现，吸引着全镇学生家长的目光。

还有丁老师亲自训练出来的蒿小儿童足球队，参加固原县庆"六一"足球比赛，取得全县第二名的骄人成绩。这些至今使人回忆无穷，传为美谈。

一朝沐杏雨，一生念师恩！

一支粉笔，两袖清风，三尺讲台，四季耕耘，如蜜蜂酿蜜，似春蚕吐丝。你们奉献终生塑铸师魂，塑造了人类灵魂工程师的形象。

如果说我们是彩虹，那你们就是太阳，给予我们七彩之光！

如果说我们是小草，那你们就是雨露，滋润我们的生命！

长大方知年少纯，回首才懂师恩深。

感谢你们如此精彩耀眼，甘愿作我们平凡岁月里的星辰！

感谢你们悉心哺育，已经成为我们人生中最美的点缀。

九月，谷穗高粱笑弯了腰，我们守望丰收的麦浪，我们依然在课本里成长。

九月，蒿店林区丹桂飘香，果笑枝头：野生乌葡萄像蓝鹦鹉的眸子，缀满枝头；青色的野生李子像晶莹剔透的珍珠，将树身压弯；面梨子豆豆、枸子豆豆像红玛瑙，红遍山野，将六盘层林尽染。

这一切，不就是丁老师许老师扎根六盘山区，教书育人取得累累硕果的写照吗？

九月的萧关，碧云天，黄叶地，千山万岭挂桃李。弹筝峡紫烟含黛，颉河波涛低吟浅唱，浅唱心中对你们永久的敬仰！

把学生带到生活中去

——学用大纲体会

《九年义务教育初级中学语文教学大纲》（以下简称新《大纲》），体现着教改的新思想，它的核心思想是重视能力训练。这一思想渗透在新《大纲》的"教学目的""教学要求""教学内容""教学中要重视的问题"诸项内容之中，可操作、可检测性强。下面我结合自己的作文教学谈一些学用大纲的体会。

新《大纲》在写作训练中首次规定："观察、分析周围的事物，用自己的话写出观察的结果和感受。"这是写作指导观的一个重大转变与更新，是总结多年来写作训练脱离生活、收效不佳的教训后得出的科学结论。

长期以来，初中作文教学没有科学的、系列化的教材，教师随心所欲"心血来潮"式地命题，学生"没话找话"地作文，然后是评讲，然后再作文……写作训练脱离生活，训练模式刻板陈旧，这种为作文而作文、为应付老师而作文的训练模式使学生丧失了表达的欲望与兴趣。

从1993年开始，我按照新《大纲》的要求，初中作文教学中引导学生回到生活的源泉中去，把培养学生观察与分析的能力，作为作文训练的起始点，引导学生关心周围生活，从生活中引发表达的欲望，获得写作的材料。具体的观察训练有以下几个方面。

一、观察大自然

我启发学生，大自然是人类生存的环境，人类生活在大自然之中，靠着大自然的哺育而生存，我们有责任保护大自然，保护我们的生存环境。我利用周日、节假日带学生到南郊马饮河粉条作坊一条沟观察马饮河河水污染情况；带学生到固原自来水蓄水库——海子峡，观察5年大旱使海子峡濒临干涸的严重局面。回来后，学生有话可说，有感要发，他们的思维积极性被调动起来了。学生陈春春、张学琴的作文《马饮河污染的呼吁》，提出了发展制粉业与环境污染的矛盾如何解决的问题，呼吁人们保护环境。学生魏国华写了《海子峡濒临干涸》一文，指出这些年人们盲目垦荒、乱砍滥伐树木森林破坏了植被，破坏了生态平衡，造成气候恶化，呼吁人们积极植树，保护环境。学生郭苗苗以环保为主题写的《野炊在海子峡》一文，荣获华中师范大学《语文教学与研究》编辑部举办的首届全国中学生"跨世纪杯"作文大赛优胜奖。

关于环境恶化、生存危机方面的问题，学生有说不完的话，发不完的议论。这些作文表现了学生强烈的环保意识和可贵的社会责任感。

二、留心身边的科学现象

我和学生一起重温大科学家牛顿由观察苹果落地而发现万有引力定律的故事，重温大发明家瓦特由观察水蒸气顶开壶盖而发明了蒸汽机的故事，我还要求学生按期观看电视《人与自然》栏目，用百科奥秘吸引学生，诱发学生探究自然奥秘和发现身边科学的好奇心。学生

苏承恩写出了《水旋转之谜》："我发现自来水龙头的水注入盆或桶中都是顺时针旋转，不管把水龙头拧到最大限度，还是拧小到一股涓涓细流，落入盆中总是顺时针旋转。我想，水的顺时针转会不会跟水龙头、水塔的结构有关？我又用壶倒水作实验，如果从水壶倒入盆中的水是逆时针旋转的话，那么就可以确定水旋转之谜仅仅是与水龙头和水塔有关。在妈妈的帮助下，我反复试验，发现水总是顽固地按照顺时针的方向轻轻地跳着'华尔兹舞'。这个水旋转之谜我目前暂时解不开，但将来我一定会解开这个谜。"

学生杨璟写出了《蚂蚁也有王》，说蚂蚁群里有蚁王，长有翅膀，能飞。他用长期的细致观察所得来的事实，对"蚂蚁无王，却能团结"这一反映昆虫活动特点的格言提出了怀疑。这个发现来自生活中的观察，能否反映"一般"规律，有待研究，但无疑显示了学生可贵的探索精神。

这项观察活动激发了学生爱科学、学科学、用科学的兴趣，学生的作文又增添了一个新话题、新领域。

三、观察平凡的日常生活、平凡的人

我启发学生，在我们的日常生活中，重大的突发事件是有限的，不可能每个人都能经历。一般地说，重大的事件容易引起人们的关注思索，而一些平凡生活中有意义的小事，由于人们习以为常，往往容易被忽视。但是，平凡的日常生活有时也会绽放出灿烂的光芒，也会蕴含着不平凡的真理。如果能够从日常生活中捕捉到闪光的东西，发现蕴含在平凡中的不平凡之处，就具备了一定的发现生活本质的能力。我教学生先从自己最熟悉的人——母亲入手，观察并写出母亲如何忙里忙外含辛茹苦养育儿女。

学生张固宏这样写母亲："我家最数母亲辛劳。三伏天，太阳毒花花地炙烤着大地，麦趟里没有一丝风，像个大蒸笼，母亲身子窝成三折挥镰割麦子，脸晒成酱赤色，嘴唇满是裂痂，汗水如洗，脊背都湿透了。割倒麦子，母亲趁天热翻晒麦垛，抽拣优良品种，然后一连枷一连枷打好麦种籽。数九隆冬，在寒冷的厨房里，母亲为我们做饭。她不断往手上哈着热气，从腌菜缸里往出挖冻硬的菜，砍得冰碴子乱溅。正月里来拜年的亲戚很多，来多少遍亲戚，母亲就给做多少遍饭。碱水浸泡得双手通红……"

她的作文道出了山区农家妇女的辛劳，反映了小作者对母亲养育之恩的深刻理解。

四、努力了解人的内心世界

由观察身边最熟悉的人进而过渡到观察其他人，乃至观察不熟悉的人，努力了解他人的内心世界。我启发学生，由心灵所决定的一个人的追求、爱好、行为、谈吐，乃至穿戴打扮，能反映某个人的心灵世界与追求，这些通过观察是可以了解的。我让学生在生活中寻找美好的事物、美好的行为、美好的心灵，学生们写出了《哥哥迷上了温棚》《为希望工程献上一颗爱心》等作文。

教师只要将学生引向生活，悉心观察周围的人和事，勤加指导，学生就会感到平凡的生活中有观察不尽的东西，有写不完的感受。学生喜欢这样的写作训练，这和过去学生畏惧作文的情况形成了强烈的对比。

"问渠那得清如许，为有源头活水来"，只要坚持生活是写作源泉的原则，作文教学就会有生机、有活力。

发散性思维　多角度启迪

——作文教学中的思维与智力开发实验

现在的初中学生几乎都对作文犯愁。原因虽然因人而异各不相同，但普遍犯难的是需解决两个问题：1.有物可写；2.有话会说。

有物可写的问题可通过观察训练逐步解决。但有物可写了，还不能说写起作文就没问题了，学生还会遇到一个"有话会说"的问题，具体表现就是思路不通。因此，必须对学生进行思维训练，开发学生智力，提高学生分析和处理作文材料的能力，为此，我们进行了作文教学改革。

我们作文教学实验班使用高原、刘胐胐编著的《读写三级训练》课本，它有一套独特的思维训练序列。初二进入分析阶段，为了帮学生打开思路，激发思维兴趣，使学生作文有话会说，我组织学生进行了下面的思维与分析实验。

一、突破一点，作发散性思维

发散性思维也叫辐射思维，指思维活动从一个基点出发，像旋转喷头那样，朝各个方向作立体式的发散思考，力求提出大量富有价值而新颖独特的设想。中小学语文教材中有不少可供辐射思维的辐射源。如学生在小学学过《卖火柴的小女孩》一课，初一学了《小橘灯》一课，我组织学生进行"同中求异"的分析（即"特点分析"）训练，我提问学生："这两篇课文的主人公及身世遭遇、内容情节有哪些相似之处？"

学生先后答出："两课的主人公都是八九岁的女孩""都是穷苦人家的孩子，都处在饥寒交迫之中，穿戴寒酸，营养不良，面黄肌瘦。""故事都发生在年节前夕，隆冬寒天"等等。

我又提问："这两个小女孩都家境不幸，面对家庭的不幸，这两个小女孩表现一样吗？"

学生答："不一样。"

我又问："不一样在哪些地方？"

学生思维活跃，纷纷举手回答。我将学生的讨论回答作了小结，并且提示了这两篇课文内容所处的不同社会时代、不同社会制度、不同政治背景。我让学生写一篇分析笔记，先分析两个小女孩性格有什么不同，再简单分析造成两位小女孩不同性格的社会原因。从学生魏国华的分析中可以看出这种智力开发的效果，现引述如下：

《小橘灯》中那个小女孩生活在20世纪40年代中期的中国，当时，反动派统治下的重庆，人民生活在水深火热之中，共产党领导人民正在与反动派进行着斗争。小女孩家虽穷，但并不是孤立无援的。中国共产党在民众中影响越来越大，人民心连着心、手挽着手。小女孩受革命家庭熏陶，面对家庭的不幸，她镇定、勇敢、乐观。母亲重伤不起，她担起了家庭生活担子，打电话找大夫，熬红薯稀饭，待人接物热情有礼貌，说话机警有分寸，察言观色善解人意。她敏捷麻利地制作小

橘灯，相信未来大家都会好。

而卖火柴的那个小女孩生活在 19 世纪 40 年代的丹麦，是在资本主义制度下。丹麦社会贫富悬殊，劳动人民在痛苦中看不到出路，看不到光明。这个小女孩同样贫穷，但她却是孤立无援的，根本没有人去关心她、帮助她。没有温暖的家，因为没有挣到一分钱，怕爸爸打她，不敢回家，蜷缩在墙角，几乎冻僵了，才敢擦亮一根火柴取暖。她悲观失望，只能幻想美好的生活，只盼望能到一个没有寒冷、没有饥饿的地方去。由于两个小女孩所处的时代背景不同、社会制度不同，造成她俩性格上的差异。

我以这个"辐射源"作为发散性思维的例子，教给学生如何作"同中之异"分析，让学生寻找相似事物中的不同点进行思维分析。根据全班同学的不同爱好和不同特长，启发他们分析感兴趣的问题，写成分析笔记（即作文）。让爱好美术的同学分析中国国画与西方油画在染料、技法、写意上的不同特点，让爱好诗歌的同学分析中国古典格律诗与现代自由诗的不同特点，让爱好足球的同学分析中国足球队员与南美洲、欧洲足球队员身体素质、个人技术、基本功、战术风格上的差异，让爱好篮球的同学分析中国男篮与美国职业篮球队员身体素质、个人技术、基本功、战术打法上的差异，让爱好文艺的同学分析经典音乐与流行歌曲的差异。学生都喜欢看电视连续剧《三国演义》《水浒传》，课余时间纷纷评论剧中人物，我抓住这个契机，让他们在作文中尝试分析剧中人物相近性格中的相异点。有的学生分析诸葛亮与周瑜智慧、谋略、心胸方面的差异；有的学生分析诸葛亮与吴用智慧、谋略上的差异；有的分析同有万夫不当之勇的赵子龙与吕布个人品德上的差别及其不同的人生结局；有的分析同是军事教官，最终同被逼上梁山的林冲、杨志、鲁达，因其性格不同，遭遇亦不同，被逼上梁山的过程亦不同的比较；有的分析张飞与李逵性格的异同。

做这种发散性的思维训练，一石激起千层浪，学生思维活跃了，有事可分析了，有话想说了。有的学生从饮食卫生发现问题，分析"酸奶子"与变酸了的奶的区别；分析"臭豆腐"与变臭了的豆腐的区别；分析食用含碘盐与不含碘的工业用盐的性质区别，向家人、向邻居、向群众宣传食用含碘盐的好处，使广大消费者了解了食用无碘盐对儿童身体和智力的严重危害。通过分析同中之异，学生注意到万事万物的千差万别，写作文时要善于抓住事物的特点。

二、激疑启思，换角度思维

分析训练激活了学生的思维，我就把作文课的分析与语文课分析结合起来，让学生在语文课上运用已掌握的分析方法来分析课文内容，将自己的分析过程写成笔记，就算作文。为了激疑启思，对一些可以从不同角度进行分析的课文，我就变换角度，设计多种思路、多种疑问，激活学生思维，开发学生智力。

如学了初中语文第三课《钓胜于鱼》，我让学生研读课文中的这段话："能够欣赏钓，而不计较鱼，是使一个人快乐，一个团体健康，使一个社会成功的条件。"然后启发学生："这篇课文是就事论事单说钓鱼呢，还是由钓鱼引申出人生哲理呢？"学生显然会答出是后者。

这时我给学生介绍了中国与美国基本国情的数据对比：美国是工业化国家，只有4％的人口从事农业，96％的国民从事非农业，这中间有大量脑力劳动者，美国有雄厚的资金为脑力劳动者提供最优越的工作条件，有不少高尖端科学实验室。所以课文中说，"爱因斯坦常忘了兑取支票，正如钓者钓上鱼来又抛入水中一样"。

可是中国与美国国情不同，综合国力、发展基础和条件不同。中国是农业国，农民人口约占总人口的 80％，山区、高寒地带及沙漠地区又占国土总面积的 80％。干旱少雨，农业基础设施薄弱，在很大程度上要靠天吃饭。中国农民，尤其是广大山区的农民，能像课文中所称道的美国高级知识分子那样"能够欣赏钓，而不计较鱼"？钓上鱼（喻劳动收成）又抛入水中吗？从我们广大山区的农民条件看，把劳动收成抛入水中，"一个人就会快乐"吗？把劳动收成抛入水中，"一个团体就会健康吗"？把劳动收成抛入水中，"一个社会就会成功"吗？

我让学生从中美两国的基本国情、经济和社会发展条件出发作"条件分析"，在课堂上进行辩论。我担任主持者，分派六名同学任评委。我先声明："辩论不是对《钓胜于鱼》一文思想内容的误导，而是借此材料作思维训练。"我根据学生所持不同观点把他们分成正方与反方，确定了各方的主辩人、一辩、二辩、三辩、四辩。正方主张《钓胜于鱼》讲出了深刻的哲理——只埋头研究科学，不计较报酬和名利，正确对待名利报酬；反方主张《钓胜于鱼》不适合以农业为主的中国国情。

经过我的启发、点拨、激疑，经过上述组织，又是"一石激起千层浪"，课堂气氛十分活跃，人人有话要说，就连那些长期不举手、反应迟钝的学生也被激起来了，争相举手，跃跃欲试。辩论出乎意料地激烈，双方的四辩唇枪舌剑争得面红耳赤，火药味挺浓，教室像沸腾了似的。

我掌握着"火候"，待正反两方的主张已得到充分阐述时，我宣布辩论暂时结束。学生意犹未尽，我适时布置了作文：让学生把想说的话写成分析笔记，按照自己所持观点，归纳、整理辩论会上一辩、二辩、三辩、四辩以及补充发言人的辩词，分析《钓胜于鱼》一文。

96届学生李红艳对《钓胜于鱼》提出了不同观点：

《钓胜于鱼》所反映的生活只适合于美国高级知识分子，不适合中国广大贫困山区的农民。因为条件不同：美国高级知识分子生活在物质丰厚、条件一流的工作环境，设备优越，不为衣食住行发愁，只是埋头研究学问，把钓鱼（喻体力劳动）看作一种精神调节，并非为了鱼（喻劳动成果）。而我们山区的农民生活在自然条件很差的环境，农民还未彻底解决温饱，稍遇天灾，温饱就成问题，哪里还敢像美国高级知识分子那样，把鱼（喻全年农业收成）钓上来又抛入水中再重新钓？能经得起这种折腾吗？这篇文章充其量只适合中国少数高级知识分子读，不适宜编选在初中语文教材里，不适宜我们初中学生读，借鉴外国人的精神生活还要考虑中国国情，要区别适用的对象、范围、行业，不能一概而论。不能在"下里巴人"中高谈"阳春白雪"。

李艳红的分析虽不免有点偏颇，但说明她的思维被分析训练激活了。她们不再盲目认同书本上一些现成结论，而是能结合自己的生活环境、生活条件，重新审视书本上的现成结论，于无疑处生疑，提出自己的独立见解。读书有疑，方始是学，才能促进思考，加深理解；读书有疑，方能有所创见，有所发现。在别人都无疑的司空见惯之处看出疑问，才能有独创，这是培养创造能力的契机，这比那种漫不经心的盲目认同积极得多。我肯定了他们独立思考、于无疑处生疑的钻研精神，鼓励她们提出新观点，培养她们标新立异的尝试精神。

三、反弹琵琶，借他山之石攻玉

我允许学生作这样的尝试，在作文中运用各种分析方法分析各门功课的解题过程。如用"目的分析法"考查代数命题的用意，然后确定解题的方法，用文字阐述解题过程；用"换位分析法"去检验解题是否正确的过程；学生黄丽娜在作文中阐述她做"社会发展史"练习时，用因果分析、条件分析、演变分析等角度，分析中国共产党选择马列主义理论，走社会主义道路的历史必然性，从中受到了历史唯物主义教育，坚定了共产主义信念。

四、学以致用，让分析走进生活深层

随着学生知识面的不断扩大，他们把目光射向生活的各个角落，分析的笔触也伸向生活的各个层面。学了"分析与知识"，同学们写的作文有《谈"伤心落泪痣"》《议"左眼皮跳财""右眼皮跳灾"》《靠命运，还是靠努力？》，他们用学到的科学知识消除残存在人们意识深处的宿命论和迷信思想，在写作练习中提高了思想认识。

只要教师善于启发和诱导，巧设契入口，巧设疑问，激疑启思，从多角度思维，引起争论，逗引出学生的智慧火花，学生的思维潜力就会被挖掘出来，思路就会被打开，由无话可说变成有话想说、有话会说，甚至感到不吐不快。

激兴趣 善启发 尊人格 谙角色

20世纪90年代初期和中期，为了适应当时教育改革和发展形势，全国各省、市县教研部门开展过好几届不同级别的优质课评选活动，对当时提高教师的教学水平、交流教学经验、培养教坛新秀，起过不小的推动作用。

20世纪末、21世纪初，时代的巨轮终于把中国教育这辆载重列车推向素质教育轨道，素质教育提出了一系列全新的观念，要求教育工作者接受新观念并在实践中实施，原来服务于应试教育的措施，都须适应素质教育的新要求。过去曾起过一定作用的优质课评选的许多做法，也因种种原因渐渐不适合素质教育的要求了，有些做法渐渐背离了优质课评比的初衷，背离素质教育的原则，逐渐变味了，走上了形式主义的道路，产生了错误导向，不少教师对优质课评选活动的做法提出了种种质疑，纷纷著文参与讨论"怎样的课才是好课"的问题。

"中评不中用"的课算不上好课

要讨论这个问题，先要弄清：怎样的课算不上优质课。

那么，怎样的课算不上优质课呢？笔者认为，给评委们专门表演的课，即中评不中用的课不是好课。

有时一堂课听下来，我们往往有这种感觉，如果根据评课的指标去评这节课，用一一对应的方式可以罗列出许多优点，诸如"教学目标明确""教程安排合理""提问适时恰当""适时运用媒体""渗透学法指导""注重能力培养""板书精当美观""教态亲切自然"……整堂课似乎无可厚非。但在内心深处，我们却不认为这是堂好课。这时，如果我们换个角度审视这堂课，想想学生在这堂课中学到了什么？我们就会发现，这堂课许多环节是为迎合评课口味而设计，只是做了牵强附会的表面文章，学生的学习效果并不理想。这种现象在优质评比中尤为常见，因此，"中评不中用"的课不是好课。

"教师唱主角"的课称不上好课

在观摩教学活动中，教师为了充分显示水平，往往是教师唱"主角"，学生是"配角"；教师是"太阳"，学生是"月亮"。在这样的教学设计中，学生的学仅仅是为了配合教师的教，学生在课堂上实际扮演着配合教师完成教学任务的角色。教师期望的是学生按教案设想作出回答，教师努力引导学生得出预定答案。在我们的一些优质课评选活动中，常看到这种现象：教师常常设置一系列"坑"，引导学生跳到教师设计的"坑"里，学生若不就范，教师就反复"引导""启发"，直到就范为止，这样的教法使学生丧失了思考的独立性，学生养成了看老师眼色行事、讨好老师的不良习惯，回答问题就揣摩老师意图，完全没有自己独立的思维见解。

教学，教学，究竟是教服务于学，还是学为教服务？教学论上关于教学目的的阐述是非常明确的。所以"教师唱主角"的课，即使教师表演得再精彩，也称不上好课。

"达到认知目标"的课不一定是好课

有的教师把完成认识性任务当成课堂教学的中心或唯一目的。教学目标设定中最具体的是认识性目标，由此导致的结果是，课堂教学只关注知识的有效传递，课堂教学见书不见人，人围着书转。正如苏霍姆林斯基所描述的那样："教师使出教育学上所有的巧妙方法，使自己的教学变得尽可能地容易掌握。然后再将所有的东西要求学生记住。这种忽视学生主体、只重视知识移植的课堂教学是对学生智力资源的最大浪费"。课堂教学需要对完整的人的教育，仅仅达到认知目标的课称不上真正意义上的好课。

那么，怎样的课才算好课呢？

好课首先能激发学生强烈的学习欲望

好课是以激发学生学习动机为前提，让学生在一种迫切的要求心态下进行学习。学习兴趣是积极性的前提，能否调动学生的兴趣与动机，关键在前十分钟。一节课先从好奇心开始，首先应激发学生的好奇心，好奇心产生的直接结果就是浓厚的兴趣。其次是刺激学生的求胜心理。教师应调动一切手段，满足学生的求胜欲望、求成功欲望，给学生创造成功的心理，调动学生的好奇心、探索欲望、创新奇欲望，使学生在跃跃欲试之下进入正题。课前三五句话就要吸引住学生，通俗地说，教师的导入性开场白煽动能力要强。导入语、开场白可从生活中如何运用你要讲的知识谈起，或是一幅画，或是一个故事，或是一个话题等。

好课很讲究思维训练

讲究思维训练叫作以思维训练为核心实施教学过程，思维训练也就是贯彻启发性教学。启发式并不是简单地提问，孔子对启发式有八个字的概括："不愤不启、不悱不发。"朱熹是这样注释的："愤，心求通而未得之时开其意；悱，口欲言而未能之貌达其辞。"启发是点拨的过程。学生进入"愤""悱"状态的前提是"问题的设计"。问题设计不能过于简单，也不能过于难，过于易、过于难都进入不了"愤""悱"的状态。问题的设计是备课中的难点，应抓学生智力的"最近发展区"。"最近发展区"是苏联教育家维果茨基的教学理论，用中国话解释就是：蹦一蹦跳一跳就能摘下桃子。学生跳一跳摘不到桃子就不是"最近发展区"，因为发展区定得高了；学生不用跳就摘下桃子，也不是"最近发展区"，因为发展区定得低了。也就是问题设计得太容易了，激不起学生的求胜欲。因此，要不断地给学生设置学习障碍，调动学生智力情绪（即"心求通而未得""口欲言而未能"）

启发式教学的一个重要前提是，对你教的学生要有清楚的了解。不同学生的"最近发展区"不一样，提问错了反而达不到目的。要把握问题的质量难度，问什么人，问谁，问的时机。

好课让学生主动参与

学生是课堂教学的主体。课堂教学应该实现陶行知先生倡导的那样，充分解放学生的大脑、双手、嘴巴、眼睛，让学生的多种感官全方位地参与学习，才能调动学生的学习积极性，使课堂焕发出生命的活力。课堂教学的立足点是人，而不是"物化"的知识，让每一个学生都有参与的机会，使每一个学生在参与的过程中体验学习的快乐，获得心智的发展。

好课在尊重学生人格基础上发展智力

好课要求教学民主、师生关系融洽，也就是说，教师要把学生看成"人"，教师就必然要在课堂上形成以人教人、以心对心、以情对情、真诚平等、接受理解的人际关系和情感态度。学生有了安全感，身心处于和谐自然状态，才会敢于和勇于发表见解，自由地想象和创造，从而愉快地热情地吸收知识、发展能力、形成人格。要创造一种氛围，让学生个性自由发展，乐于冒险，敢于挑战极限，教师要能够容忍无秩序性。学校既非军营，亦非监狱，没有任何一种教育可以依靠处罚来实现，没有一种教育可以建立在轻蔑与敌视之上。允许学生失败，允许学生犯错误。营造包容宽松环境，设计开放性课题，不满足于现有结论，不屈服外界压力，不唯师、不唯上，不迷信书本权威，要赞扬学生积极思考的一切结论，赞扬学生积极的努力，鼓励学生一切创新的意识。要变"表现老师"为"表现学生"，变"老师问，学生答"为"学生问，老师答"。

好课的组织者深谙自己的角色

教师的主要角色应该是富有挑战的学习情境的创造者，这包括丰富学习环境的设置，良好学习氛围的烘托，互动学习场面的营造。教师的主要任务就是提供一种能将低威胁和重大挑战连接在一起的、能保持警觉和松弛的精密平衡的一种学习氛围。

达尔文说："最有价值的知识是关于方法的知识。"梁启超说："教员不是拿所得的结果教人，最要紧的是拿怎样得着结果的方法教人。"叶圣陶说："教师的作用，就是用切实有效的方法引导下水，练成游泳的本领。"教学的艺术不在于传授的本领，而在于激励、唤醒、鼓舞。课堂上，教师是学生脑力劳动的指挥员，给学生创造积极思考的条件，千方百计让学生脑子转起来，使他们在眼看、耳听、口读、手写时更用心去想；注重在激疑、辩疑、解疑的过程中教会学生思考的方法，使学生养成爱思、会思、深思的好习惯。

好课会让学生受益一生

教学不等于智育，教学具有全息性，课堂教学应促使学生的全面发展，而不仅仅是让学生取得一份知识的行囊。比如语文课，它的意义不仅仅局限于教给学生某种语文知识，更重要的是，通过一篇篇凝聚着作家灵感、激情和思想的文字，潜移默化一个人的情感、情趣和情操，影响一个人对世界的感觉、思考及表达方式，并最终积淀成人的精神世界中深层的东西——价值观和人生观。

素质教育环境下的课堂教学，需要的是完整的人的教育。它的真正贡献不仅是让学生获得一种知识，还要让学生拥有一种精神、一种立场、一种态度、一种不懈地追求。好课留给学生的精神是永恒的，好课能唤醒人应该有的感性、灵性、知性、理性、人性。好课能给无助的心灵带来希望，给稚嫩的双手带来力量，给迷蒙的双眼带来澄明，给猥琐的人带来自信，给弯曲的脊梁带来挺拔，使他们从束缚、贬抑中解放出来，明理、自由。

课堂阅读能力训练探索

为了贯彻新大纲阅读能力训练的原则，有效培养学生阅读能力，笔者融会一些有成果的语文教师的教学经验，在自己所带的班级试验"快节奏高效率阅读教学法"（以下简称"六限法"）。六限法是由六个步骤组成的，其每一步都有时间的限制，故称为"六限法"。

一、"六限法"阅读教学操作过程

第一步，限时阅读。课前，教师先根据初中生每分钟 500 字的速度标准，算出课文应限定的阅读时间，待上课后，教师宣布开始，学生在限定的时间内快速阅读，到限定时间时停止阅读。在速读过程中，注意力必须高度集中，尽量扩大视幅，按照整体阅读法的七项要求（文章标题，作者，文章出处，基本内容，文中涉及的事实、人物、数据、材料，写作上的特点和有争议之处，文中的新思想和自己的读后感），努力边阅读边搜寻、边归类、边记忆。待读完后，七项要求的知识信息已全部或大部分储于心中。

第二步，限时检测。检测前，依据第一课的教学目的、教学重点，将课文中的知识信息按整体阅读法的七项要求的程序编制成 10 道合计为 100 分的测试题，待学生停止阅读后立即进行闭卷笔答，由学生

回忆刚才速读的课文内容进行笔答。到限定时间，教师公布答案及评分标准，学生自己评定成绩。评定成绩时可以开卷查书，但不许改动答案。笔答及评分所限的时间由教师根据实际情况而定，可视训练的进展逐渐缩短时间。

第三步，限时跳读。以不超过第一步阅读的时间为限，每个学生根据自己前一步检测的情况，来跳读那些自己未答或答错的试题所涉及的语文内容或课文注释，加强记忆。

这一步阅读是对第一步速读的弥补与强化，也是向第五步研读的过渡。通过前面的检测，发现自己在第一步快速阅读中没有掌握的知识信息，那就要通过这第三步跳读将它们紧紧抓住。由于跳读的时间是有限的，所以跳读的目的性必须特别明确。为此，就要摸清前一步检测的全部漏洞，做到心中有数，以进行有的放矢地跳读，使跳读具有高效率。

第四步，限时补测。这一步检测是前一步检测的继续。跳读完毕，立即进行闭卷检测。试题仍用前一步检测的试题，要求学生笔答自己在前一步检测未能答上或答错的那一部分。到限定的时间，教师再次公布答案及评分标准，由学生自评或互评。这时的成绩与前一步检测所得的成绩合并为一，作为每人阅读本篇课文的理解率。所用的时间可同前一步检测的时间一样，也可稍多一点。

两次检测的成绩虽是合并计算，但在记录上却须分别写明。这是为了研究两次阅读各自进展的情况必须采取的办法。

第五步，限时研读。这一步是细读和精读。在前四步训练的基础上，教师依据学生掌握课文的实际情况和对课文重点的理解，确定一个研究专题。通过组织学生认真精读与深入钻研课文，或由学生自己解答，或由教师讲解分析，使学生对课文获得进一步的认识，在学习上更上一层楼。这一步训练 是前四步训练成果的发展与提高，所用时间可占本课课时的四分之一。

第六步，限时朗读背诵。挑出课文的精华段落，限定时间（一般占本课课时的八分之一，视背诵文字多寡而定，可逐步强化，缩短时间）当堂练习朗读达到背诵。为调动学生群体参训的积极性，可由同桌同学互相检查并评分。评分标准是：能够基本背诵下来60分，背诵无错加10分，背诵流畅再加10分，背诵流畅而且有感情90分，背诵流畅表情好可得90—100分。

二、"六限法"的特点及运用

第一，是它的时限性。六限法之所以叫作"六限法"，首先就在于它步步都有时间限制。这种限制十分必要，是要在一定的时间内完成一定的任务。时间与任务都是限定的，这就易使师生产生紧迫感。有了紧迫感，人就会紧张起来、兴奋起来，这就有助于集中精力，使学生变被动学习为主动学习。其次，这种限制又是连续性的，在第一步限定的时间完成了第一步限定的任务，接着就迈向第二步、第三步、第四步的限定……这样，一个限定接着一个限定，由此而促成的学生群体的兴奋点也一个接一个地出现，自然就进入了教学的快节奏。在这个过程中，由于时间紧迫，这就对教师提出了更高的要求：无论是教学语言，还是教学组织，都需去粗取精。第三，时限性还具有鼓动性，能激起学生的好奇心，形成一种你追我赶的学习竞争氛围。

在时限的安排上，教师要精心计算，通盘策划。一般说，短课文（千字文或两千字左右的）采用"六限法"进行阅读教学，一节课可以完成；长课文可以安排一节半课或两节课完成。一节课的安排需注意防止前松后紧、出现拖堂的问题。关键是要处理好两次检测。两次检测均需

在课上完成，两次的时限可以相同，一般每次占时约八分钟。每次检测都有答卷与评卷两段，可按6+2的比例分配时间。评卷最好是由学生本人自评。按45分钟一堂课计算，一篇两千来字的课文运用"六限法"的时间分配方案是5+（6+2）+5+（6+2）+11+5。以上六步合计用时42分钟，剩3分钟，教师可根据学情分配。两节课的安排需注意防止研读的步骤占时过多，出现教学松懈的问题。解决这个问题的关键是教师对研读过程的组织要心中有数，力求紧凑。教师对研读课题在课文中所处的地位与所涉及材料，对研读课题提出的方式方法，对在研读中学生可能有的反应，对解决课题可能有的几种结论，都需做到心中有数、胸有成竹。同时，教师还要精心组织好学生的研读。要把研读一步看作是组织学生群体的一次兴奋来精心设计，兴奋的起始、发展、高潮、回落、消失，分别都应该有设计、有对策，做到全过程都了然于心。

第二，是它的显效性。所谓"显效性"，是指"六限法"具有效果直接可见的特征。也就是说，运用"六限法"，其教学效果无论是好还是不好，都立竿见影，可以马上看得出来。运用讲析法教学却不然，一篇课文经过老师分析讲解之后，学生究竟收获如何，何时见效，别人说不清楚，教师与学生自己也不一定能说明白。教学效果怎样师生都不能及时得到确切的反馈，容易陷入盲目性。"六限法"因为具有显效性，就不会发生这样的问题。它不但可以克服教学的盲目性，还可以因为学生能见到学习的效果越来越好而受到鼓舞，逐渐增强活力，有利于达到课堂教学的高效率。

第三，是它的承连性。"承连性"提示了"六限法"六步之间的关系。研究"六限法"的结构，可以清晰地看出它包含着三种不同方式的阅读训练，即速读训练（第一、二、三、四步）——研读训练（第五步）—朗读背诵训练（第六步）。这三种不同方式的阅读各有侧重，速读以快速获取信息见长，研读以细读精思深入理解见长，背诵朗读以积累吸收精华见长。现在，让学生将这三种不同方式的阅读运用于同一篇课文，学生就可以在学习一篇课文的时候，充分得到阅读训练，利益于三项优长。从这三种阅读的关系上看，先速读，在快速获取大量信息的基础之上再提出专题；细读精思，深入理解——这是一次承连；在对课文做过如此先面后点即先广后深地学习之后，再选出课文之精华朗读背诵，吸收消化——这是又一次承连。再从速读的一、二、三、四步的关系上看，它们之间也是相辅相成、紧密相连的。如两次检测对它们的上一步来说，是承连。第三步的限时跳读对第二步的限时检测来说，也是承连。因为一般的速读初学者，速读一遍课文的成绩，其理解率是百分之三十左右。所以，在完成第二步之后就有条件也有必要进行第三步，而且，也只有在了解了第二步检测情况的基础之上进行第三步跳读，才有可能取得好成绩（在前步所得理解率的基础上增加百分之三十到百分之四十左右）。正因为"六限法"的六步之间具有这样承连的特性，在运用"六限法"时若舍弃掉哪一个步骤，都不会取得理想的成绩。而要衡量"六限法"的教学效果，也只有从整体看，作统一观，方能得出切实的结论。

　　我采用"快节奏高效率阅读教学法"指导学生后，学生的阅读水平迅速提高（表略）。

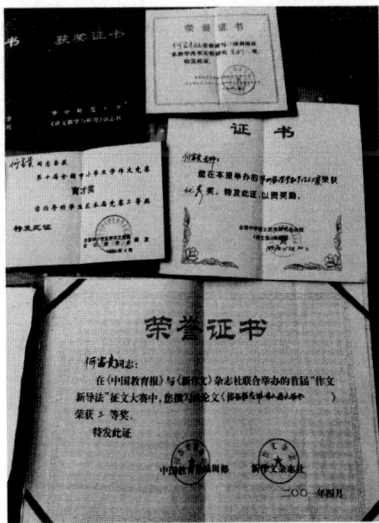

塔式教育体制与实践不合拍

　　应试教育从立足点到终极目标均着眼于选拔尖子生，培养精英，是精英教育。学生在小学升初中、初中升高中的应试过程中，节节选拔精英，越筛选越少，形成宝塔结构，即塔式体制。这种塔式体制只看重宝塔尖尖它以淘汰绝大多数学生为代价，以牺牲塔基塔身为代价，不利于全体学生人格与心理的健全成长，违背全民教育要求，违背"面向全体学生，使学生德育、智育、人格心理诸方面健全发展"的素质教育原则。

　　前些年，固原城区小学毕业生每年约有2000名，一中、二中总共从中择优录取约300，有近1700名学生要到普通中学读初中。为了能考进一中二中"成龙成凤"，家长天天向孩子施加压力，学校整天向孩子加码子，学生们的课后作业、家庭作业堆积如山。从小学低年级起，残酷的竞争就开始了，各小学都给任课教师制定了考核奖罚制度，同年级同课头展开分数竞争。为使自己的教学成绩超过同事，只有搞题海战术、重复训练：罚学生作业随意性很大，写错一个字罚写100个，写错一个词罚写100遍，算错一道题罚做数十遍。给学生布置作业也是竞争攀比式，语文老师若给学生布置了10道题，数学老师就要布置20道题，一定要超过前者，否则会担心语文作业将挤掉学生做数学作业的时间，反之亦然。他们毫不考虑时间是否够用，不管学生精力是否承受得住，身体是否吃得消。学生下午放学后做家庭作业直到午夜12点，有时甚至做到凌晨一两点。

小学生到六年级更是披星戴月苦不堪言，强化训练应接不暇，练得孩子们几乎个个戴上了近视眼镜，心力交瘁，被训练成了机械呆板的知识接收器、记忆器，学生本身的灵性与创新品质被扼杀殆尽。学校制定的教学考核制度规定：同年级同头课考核中，不管代课教师成绩彼此多么接近，哪怕只差零点零零几分，也要罚名次落在最后的。按校方诠释："不惩罚名次落在最后的，就体现不出奖罚制。升学率就无法走在全城最前面。"

不管学生们怎样超负荷苦学，应试教育下的本城招生体制决定了2000名小学毕业生只有300名左右是幸运儿，能被择优录取到一中、二中初中部，其余的统统被淘汰到"不重要"式的普通初中。那1700多名对前途抱着美好憧憬的孩子，初涉人世便被当头泼了一盆冷水，被冷酷地划了等级。三年后的初中升学考试中，又有近70%的学生被应试教育体制强行划到"失败"的角色地位，强迫他们咀嚼失败的滋味。他们的心灵过早地受到伤害，蒙上了阴影，这对他们的人格健全极为不利。经过这些失败的反复打击，他们已心灰意冷，干啥事都缺乏自信，感到没有人格尊严。尤其是初中毕业生这一青少年阶层，在学生中人数最多，年龄尚小，各方面都不成熟，正是继续学习深造的黄金年龄。教育体制既然没有为他们提供继续学习深造的环境条件，就业部门也没有安排他们就业的计划，应试教育体制便将他们提前推到社会，找不到谋生职业，所学知识无处可用，一个个像被隔在玻璃窗内没头的苍蝇，在社会上瞎碰乱撞，令人担忧。反复的考场失败还极容易使少数学生心理变态，求正路不得而误入歧途，走上违法犯罪道路。

塔式应试体制就是这样，在孩子们应当无忧无虑、憧憬美好的小学时代，硬逼着压着他们提前兴奋、提前拼搏，并屡屡伴之以失败的打击，使他们过早地被压垮了，压蔫了，厌学弃学辍学现象屡屡发生。

那么，按理说，那些少数侥幸爬上宝塔尖尖的精英入大学深造，大学毕业时理应兴奋了、拼搏了，科技创新上应该硕果累累。但实际情况令人失望。那些在小升初、初升高、高升大的考试中过五关斩六将的天之骄子，也只会应付各种书面考试，他们被数不尽的考试耗尽了才气和锐气，该到兴奋、拼搏时却心力交瘁，乏了、蔫了。

在固原城区，小升初的竞争弊端随着市教育格局的改革已基本解决，但还有初中毕业生所学无所用的老大难问题，笔者设想，国家可根据综合国力的逐步增强和经济发展需要，为初中毕业生提供初中延伸教育，或实施就业技术培训，抑或考虑普及高中教育，使广大初中毕业生所学科学基础知识得以巩固，在实践中有用武之地，不致使学校教育与社会生产劳动相脱节，造成教育资源的巨大浪费，使普九成果大打折扣乃至落空。

选点突破与牵"牛鼻子"

初中语文教材中的每篇课文都有其独具的特点，都有体现其中心或主题思想的关节点。语文教师如果能引导学生找到这个牵一发而动全身的关节点，把突破这个关节点作为中心目标，使语言、篇章结构等方面的学习都成为达到这个中心目标的过程或手段，就能快速突破重点难点，揭示中心。这样就牵住了消化、吸收课文精华的"牛鼻子"，就牵住了开发学生智力、训练学生能力的"牛鼻子"，省却八股式的烦琐分析，使课堂教学活泼新鲜，达到长文短教、省时高效的目的。

不同的文章，其关节点位置角度也不同。下面几种选点突破方法是我在语文教学中的摸索体会。

一、破题直入

标题是文章的窗口、眼睛，有的课文标题中就隐含着关节点。这类文章适宜从破题开始。如《死海不死》一文的标题，不但揭示了课文所要介绍的对象——死海的"死"与"不死"之特点，而且勾勒出了文章的结构线索，标题新颖、有哲理性和趣味性。如果牵住了这个"牛鼻子"，抓住了这个关键，则可牵一发而动全身。可以设计这样的破题导语："标题中死海的'死'是什么意思？'不死'又是什么意思？

既然是'死海'，又为什么'不死'呢？请大家读课文找出答案。"

这种破题就是投石激浪，是激疑启思，可以激发学生带着问题去探索的兴趣，引导学生快速突破重点、难点，揭示文章中心。

二、联系结局，从尾溯回

有的文章宜联系结局，从尾溯回。如《社戏》这篇课文，篇幅较长，记叙的主要情节是"看戏"和"偷豆"。作者通过回忆少年时期在平桥村和小伙伴一起相处的情景，表现作者对少年时期的怀念，特别是对农家小朋友诚挚情意的眷恋。因而文章余味无穷的结尾便成了分析课文的焦点，我设计了从结尾入手、顺藤摸瓜的教学思路与程序：

第一步，整体感知课文，了解课文大意。

第二步，齐读课文末尾一段，抓住"好戏""好豆"情节快速划分层次。

第三步，提问学生："从结尾看来，那夜的戏肯定非常精彩，那夜的豆也一定味道特别，是这样吗？"

这一提问就像平静的水面突然投下一块石子，学生们立刻兴奋起来，有快速读书的，有凝神思考的，有相互讨论的，都在寻找答案，为抢答跃跃欲试。课堂上出现了饱满的学习激情，直到把课堂气氛推上高潮。通过紧张的学习活动，不仅快速读完了故事情节，而且品出了文章的味道，从而领悟到"好不在豆，也不在戏，而在人"。

第四步，继续追问学生："既然是为了突出人物，那么文章记叙了哪些人物？他们又好在哪里呢？"进而引导学生对人物形象进行分析。如果进一步发散开来，还可由"人好"联系到"景好"，通过对重点语段的朗读指导与分析，明确景物描写的烘托作用，直至圆满完成教学任务。通过下面的板书设计可看出选点突破法牵住了《社戏》

一文的"牛鼻子"，达到了以简驭繁。

双喜：聪明能干

"好戏"（戏不好）人好　阿发：淳朴无私　热爱

桂生：热情真挚

不同角度

"好豆"（豆普通）景好　虚实结合（烘托）向往

比喻拟人

这个思路采用由点到面、各个击破的教学方法，抓住学生心理，有意识地设疑激趣，快节奏、高效率完成了教学任务，达到了长文短教的目的。

三、凝缩聚集，凸显中心，各个击破

有的课文适宜先将全文内容概括凝缩为一个字，这个字是全文内容的聚集，是主题思想的凸显，是理解全文的节点，引导学生概括出这个字，就牵住了课文的"牛鼻子"，理解课文就能提纲挈领、以简驭繁、能放能收、开合自如。

如教《皇帝的新装》时，可概括这篇文章的精髓和灵魂，提出这样一个问题："谁能用一个字把故事的内容概括出来？"

当学生通过研读，比较归纳出"骗"字后，教师紧扣这个关节点提问："谁骗了谁？"当学生的思路全部理清时，教师可在关节点上反复点拨，继续提问："皇帝为什么受骗？小孩子为什么敢于说实话？"通过一系列点拨提问，使学生认识到，老大臣、"诚实"的官员说谎，

皇帝受骗，都是虚荣心、自私心理在作祟，自私是构成这出丑剧的社会根源。

又如教《故乡》一文，学生整体感知课文后，教师根据这篇课文的主题思想，让学生用一个恰当的字概括课文的主要内容，当学生归纳出"变"字后，教师接着提问："写了哪些人物的变化？从人物的哪些方面写出变化之大？"学生口述，教师一边板书表格一边整理归纳：

人物 变化 项目 对比年代		二十年前	二十年后
杨二嫂	外貌 形象 举止 性格	豆腐西施 终日坐着 良家妇女	凸颧骨，薄嘴唇，像细脚伶仃的圆规 刻薄放肆，撒泼要赖，顺手牵"羊"
闰土	外貌 形象	紫色的圆脸 项戴银圈 机灵勇敢	头戴破毡帽，脸色已变作灰黄，眼睛肿得通红，很深的皱纹
	手	红活圆实	又粗又笨而且开裂，像是松树皮
	举止神态 及性格	聪明活泼勇敢，讲起农村稀奇事眉飞色舞，口若悬河滔滔不绝	浑身瑟缩，只是摇头，仿佛石像一般，只是觉得苦却形容不出，吞吞吐吐迟钝木讷，像个木偶人

答出这些后，教师可提问："什么原因使杨二嫂和闰土发生了如此大的变化？"使学生明确：社会根源是饥荒、苛税、兵、匪、官、绅。

教师再提问："面对这样的社会现状，作者是怎样思考着社会变革的出路的？结尾那段话的含义是什么？"

通过这一系列问题的讨论，课文的写作思路与内容精髓也就为学生所掌握了。

四、从"惑"处着手

选择最佳教学突破口的角度形式不拘一格，有的课文适宜于从"惑"处着手。"惑"即学生未知而欲求的事物，教师要想方设法，打消学生"认为没什么好想的，提不出有价值的问题"的无所作为心理，主动挑起疑惑，启发学生开动脑筋。如教《孔乙己》一文时，可提出一个看似简单实则牵动全局、揭示中心的问题——"孔乙己姓甚名谁？"迫使学生去研读课文，寻求答案。

选点突破可以省却许多烦琐的交代与分析，摒弃许多"担心"和"放不下"，打破语文课上八股式面面俱到的分析，提高课时效率，增强语文教学艺术性，达到开发学生智力、训练学生能力的目的。

一条大面积提高作文教学质量的新路子

——作文三级训练实验报告

作文教学是语文的重要组成部分。过去的中学作文教学存在着严重的随意性和盲目性，既无教材可依，又无科学的序列可循，教师感到难教，学生感到难学。为了改变作文教学现状，探索作文教学的新路，1989年秋，县教研室引进了高原、刘胐胐编写的作文三级训练教材，进行作文教改实验，我接受了这项实验任务。在县教研室的组织领导下，在学校的支持下，经过三年艰辛耕耘，这项实验终于在基础教育落后的山区学校结出了硕果（参阅附表）。下面具体谈谈实验的情况。

一、实验的基础

固原四中生源较差，近些年县城初中招生没有划片，一中、二中择优录取后，才轮到其他中学录取。四中招进的基本上都是低分学生。我教的初一两个班共104人，其中有19人在小学因成绩差连续留级，有13人不够四中录取线，是自费插班生。这些学生大多抱着"混毕业证"的态度上学。入学初我进行了摸底考试，语文人均35分，及格率为23%。我就是面对这样的学生进行作文三级训练实验的。

二、实验的过程

1. 观察生活，让学生有话可说

作文三级训练分观察、分析、表达三级。初一着重培养学生的观察能力。首先我引导学生吃透课文内容和例文，讲清什么是观察，一般观察的方法，注意平凡的日常生活，重视观察人，努力了解人的内心世界，留心身边的事物。其次，积极创造条件，为学生提供观察机会。阳春三月，到清水河畔春游，放风筝，去体验春的生机；初夏时节，带领学生到黄峁山大自然的"百草园"去欣赏夏的繁茂；金秋十月，到九龙山园艺场体验丰收的喜悦；数九隆冬，我带领学生登上六盘山，领略北国"千里冰封，万里雪飘"的壮丽风光。让学生回到大自然的怀抱，在观察体验中收集资料，强调无观察不能写作文。不硬给学生塞什么写作技巧之类，也不要求学生达到多么高的水平，让学生在没有心理重压的心境下，去放胆写自己观察到的人和物。同学们看到用水有浪费，就写《要节约用水》；早上上学路过十字街头，就写《向

警察叔叔学习》；看见清洁工扫马路，就写《谢谢你，清洁工》。这些观察练习培养了学生的作文兴趣，学生不再害怕作文了。

在一般观察的基础上，我又引导学生作深入观察：有目的地细致观察、比较观察与反复观察。学习了《观察与调查》一文，我要求学生认真了解家庭的现状，调查自己家十年来的变化。通过调查，学生认识到改革给农民带来的实际利益。学过《观察与体验》，罗诚、王殿侠写了《学做饭》，慕红君写了《学耕地》，徐文惠写了《妈妈灯下织毛衣》等观察笔记。通过观察与体验，学生理解了父母养育自己的辛苦，激发了对父母的深厚感情。学生思维活跃了，在观察生活时能够多思善感，注意捕捉事物的特点，发现事物的本质，由不怕作文进而爱上作文，感到生活中有观察不尽的东西、写不完的感受。由此写出来的作文内容真实健康，语言朴实无华，富有真情实感。

一学年过去了，同学们的观察日记和观察笔记装订成厚厚的一本，我要求学生配上插图，编辑成册。同学们热情很高，有绘图的，有剪纸的，尽其所能美化作文本，并纷纷给自己的"集子"起名，什么《阶梯集》《学步集》《练翅集》《浪花集》等。有些集子图文并茂，令人赏心悦目。1990 年夏，学校举办学生作业展览，实验班的习作集赢得了校领导和广大老师的好评。有些高中学生看了实验班学生写的作文，很感慨地说："真了不起，比我们高中学生写的作文还好！"这次作业展览，我带的初一（1）班获一二三等奖数占获奖总数的 34%，居同年级六个班之首。实验班学生给学校广播室投稿 1600 多件，比普通班多十几倍，入选率为 47%。初一（1）班获 1990 年、1991 年两年度"通讯报道先进班级"称号。

2. 分析问题，让学生有话想说

在观察训练的基础上，我们登上了二级训练的新台阶：着重培养学生的分析能力。采用写分析笔记的方式，训练学生写说明文和议论文。我引导学生继续观察日常生活，随时随地分析身边发生的生活现象，展开讨论并写成分析笔记。学了《特点分析》，我让学生分析《小橘灯》和《卖火柴的小女孩》。这两篇作品的主人公都是小姑娘，两个小女孩都是穷人家的孩子，看这两篇作品中的小主人公的性格特点有什么不同，并分析造成这两个小女孩不同性格的社会环境。通过分析，学生发现了同中之异，认识了一事物与他事物的细微差别，进而注意到客观事物间的千差万别。

分析训练还促进了学生对其他学科的学习。如，初二（2）班徐龙用"目的分析法"考查代数命题的用意，然后确定解题的方法；用"条件分析法"找出几何习题中已知和未知之间的关系；用"换位分析法"去检验解题是否正确；用"本质分析法"去分析物理现象中包含的原理。在做社会发展简史习题时，罗诚、姚红霞、田晓霞还运用因果、条件、演变等多角度分析的方法，分析中国共产党选择走社会主义道路的历史必然性，从中受到了历史唯物主义教育，坚定了共产主义信念。

随着学生知识面的不断扩大，他们把目光射向生活的各个角落，分析的笔触也伸向生活的各个层面。学了《分析与知识》，同学们写的作文有《人是女娲抟土造的吗？》《评"求神降雨"》《彩虹与手疮》《靠命运，还是靠努力？》《谈"伤心落泪痣"》《议"左眼跳财右眼跳灾"》，他们用学到的科学知识消除残存在人们意识深处的宿命论和迷信思想，在写作练习中提高了思想认识。

分析训练还增长了学生的才干和生活经验，刘瑞同学在作文中写道：有一次她的父母亲闹矛盾，好几天互不理睬，她用"换位心理分析法"讲道理中的"情感分析"帮父母调解了家庭矛盾。她自己很高兴，她的父母亲也惊异地发现，作文实验使女儿变得善解人意，分析事理让人信服。

1991 年 4 月县教研室在全县进行了一次作文竞赛，我所带的两个班获得团体第一名，学生获得四项个人第一名，两项个人第二名，我获得"优秀辅导教师"称号。

3. 练习表达，让学生有话会说

在分析训练的基础上，我们又迈上了第三个台阶——表达训练。表达训练包括语感训练和章法训练。首先，我引导学生向名家学习语言，写语感随笔。学生王利明在学习《向沙漠进军》的语感随笔中，举了下面几句："风沙进攻的方式主要有两种""征服沙漠的主要武器是水""要取得彻底的胜利必须有充足的水源"，谈限制词语的分寸感；刘瑞写了学习《井冈翠竹》中毛竹飞下山那一段话的畅达感；罗诚在学习《小橘灯》的语感随笔中，写到小女孩在送别"我"时，按住"我"的手画了个圆圈，"那时我们大家都会好的"那段话的情味感；学生兰臣福在《"排"字的妙用——读〈孔乙己〉随笔》中写了"排"字的形象感。从这些习作里可以看出，学生对语言的分寸感、畅达感、情味感、形象感有了一定程度的理解。

其次，训练学生分析名人名篇的章法结构，琢磨文章应该怎样开头，怎样结尾，怎么布局，怎么谋篇。引导学生从中吸收他人的成功经验。学了《角度的选择》，我们就借鉴《背影》一课的写作角度；学了《剪裁的设计》，我们就借鉴《第二次考试》《驿路梨花》两篇课文的剪裁技巧；学了《层次的安排》，我们借鉴了《死海不死》《反对自由主义》等文中的层次安排方法；学了《衔接的处理》，我们就借鉴《花儿为什么这样红》一文中用标题衔接文章各部分说明要点的方法。通过这类练习，同学们既借鉴了名作家的写作经验，又复习了学过的课文，学生在语文课堂上能从写作的角度钻研课文，以写促读，以读促写。这样读写结合，使学生的表达能力和阅读能力都得到了有效训练。

1991年11月，固原地、县教研室组织四个县进行三级训练实验的12名教师，听了我的两节章法训练课，并当场对学生进行了限时作文测试。结果有43名同学按时写成了"角度选择"的章法随笔，占全班总人数的89.5%。我的作文指导课受到地、县领导和各县语文老师的充分肯定。

1992年5月，固原县教育局教研室编选《三级训练优秀作文集》，四中实验班有18篇优秀习作入选，占该集作文总数的51.4%。

4. 改革作文批阅方法，让学生成为学习的主体

由于习作量大，成绩评定我采用了"程序编码积分法"，即用十个水平等级代替评语。学生期末作文成绩以全学期积分来定，多作多积。这种"程序编码积分法"既有利于把教师从批改作文的沉重劳动中解脱出来，又有利于调动学生写作的积极性，特别是学困生。

为了提高学生写作的责任感和主体意识，我还经常把教师评改和学生自评自改结合起来进行。我将全班学生分为"子丑寅卯辰巳午未申酉戌亥"十二组，每组若干人，配备一名写作好的学生担任组长。子组组长编号为"子1"，组员依次为"子2""子3""子4"，以此类推。批改以小组为单位进行，人手一本，轮流批改，各打各的等级分，最后取平均值。批改过程中，批阅者可找作者面谈该文诸如字、词、句、篇各方面存在的问题，可商榷、可争论。这样做，批改者与

被批改者之间反馈信息快。打分后，小组对每本作文进行评议，指出好在什么地方，还存在什么不足之处，并写上批语。评讲作文可由组长担任中心发言人，也可推荐组员主讲。哪组先准备好哪组就先上讲台，绝大多数学生都有上讲台评讲作文的机会。

我在学生集体批改的基础上，根据评讲中提出的问题，再把有代表性的作文收上来细致地检查批改，讲评作文时指出带普遍性的问题。这样，教师从"主讲""主改"变为"主导"，学生真正成了作文过程的主体。

三、结论

实验效果证明，作文三级训练是以学生心理发展规律为序科学体系，是大面积提高学生作文成绩的有效途径。按照作文三级训练体系进行训练，既丰富了学生的知识，又培养了他们的写作技能。

用分析训练激活作文教学

——初中作文教学中的分析训练实验

一、分析训练实验的意义

1.走上社会的需要

不论从事何种职业的人，都离不开分析。从政的人要分析民情、社情，领兵作战的指挥员要分析战局、分析敌情，警察、检察官、法官都要分析案情，医生治病要分析病情，经商者要分析市场行情，从事科学实验自始至终体现着研究分析。再看看文学经典名著和自然科学论著，无不运用着分析。分析是人们从事任何工作所必备的基本能力。

教书育人篇

233

2．作文中选材立意、结构布局、推敲章法的需要

分析能力也是作文的一种基本能力。作文，无论是立意布局的再三斟酌，还是写作提纲的反复推敲，没有哪一步能够离得开分析。如果再说到作文题材的发现，写作意念的形成，以至思路的整理，章法的运用，词语的选择，其中又有哪一个环节少得了分析呢？可以说，分析思维贯穿于作文全过程。分析能力的强弱直接关系到文章质量的优劣。所以说，对学生进行分析能力的训练是很有必要的。

3．打开作文思路、思维的需要

现在的初中学生提起上作文课、写作文，几乎都犯愁、发怵，感到无事可写，无话可说。为了帮助学生打开写作思路，使学生的写作思维得到较为系统的训练，笔者引进高原、刘朏朏初中作文三级训练中的分析训练，继承其核心与优长，对分析领域进行新的突破与开拓，加强了理论与实际的结合。通过近一年的实验，激活了作文课堂教学，激活了学生思维，拓宽了学生写作思路，开发出学生的写作智慧，作文课堂一扫过去沉闷局面，显露出生动活泼的势头。

二、分析训练的具体做法

1．创设分析情境，举一反三

分析训练共有十五个训练项目，形成一个由浅入深的训练序列，教材编排体例是：每个训练项目先解释项目名称的定义、含义，提出训练目的要求，然后举出例文进行解剖，通过例文进一步化解训练目的与要求。最后设计一个开放性题目，或提出一个话题，创设分析情景。训练中我们注意贯彻课程改革精神，进行探究式分析、研究性分析。着眼于九年制课程整体改革意识与知识能力的衔接，下面就以"特点分析"为例来谈分析训练的思路与做法。

这一训练点要求学生理解"特点"的定义（事物的特点是事物所具有的独特之处，就是一事物与他事物的区别），作特点分析，即分析两个相似事物之间的不同特点，简言之，就是"同中求异"分析。学生在小学学过《卖火柴的小女孩》，初一学过《小橘灯》一课，我组织学生对这两篇课文作"同中求异"的分析。

我提问学生："这两篇课文故事情节有哪些相似之处？两个小女孩应对家庭不幸的能力表现一样吗？不一样表现在哪些地方？"

学生的思维潜能被挖掘出来了，七嘴八舌争抢答出："卖火柴的小女孩无人关心、无人疼爱，但她还幻想着没有寒冷没有饥饿的生活，可是现实是残酷的，最后冻死在街头。而做小橘灯的小女孩面对家庭不幸，她镇定、勇敢、乐观。热情而不失机警，对未来充满信心。"

结合前面训练点中的"条件分析""因果分析"，我给学生介绍了两篇课文故事发生的不同社会时代，不同的政治背景，以及不同的国情与社会制度，让学生写分析随笔。

通过这个例子的分析，学生学会了作"同中求异"分析。为了激发学生的分析兴趣、写作兴趣，我又根据全班同学的不同爱好和特长，展开了一系列启发。

做这种举一反三、辐射性思维训练，一石激起千层浪，学生思维活跃了，都有事可分析了，有话想说了，我于是将书本训练迁移到生活实际，理论与实践联系起来。

2. 将特点分析迁移到增强生存能力的锻炼上

学会了"同中求异"分析，我便把这种练习迁移到辨别社会生活中、自然界中的真善美与假恶丑上，学会鉴别充斥市场的假冒伪劣商品，增强生存能力。如杨旭同学在作文中写自己鉴别真牌子"大博文"球鞋与冒牌"大博文"球鞋的不同特点：

"学生球鞋中有一种'大博文'牌子的胶底球鞋，质量稳定，信誉高，近几年来深受广大中小学生青睐。然而一些制假售假者便盗用'大博文'号牌子生产伪劣的冒牌'大博文'球鞋，谋取不义之财，坑害广大消费者。我们要学会鉴别真假'大博文'号球鞋。

真牌子'大博文'鞋与冒牌'大博文'鞋从外表粗略一看，好像没有什么不同，如果仔细观察，仔细来回反复捏一捏、折一折鞋的胶底，手感告诉你，真'博文'鞋胶质柔软，富有弹性和韧性，百折不断，鞋底橡胶胶质细腻发亮，有牛津鞋的感觉。而假'博文'鞋底胶质僵硬，橡胶色泽浑浊，橡胶无韧性和弹性，是再生胶、劣质胶，穿不了几天鞋底就会折断。

如果再仔细检查，你会发现：在真'博文'鞋帮侧面英文是"T"开头，而假'博文'鞋帮侧面英文是"F"开头的。还有一样很难发现的特点是：真'博文'鞋面'舌头'上有五道防伪线，而冒牌鞋上没有防伪线。希望同学们购买'大博文'球鞋时注意观察，细心鉴别。"

成昶同学在作文中写自己在采野生蘑菇中区别有毒蘑菇与无毒蘑菇的不同特点：

"无毒蘑菇是丛生的，茎秆臃肿肥胖，紧紧地簇拥在一起。雨后，在有朽木、老树根的废墟上，它像发面蒸馍一样破土崛起，像灰鹌鸽颜色；而有毒蘑菇像一把伞，是单个生长，茎秆细、伞帽大，伞帽上部呈焦黄色，伞帽底下呈黄色。有些剧毒蘑菇伞帽上部颜色特别鲜艳，自然图纹十分好看，非常诱人，但我们千万不能采摘和食用这类色彩图纹美丽的剧毒蘑菇。"

同中求异分析帮助一些学生发现了饮食卫生方面的问题：有的同学分析含碘盐与不含碘的工业用盐的区别，向家长、向邻居、向群众宣读食用含碘盐的好处，使广大消费者知晓：食用无碘盐对儿童身体发育与智力发育的严重危害。有的学生分析"酸奶子"与变酸了的奶的不同特点，分析鲜鸡蛋与存放过期限的混瓤鸡蛋的不同特点，避免在市场受骗上当，买回变质的鸡蛋。有的同学学习和面做面条时，常常把小苏打粉误看成碱面子使用，去兑苏打粉和面，导致和成的面越回越酥，越揉越散，没有筋骨，弄出笑话，于是分析"碱面子与苏打粉的不同特点"。类似的分析还有"冰糖与明矾的不同特点"等。

农村学生还可以结合农业生产实践作"同中求异"分析，区别和分辨极易混淆的小麦苗与黑燕麦苗（一种杂草），分析二者在小苗阶段的不同特点，帮助家人锄杂草、保麦苗。

诸如此类的分析活动、能力迁移练习，对增长生产经验、生活经验，增强学生生存能力无疑是很有好处的。做这样的练习可以大大丰富学生的作文题材，大幅度拓宽学生思路，解决学生无物可写、无话可说的问题。

3. 挖掘教材中激疑媒介，培养学生质疑、辨疑的思维品质

在哪些地方挖掘激疑媒介呢？

一是容易引起学生争论之处。如初中第三册语文《羚羊木雕》一文末尾有一句话："……我对朋友反悔了。我做了一件多么不光彩的事呀！可是，这能全怪我吗？"可引导学生讨论：事情发展成这么个结局，到底怪谁？把理由写出来，就是一篇结合课文学习的片段分析随笔。

二是见仁见义之处。学了初中第二册语文《愚公移山》一文，可这样设计讨论题，有人说："谁说愚公不愚？我看就很愚。高山挡了路自己去挖山本来就很傻，为什么还要叫子子孙孙去吃这苦头呢？绕山开道或者干脆搬家不就行了吗？"你对此是怎样看的？把自己的看法写出来。

三是含蓄隽永之处。初中第二册语文《勇气》一文末尾有这样一句话："那位法国妇女……是一个幸福的女人。"可引导学生琢磨这句出人意料的评价，体味这句话的深刻含义，把自己的看法写出来。

四是自相矛盾之处。如学习第二册语文《七根火柴》一文时，学生从课文第三自然段中找出了几处自相矛盾的地方："被暴雨冲洗过的荒草，像用梳子梳理过似的，躺倒在烂泥里，连路也给遮没了""几颗冰雹洒落下来，打在那浑浊的绿色水面上。"学生对此提出种种质疑，我对他们敢向作家和名人挑战的精神给予充分肯定。学生大受鼓舞，自信心大增，以后读书认真多了，不再盲目认同书本上一些现成结论，凡事都要问一个为什么，敢于发表自己的独立见解，表现出不唯书、不唯上、不迷信权威的可贵精神。

教材中还有一些可用来激疑的媒介，诸如：书本脱离实际之处，理论脱离实践之处，中西文化冲突之处，民族风情迥异之处，文眼关节敲定之处等等，这里就不赘述了。

总之，读书有疑，方始是学，才能促进思考思维；读书有疑，方能有所发现，有所创见。在别人都无疑的司空见惯之处，我引导学生挖掘教材中可作激疑的因素，把它变成对学生进行思维训练的媒介，培养学生标新立异、挑战课本、挑战权威的创新意识。

三、训练效果

1. 学生已离不开写分析笔记了

学生喜欢上过去曾为之头疼的作文课，喜欢作文分析，喜欢写分析随笔。因为作文课是他们的精神寄托。我们的探究性分析，开放性课题诱发出了潜藏于他们大脑中的智慧，开发了他们的智力，丰富了他们的情感和内心世界，满足了他们的求成功欲望，创新欲望、他们对自己成才充满了自信。在分析课上，学生可以无所不说、无所不论，写作思路十分开阔，诚所谓"思接千载，视通万里"，指点江山，纵论天下。写分析随笔成了学生的精神家园。

2. 分析训练锻炼了学生的口才、辩才，增长了适应生活的才干

杨琴同学在作文《我当家庭调解员》中写道：有一次她父亲与母亲因为家务闹矛盾，几天互不理睬。她运用分析训练中学到的"换位心理分析法"，又结合讲道理中的"情感分析"，设身处地地肯定、赞赏父母"一切为了家、一切为儿女、为光阴"的良好愿望与积极性，父母亲听了女儿发自内心的赞扬，感到甜蜜蜜的，心里挺舒服挺慰藉，

为家庭操劳的心劲更大了。她的父母惊奇地发现，自己的女儿什么时候学会了辩才，说话这么中听，能说会道，会当"家庭调解员"了。"有这么心地公道能言善辩的女儿，我们还有什么可愁的呢？"

3. 对其他学科学习的促进

实验不仅仅激活了作文课堂教学，其他学科课堂气氛也比以前活跃，各科教师都反映说，作文实验班的学生不仅会分析问题，而且善于向老师提出问题，常常提出一些有深度的问题。在《思想政治》课上，学生刘国胜用因果分析法、条件分析法、演变分析法、多角度分析等方法分析新民主主义革命中，中国共产党选择马克思主义理论，走社会主义道路的历史必然性，从中受到了历史唯物主义教育，坚定了共产主义信念。

在我校"课堂质量工程"活动中，凡带初一平行班课头的教师，都选择做分析实验的初一（1）班上公开课、观摩课，以及面对全县开放的观摩课。

4. 实践大语文教育观，让分析陪伴学生走进生活

随着学生知识面的不断扩大，随着学生分析能力的提高，他们把分析的目光射向生活的各个角落，分析的笔触也伸向生活的各个层面，学生的分析笔记有《人是上帝创造的吗？》《人是女娲抟土造成的吗？》《评求"神"降雨》《谈"伤心落泪痣"》《议"左眼跳财，右眼跳灾"》《靠命运，还是靠努力？》《用手指了彩虹会患手疮吗？》。他们用学到的科学知识消除残存在人们意识深处的宿命论和迷信思想，树立唯物主义世界观与认识论。

总之，只要教师善于启发和诱导，巧设切入口，巧设疑问，激疑

启思，创设分析的情境和条件，多角度思维，引起争论，诱导出学生的智慧火花，学生的思维潜力就会被挖掘出来，思路就会被打开，由无话可说变成有话想说、有话会说，甚至不吐不快。只要教师用创造性地教，来唤起学生创造性地学，用我们创造性的思维方法锻炼学生创造性的思维品质，换一双眼睛看问题，换一副脑子思考问题，换一种角度、方法解决问题，教与学才会合理地碰撞出创造的火花。只要我们教师多肯定多鼓励学生的质疑精神和"异想天开"，多肯定多鼓励学生对未知东西的探究，多肯定多鼓励学生思维分析中的新奇观点，用敏锐的眼睛发现教材中的"点火处""引爆点"，并帮助学生"再点火"，我们的学生才会有标新立异的冲动，才能培养出创新精神。

语感训练与章法训练

——谈作文三级训练中的表达训练

作文三级训练的第一、二步是观察、分析，第三步是表达训练。表达训练包括语感训练和章法训练。语感训练指训练语言的分寸感、畅达感、情味感、形象感；章法训练指训练文章角度的选择、剪裁的设计、层次的安排、衔接的处理。训练方式是写随笔。

"表达训练"是初三年级的写作课程，是作文三级训练中的最后一步，也是学生普遍感到较难掌握的一步。笔者在作文三级训练实验中探索出一种新做法：借鉴语文传统教材中的名篇练习表达。我要求学生结合课本中的优秀篇目写语感随笔和章法随笔。课本中的这些名篇都出自名家或语言大师之手，无论在语言运用方面，还是在章法结构方面，都是学生借鉴的好材料。这些文章学生熟悉，写作时，教师按照训练程序和要求，布置学生研究和借鉴某一内容作单项练习。学生手头有资料，思路开阔，很快就能完成。这样做，学生既练习了写作，又复习了学过的课文，达到以写促读、以读促写的目的。

一、语感训练与写"语感随笔"

语感训练中的第二课是《语言分寸感的训练》，分寸感是对语言运用准的一种敏感，是对语言准确性的把握。我要求学生借鉴别人文章谈准确运用语言的体会。我布置学生在学过的课文中，寻找语言分寸感强、自己感受较深刻的句段进行研究，以随笔的方式写体会。学生罗诚在语感随笔中谈到《中国石拱桥》这篇说明文概数的运用：

"'旅人桥大约建成于公元282年，可能是有记载的最早的石拱桥了。我国的石拱桥几乎到处都有……赵州桥修建于公元605年左右'。这两段中用了'大约''几乎''可能''左右'等表示概数的词。说明文的语言讲究严密准确，为什么这两段中用了几个含义模糊的词语呢？这是因为：旅人桥、赵州桥修建年代久远，现已没有确切翔实的文献数据可考，对建桥的确切年代只能推断；而且有些数据是茅以升个人掌握的资料，毕竟有限，这是有所保留的提法。对于不敢绝对肯定的东西，不能轻率下结论。'我国的石拱桥，几乎到处都有'一句中用'几乎'限制'到处都有'，避免了主观武断之嫌，话说得留有余地、有分寸。这些表示约略概数的词语反而起到了准确说明的作用，也正体现了作者的严谨治学精神。"

从这一例可以看出，学生通过借鉴课文写语感随笔，从别人文章中吸收营养，掌握了说明文语言的特点，既训练了语言的分寸感，提高了自己语言表达能力，又加深了对《中国石拱桥》一文的理解。

又如，语感训练的第三课是《语言的畅达感训练》，畅达，指语言的连贯性强。所谓畅达感，就是对语言通顺以至畅达的敏感。我让

学生在学过的课文中找语言畅达的句段谈体会，课堂反馈信息很快，有举《记一辆纺车》中描写纺线感受、纺线竞赛场面句段的，有举《菜园小记》中描写新芽茁壮成长那段话的，有谈《少年中国说》一文语言畅达感的。学生刘瑞举的《井冈翠竹》中毛竹飞下山一段话很典型："'你看，你看，这不是又一批新砍的毛竹滑下山来了吗？这些青翠的竹子，沿着细长的滑道，穿云钻雾，呼啸而来，它们滑下溪水，转入大河，流进赣江，挤上火车，走上迢迢的征途。井冈山的翠竹啊！去吧，去吧，快快地去吧！多少工地，多少矿山，多少高楼大厦，多少城市和农村，都在殷切地等待着你们！'"

她在语感随笔中的体会是：

"这段话写得畅达流利，首先是作者对毛竹的品质特别熟悉，有激情。强烈的感情是造成文章语言畅达的主要原因。这就启示我们：要想使语言畅达，就要深入生活，热爱生活，对所写的人和物怀有深厚的感情。其次，作者在前半段找出毛竹飞下山这一过程的内在联系，自然地运用了前后呼应的手法，形成了相对整齐的句式，使句子利落，读起来顺畅。后半段运用反复修辞手法形成语句排比的气势，表达了咏叹语气，增加了畅达的感觉。"

从上例可以看出，学生已认识到，语言畅达不单是技巧和方法问题，还要有感情、激情，同时还要处理好认识与语言表达之间的辩证关系。

二、章法训练与写章法随笔

章法训练中有《剪裁的设计》一课，对于剪裁的要求一是要坚持求真、求善、求美的原则。求真，强调真实性和现实性；求善，对读者有益，使读者乐于接受；求美，充分展示美好事物，力求达到新鲜、精美、丰富、感人。二是要处理好主体与背景、主干与枝叶、简约与繁复、含蓄与明朗这四种关系。我布置学生找课文中剪裁设计方面对自己有启发的地方，吸取借鉴他人成功的经验，写章法随笔。

学生田晓霞在《谈〈第二次考试〉的剪裁设计》随笔中是这样写的：

"陈伊玲复试嗓音发涩，面带困倦，有难言的焦急，最后竟飘然离场，引起在场评委们的疑惑不解。这是简约的写法，卖个关子，给读者留下悬念，使文章富有吸引力，吸引读者关注'到底是怎么回事'。作者没有让陈伊玲用现身说法（那样会损坏这个人物形象的）解释原因，而是安排苏教授去调查了解，对陈伊玲转入侧面描写，这都是为了突出故事主体和主干，烘托陈伊玲这个形象。材料上的这种剪裁取舍，体现了含蓄的表现手法，很符合生活真实，符合陈伊玲这个形象的性格特征，也为文末大写特写苏教授因发现又红又专的新时代艺术苗子而心潮澎湃埋下伏笔，为后文张目。读者看后觉得可亲可信，自然真实。这种剪裁符合求真求善求美的原则。另外，主体与背景的关系也处理得较好。台风灾害是造成这个故事的特定环境，文章两次见缝插针地描写灾后破败景物，是对这一重要背景的暗示，但又含而不露，不到火候不点破。这种主体与背景的处理，使文章显得曲折含蓄，引人入胜。"

这种剪裁设计的借鉴性训练，有助于增强学生作文过程中的全局观念，提高学生鉴赏作品和修改文章的能力。

章法训练中有《层次的安排》一课，讲的是写文章时内容要一层

层地展开的道理。学了《层次的安排》，学生王利明写了学习《向沙漠进军》的体会：

　　"《向沙漠进军》一文先介绍沙漠怎样危害人类，课文把沙漠危害人类的方式形象地比喻为'游击战''阵地战'。这时读者会问：那么人类怎样对付呢？课文相应地提出对付'游击战'要培植防护林，对付'阵地战'要植树种草。但这只是一种消极防御。这时读者又会问：那么积极的防御措施是什么？课文顺着读者的疑问指出本文的重点内容（主旨）：征服沙漠最主要的武器是水。为了说明其可行性，课文举了几个找水治沙成功原事例，最后指出沙漠地区可利用的几种治沙资源及治理前景。这篇课文层次安排得有条有理。"

　　通过层次安排训练，学生认识到：文章的层次安排要反映事物本身的发展过程，体现作者思想展开的步骤；层次安排还要顾及读者，以便于读者阅读、理解和接受。

　　以上举了关于语感训练和章法训练几个例子，以期说明借鉴课文名篇练表达的好处。诚然，学生的随笔习作还很幼稚，片面性也不少，但这种尝试性的练法仍不失为一种练习表达、提高写作能力的途径。

后　记

在拙作组稿过程中，得到过以下亲人、编辑老师、乡亲、朋友们的鼎力帮助。

在我撰写拙作的岁月里，老伴王景莲承担了几乎全部家务，给我腾省出大量时间，解除了我的后顾之忧，让我得以全身心投入业余写作。在此感谢她对我的全力支持！

儿子何鹏飞在网络上查找合适的资料。给我翻拍照片，在拙作所需的照片堆里遴选与文章相适应的照片，安插进相关的文章里；帮我斟酌修改不妥的字词句段；我打电子版文稿时，由于电脑操作不熟练，有时不慎误触某个键位程序，将文稿版面抖乱、错位，甚至丢失段落。是他帮我修复文稿，从垃圾箱里找回丢失的文段，使之复位还原。在我组织拙作的框架结构时，他提出合理的建议，帮我整饬统稿。

女儿何丽娟也对我的某些文章提出过中肯的修改建议。在我打的电子版文稿版面错位，一筹莫展时，她救过急、解过围。

在我写作《蒿店古镇的梨园轶韵》时，缺乏戏剧方面的许多历史知识，蒿店小学退休老师（泾源县非物质文化传承人）李元华、固原市法院退休干部马志强先生给我提供了不少史料，弥补了戏剧方面的常识。尤其是涉及秦腔历史剧剧目、剧情时，李元华老师数次给我详细讲解秦腔传统剧目中的不少剧情，帮我梳理了剧中的人物关系，使我受益匪浅。在我拙作付梓出版时，对马志强先生、李元华老师提供的帮助表示衷心

的感谢!

2024年8月9日，我携带着文稿到黄河传媒集团阳光出版社寻求出版途径时，唐晴女士给予热心的业务接洽，得到她悉心指导与鼎力支持，在拙作付梓出版时，我对她表示衷心的感谢!

在商榷文稿时，各位编辑老师认真审稿，细心修改，给予拙作悉心指导与热心帮助，多次与我沟通，耐心解释了国家出版的有关政策规定;在此我对他们的工作表示由衷感谢!

固原市女书法家褚月朗为拙作封面题写书名，拙作付梓出版之际，特此感谢褚月朗女士!

赵倩老师为拙作设计了封面，我表示衷心的感谢!

在拙作付梓出版时，对上述各位编辑、各位老师、各位亲人、朋友们给予的支持帮助表示衷心的感谢!

何富贵

2024年11月18日